吉本隆明 忘れられた「詩的大陸」へ

『日時計篇』の解読

村瀬学
murase manabu

言視舎

はじめに――忘れられた「詩的大陸」へ

吉本隆明さんが亡くなられて十年目を迎える「今」であるが、全集の刊行と共に、単行本未収録の論考や講演記録が次々と読めるようになってきて、多くの新しい視座からの研究も積み重ねられてきている。それはそうなのであるが、未収録ではなく、すでに刊行されていて、誰でもが読むことができているものでありながら、まだほとんど手つかずのままに残されてきている作品がある。それが、忘れられた「大陸」のような『日時計篇』である。あまりにも解読に難儀を要するので、そんな若書きの、解読しにくい作品を相手にするよりか、その後の手固い著作の解読に向かった方が、いくら役に立つか知れないと、思われてきたところもあったかと思われる。

ところが、この『日時計篇』には、他の作品には見られない、「奇妙な普遍性」が読み取れるところがあって、たとえば、吉本さんが亡くなられた後、出版された追悼号（『現代詩手帖２０１２年５月号　追悼総頁特集　吉本隆明』）に、『〈手形〉詩篇』から一篇「死のむかふへ」が抜き出されて掲載されていたことがあった。たぶん、知らない人が読めば、書き出しが「三月の死んだくにから」となっていたので、吉本さんの死というよりか、吉本さんが前年度に起こった東日本大震災のために書いたのではないかと錯覚してしまうような詩文だった。私自身も、コロナウイルス蔓延の時に、「冬の時代」の詩文を引用して、まるでコロナ禍を描いた作品としても読めることがわかって、驚いたものである。その詩文は、今では二〇二二年二月末にはじまったロシアによる「ウクライナ侵略戦争」を描いた詩文としても読めることがわかる。

〈冬の時代〉

わたしたちはたがひに解り合ふこともなしに　また触れあふことすらない
地点に孤立して長い長い冬にはいる　冬のなかに私たちの予感し
てゐる全き冷寒がある　いまよりも夢みることなしにわたしたちは
風のまんなかに立つだらう　風のなかに絶望へむかはうとするわたし
たちの再生がある

ひとびとよ　あらゆる原因はわたしたちの外からやつてくる
衝動によつてわたしたちは何ごとも思はないだらう
あらゆる原因はわたしたちの外からやつてくる
ああ　それを理解するためにすべてをこころみてきた
いまより後わたしたちは原因によつて死を感じたりしないだらう

時の形造る円環のそとにわたしたちは躍り出やうとする
そこに冬がある　冬の時代がある
乾ききつた空やおりてくる暗い色彩によつてわたしたちはそれを知る

わたしたちは生存を無価値の底に堕として
昂然とする　昂然とする

（『吉本隆明全集〔以下全集〕2』晶文社、738頁）

他の人の古い詩集からでは、こんなふうに現在に通じるような作品を引用できにくいことを考えると、この『日時計篇』の持っている不思議な「黙示録風の普遍性」のようなものが何なのか、知りたいと思わざるを得なくなってくる。

ところで、この「冬の時代」は、『日時計篇（上）』の最後の方に出てくる詩文で、年配の方なら、そのまま読まれて、そんなに違和感なく読み通せる作品になっているが、『日時計篇（上）』の多くは、年配の方といえど、通読するだけでも、難儀を感じられるところがあるのではないだろうか。書き方も、使われる「喩」も、誰も読んだことのないようなものでできており、そのためにとても「難解なこと」が書いてあるのではないかと思ったり、さらにその上、旧仮名遣いはまだしも、当て字や、創作漢字のようなものが使われ、「古くさい」とか「読めない」とか感じられ、読み続けるのを断念されたりしてきたのではないかと思われる。

それで、あるときに思い立って、この『日時計篇（上）』を、若い人でも無理なく通読できるようにしたいと考え、全詩を上段と下段に分け、上段は原文にフリガナを打って、それだけで通読できるようにし、下段は、その原文のわかりやすい「現代語訳」のようなものを全編にわたって試みてみた。お手本は、折口信夫の『万葉集　全編個人訳』のようなものだったが、ただでさえ分量の多い『日時計篇（上）』なのに、それに「現代語訳」のようなものを付けると、全体の分量が膨れあがり、一篇、二篇を読むだけでも、苦労するのに、たとえ「現代語訳」のようなものにされたものを「読む」ということになっても、「面白さ」が伝わらないことがわかってきた。

もっと『日時計篇（上）』全編に関わる、核心的なものだけでも先に提示できないと、個々の作品の「現代語訳」を順番に並べても、読者としては、作者がなぜそういうものを書こうとしていたのか、その内実に触れることなく進むことになり、ただ作品を読みやすくして読んだだけのような印象で終わってしまい、わたし自身が「本当に面白い！」と感じてきた、その感動を読み手に伝えることができないことに思い至った。

そこで、そういう全編の「現代語訳」のような試みは、いったん横へ置いておいて、もっと核心の部分を指摘する論考を先に提出した方がいいのではと考えることにした。そうしてできたのが、この論考である。

そういう意味では、この論考は『日時計篇（上）』を理解するための「予備考察」のようなものであるが、これはしかし、『日時計篇（上）』の理解のためだけにしていることではなく、これらの作品群で追求されているテーマは、現代を生きる私たちのその在り方を理解するためにも有効な中身を持っていると判断されたからである。さらに言えば、この詩篇集の読書体験は、読み手の稀な詩的体験にもなってくるところがある。願わくば、この『日時計篇』全体がルビの打たれた読みやすい文庫本になり、多くの人が手にして読めるようになることである。

*目次

吉本隆明　忘れられた「詩的大陸」へ――『日時計篇』の解読

第一章　「季節」への目覚め

一　「季節」とは何か

「季節」とは何か。この問いは、生きものの在り方そのものを問うことでもある。「季節」があって、生きものがいるというのではなく、生きものそのものが、「季節」として成立している事情があるからだ。「季節」は生きものにとって、根源の土台である。でも、「季節」を問う問いは忘れられている。あまりにも自明すぎて、「季節」が問いの対象になること自体が忘れられてきている。気象とか、気象変動が世界中で問題にされているが、それが生きものを成立させる「季節」の問題であることは、もっと自覚的に指摘されるべきである。

太平洋戦争が「敗戦」として終わり、それまでの価値観が一気に崩壊する中で「成人」にならなくてはならなかった吉本隆明は、一九五〇年（二十六歳）から一九五一年（二十七歳）にかけて『日時計篇』と呼ばれる膨大な詩篇（全編四七八篇）を毎日書き綴っていた。敗戦時に、なぜこのような詩篇が書かれなくてはならなかったのか。その主要な動機やテーマは何だったのか。この、あまりにも前代未聞のかたちで残されたものを、どのように受け止めれば良いのか、多くの詩人にとっても「謎」だった。そもそも、この作品群を問う、その問い方もわからないままに、今日まで来てしまっているところがある。

今その主要なテーマが「季節」を問うことにあったといえば、多くの読者は怪訝《けげん》そうな顔をされるかも知れない。しかし、この『日時計篇』が、まさに日時計からはじまり、夏を経て、秋を迎え、冬に至る仕組みを持つ作品群として、まさに「季節」を背景に作られていたことはもちろんよく知られてきた。ただし、この作品群の背景がそうあるからといって、これらの作品に「季節」を問うものがあったと言ってしまえば、それはあまりにも「当たり前」のことを言っていることになり、まさかそんなことを問うているわけではないだろうと、思われるかも知れない。が、そうなのだ。もちろん作者にとっても、敗戦時に、この「季節」を問うことがどういうことなのかが、すでにわかっていたわけではない。しかし「季節」を問うことでしか、自分にとっての「敗戦」や「敗北」や「退廃」を乗り越えるすべはないのだということは、「詩人」の直観としてよくわかっていたところがあったと思う。あとは、この「問い」に答えるための「かたち」を手探りで見つける以外に生きる道はなかった。そこに構想されたのが『日時計篇』であった。

しかし、このように書けば、敗戦を生き延びるための課題として選ばれた「季節」のテーマが、あたかも春夏秋冬といった季節を描くからそう言えることなのかと言われるかも知れないので、ここで少し先走って「季節」の問題のもつ壮大な輪郭だけでも、触れておけたらと思う。

そもそも「季節」は、太陽の周りを廻る地球の公転と、その地球の自転と、地球の周りを廻る月の衛星的周期が、生命の誕生の中で、まるで「歯車」のようにかみ合う、生体周期として構成されるところから発生してきたものである。言葉で言ってしまえば、ただそれだけのことであるが、それは考えてみたら、生体の中に太陽への周期感覚と、地球の周期感覚と、月の周期感覚を、生体内部で関連させ、「惑星周期感覚」として内在化させてきたものである。この「惑星周期感覚」は、そういう意味で「宇宙的な尺度」であり、それが驚くべき生命体の根本感覚になっていたのである。その感覚を「外」側から見て単純に「季節」と呼んできたのである。なので「季節」と聞くと、あたかも生きものをとりまく「自然」の現象のように見られてきたところがあるが、「季節」は、生物の「外」にあるものではなく、生物そのものを形作る「惑星感覚」としてあったものなのである。そもそも、生物の「外」にあるものとして「季節」があったわけではなく、生命そのものが「季節体」として創られていたのである。

でも、たとえば、「春が来た」という童謡では「春が来た、春が来た、どこにきた、山に来た里に来た、野にも来た」と歌われてきた。このときやってくる「春」は、山や里や野からと歌われているので、いかにも、どこからか自分の「外」から「春」がやってくるかのように感じてしまうようになっている。しかし、山や里や野というのは、植物の外観のことを言っているわけで、それは生命が山や里や野で変化する様子であって、その変化を人間という生命体が「外」から見て、「春

（季節）」が来たと歌っているのである。（ちなみに、こういう「童謡」を取り上げる吉本隆明の「日本のナショナリズム」という論考は、「ナショナル」と呼ばれる国民性を形作る感覚の中の「季節感」を深く問うものになっているが、そこを論じるためには「季節」のもっと広大な理解が必要になる。）

ここで「惑星感覚」「惑星周期感覚」といわれても、ピンとこないと言われるかも知れないが、誰にもわからないような感覚のことを言っているわけではなく、むしろ誰にでもわかる感覚として、それは取り出されている。ここでもう少し身近な例に引き寄せて「季節」のことを捉えてみると、次のような例を示すことができる。

最も身近な「季節」は、暦や時刻として意識されている。暦とは「年、月、日」の周期の意識であり、時刻は「朝昼晩」「眠りと目覚め」の意識である。暦や時刻や朝晩が「季節」と関係あるのかと言われるかもしれないが、今が「七月」であると知ることは、なにも「七月」だけのことを知ることではなく、もうすぐ真夏になる八月のことや、九月からの秋の収穫の準備を考えることであり、「暦」の意識もすべて「季節」の感覚の中で意識されているのである。こうした暦や時刻が、太陽、地球、月の連動する惑星周期感覚として生命体の内部に内在的に保持されていることを理解することはとても大事である。そしてさらに大事なことは、その暦や時刻の理解が、人々の誕生や成人、婚姻、死といった冠婚葬祭や、正月やお盆などの年中行事にまつわる時間の観念を形成し、なおかつ、それらが国家の行事としても形成されてきたところまでを理解することである。

その中でも特に大事な観念は、誕生と死の観念である。そもそも季節感覚が周期感覚（惑星感覚）としてあるというとき、生物のもつ周期力（周期を維持する力）には限りがあった。それが、個体（周期体）の死の問題である。生物は、その「死」を周期性でもって「予期」することができ、その「死」が「終わり」に近づくと、周期性を継続させる在り方を、生殖と世代交代の仕組みとして創りだしてきた。「個」は死ぬが「種」としては持続できるようにしてきたのである。「季節感覚」に「悲哀」の情がまとわりつくのは、「季節」が個体の死（周期性の期限）を前提にして成り立っていたからである。この個体の死を前提にして、婚姻や生殖や子育ての仕組みが形成されてきた。この仕組みの体現されたものを「季節体」と私は呼んでいる。

現代になって科学は、「季節感覚」が、あらゆる生き物の土台を支えていることにはさらに注目してきていて、その土台の科学的な解明として、「体内時計」「遺伝子時計」「分子時計」「量子時計」というような視点から研究が進められてきた。その研究は歓迎されるとしても、それらが生命の中の一部の活動として、客観的に観測されてすまされるなら、そういう研究は十分ではないだろう。「季節感覚」は生命の一部なのではなく、生命（季節体）の生きる原理そのものとしてあったからである。

そしてここからである。私たち人間にとっての「季節」が、本当の大きな問題になってくるのは。それは歴史の中から、「季節」に立ち向かい、「季節」を支配し、隷属させるようなものが形成されてきたことである。それをここでは「規律」と呼んでおく。どのような生きものでも、「群れ」をなして生きる以上、それを統率するための「掟」を持ちながら暮らしてきた。人間も、小さな共同体で暮らしているうちは「掟」が機能していたが、それらがさらに強大な支配者にまとめられ、より大きな共同体の中に吸収されるようになると、「掟」を越えた統率力が必要になっていった。それが「規律」である。
問題はこの「規律」が、「季節」とは別の世界を動かす原理になっていったところである。わたしが「季節」が問題だというときは、季節そのものの形成過程や、生物を支えるその根源の仕組みへの理解が大事だということとともに、この「季節」を支配、隷属化させるように台頭してきた「規律」との対抗の問題が、もう一つ、さらに根本的な問題としてあったのである。

吉本隆明が「アジア的なもの」という言い方の中で「季節」を論じるようになるのは、この「アジア的な段階」の中で、「季節」をうわ回るような形で「規律」の存在が台頭してきたところに注目していたからである。そもそも「季節感覚（惑星感覚）」によって、海の生き物が育ち、山の果実が育ち、諸動物が育ち、棲み分けしながら暮らしてきた。本来であれば、人間にもこの季節感覚をベースにする暮らし（それを「存在給付型」の暮らしと私は呼ぶ）があったわけで、それを吉本隆明はのちに「アフリカ的段階」と名付けることになるのだが、その過程で人類は「火（鉄）」を手に入れてしまった。それは、人間の共同体の争いを加速させ、強大で広大な共同体を生み出すことになっていった。「国家的共同体」の形成である。吉本隆明が「アジア的な専制政治体制」と呼んだ体制の創出である。ここには「掟」が「絶対性」として機能する「規律」として作り変えられていった。

そして、人々は生命原理であったはずの「季節感覚」ではなく、人工的に作られた「規律」を元にした生活様式に支配されるようになっていったのである。

こうした「季節」をベースにするのではなく、「火（鉄）」をベースにする政治体制が、「アジア的な」政治体制として広がり、「季節」ではなく「規律」によって「支配」する政治体制が確立されてゆくと、人々の暮らしはどういうふうになっていったのか。「規律」による「季節」の支配とは、農作物やそれを生む田畑を、専制的な王の所有物にし、「季節（野山や里の自然）」を「公地公民化」するような規律の下に暮らすことになる。ここに、世界を「動くもの」としてではなく、「規律」の下に「動かない、絶対的な不動の世界観」が、形成されることになってゆく。そういう政治体制が長く続き、のちに「王」が倒される時が来ても、少数の富裕層によって、事実上のあらゆる富が巧妙に「公地公民化」される政治体制が引き続き維持されるようになっていった。

このように、「季節」を支配する「規律」が出現し、「アジア的」な国家作りをへて、今日新たな発想の下に近代国家が形成されてきているにもかかわらず、現代の国家でも、この「規律」をあらゆる分野に張り巡らせ、「季節」に生きる人々の姿を人々に自覚させないようにする政治体制が続けられてきている。すでに少し触れたように、この規律に支配される季節と、逆の存在の仕方が、吉本隆明によって「アフリカ的」と呼ばれることになるのであるが、「アフリカ的」とは歴史の未開の段階のことではなく、「季節（惑星感覚）」を土台に据えるような統治体制の様式のことである。その段階は、新しく発見されてゆかれねばならない統治体制である。

二　『日時計篇』、この忘れられた「詩的大陸」

敗戦直後の吉本隆明を苦しめていたのは、天皇を神として崇め、その命令に絶対服従していた自分と、そういう天皇を頂点とする軍事政権の戦争の進め方と、そういう政治体制に有効に立ち向かえなかった知識人たちの在りようと、その時代を生き延びて大学は出たけれど就職がうまくいかない自分の在り方などに対してであった。

そんな中で、わずかに自分にできていたことは、四季派と呼ばれる詩人たち（特に立原道造）と宮沢賢治を真似た詩作を持続させることだった。そしてある時に満を持したように、誰も試みたことがないような不思議な詩的創作に取りかかるのである。それが、二年にわたってほぼ毎日書き続けられた『日時計篇』の詩群であった。

この『日時計篇』の中身に触れる前に、こういう詩作が、苦悩し混乱する自分を支えるものとしてあったところに、私はよく注目する必要があると考えてきた。そうでないと、敗戦の混乱期に詩を書く意味がないと思われたからである。戦争期の自分と決別し、来たるべき自分の有り様を確立するための道を手に入れるための詩作。その詩作が、毎日の日課のように続けられたのは、戦時下の自分のイメージの崩壊から、自分を救うためのリハビリテーションにそれがなる必要があったからである。

では彼は、戦時下の自分と敗戦後の自分の拠って立つ基盤の違いを、どこで、どのように、意識すればリハビリになると感じていたのかということである。もちろん何かが明白にわかっていたわけではないだろう。それでも詩人気質の直感として、大事にしなくてはならないところは感じ取っていた。それは、戦時下の社会が自分に忘れさそうとしたことを思い出し、自分の中でそれを育てることであった。その育てが、自分のリハビリになるはずだった。そういう詩的直感をもって、当時の彼は動いていたと思われるのである。

その「思い」を今単純にして考えておくとしたら、戦時中の特質を「規律」として、その「規律」に押しつぶされてきたものを「季節」というふうに考えることである。しかしこの分け方が、当時の吉本隆明に、明白に分けられて意識されていたというようなことをいうわけではない。彼は、手探りで、戦時下において自分が支配されコントロールされていたものと、敗戦直後のその呪縛を解く道を「詩人の直観」に託すようにして模索していたわけで、それは毎日詩作する中で徐々に自覚されていったものなので、そこは誤解されてはいけないと思う。でも私たちは、その詩的リハビリの全貌を事後的に知っているわけで、そこは私たちなりの呼び方をしてもいいのではないかと思う。

その詩的試みの全体を、ここでは「季節」発見の試みと考え、その試みの膨大な全体を「忘れられた詩的大陸」とここで呼んでおくことにする。というのも、この日時計篇全体は、いまだ本格的に研究されたこともなく、存在はよく知られているものの未踏の大陸のように見えているからである。フランス語で書かれたランボーの若き日の詩篇などは、多くの人によって言及され研究されているのに、日本語で書かれたこの膨大な若き日の詩篇を研究しようとする試みがなかったことは不思議である。

ではなぜここで、戦時中の特質を「規律」に代表させて、その対極に「季節」を置いているのかということである。特に戦時中の規律という特別な状況下の規律をここで想定しているので、規律一般に普遍化させてはいけないということを前提にして、その特質を「絶対的な不動の規律」と呼んでおく。つまり、戦時中の「規律」は、異論のはさめる余地のない「絶対の命令」としてあったものであると。若き日の吉本隆明は、この「絶対性」に服従し、違和を意識的に感じる余裕すらなかった。

しかし立原道造の詩などを読む中では、その「絶対性の固さ」から妙に解放される何かを感じていた。それが風や雲や草や夏や秋や朝や夕暮れ……といった事象だった。それらはいかにも自然を抒情として詩句にしているように見えていたが、若き吉本隆明はそこに違うものを読み取っていた。それは、そこに「揺れ動くもの」が描かれている、というところへの反応である。現実の戦時下の、「動かない不動の規律」ばかりにがんじがらめに縛られている自分の感性に、世界には「不動でないもの」「動くもの」があるという感性を目覚めさせてくれる唯一の窓口が、立原道造の詩句だったのである。その「揺れ動くもの」が「季節」の問題だった。だから、彼はそういう詩句を、感傷的な「抒情詩」として小馬鹿にするのではなく、戦時中の圧迫感に対抗させる大きな原理のようなものとして、密かに感じていたのである。なぜならその詩句を読むことで、自分は自分の硬直性からのわずかの解放感を感じていたからである。それらの詩を読むことは、固く不動になる自分を緩めるわずかなリハビリテーションになっていたのである。

すべてが不確かにゆらいでゐる　（『暁と夕の詩』「Ⅱ　やがて秋……」『立原道造詩集』岩波文庫、42頁）

その感覚というか、自分を固さから解き放す手応えを忘れずに、敗戦直後、今度は立原道造を読むことによってではなく、自分がそのような詩を書くことによって、戦時中に受けた硬直の思考に対する自分なりのリハビリをしようと考えた。それが『日時計篇』全体の試みとして残されてきたのである。それゆえに、この詩群は、人に見せるためではなく、自分のための、自分ひとりが、それをすることで生き延びられるような試みとして実践されていたので、のちになって、彼はこの『日時計篇』全体の試みを「社会」につなげられないものとして、自己評価しない言動を繰り返すことになる。なぜそういう自己否定の評価が出てくるのかと言えば、その詩作の努力があまりにも個人的なリハビリとして脳裏に刻みつけられていたからである。その自分にしかわからない、自分にしか通用しない詩の書き方を、現代詩史の中に置いて、「評価」することは、自分にもうまくできなかったのではないかと思われる。そういう意味では、この『日時計篇』は吉本隆明自身にとっても「忘れられた詩的大陸」であり、それを研究できなかった批評家にとっての「忘れられた詩的大陸」にもなってきていた。

三　吉本隆明の「季節論」

私の個人的な関心事からいえば、吉本隆明『初源への言葉』（弓立社、一九七九）の中の「季節論」に出会ったことがとてもうれしかった。その一行目は「季節はそれほど自明な概念ではない」という書き出しではじまっていた。待っていたものに触れたように感じた。吉本隆明、このとき五十五歳。そしてその前年『吉本隆明歳時記』（日本エディタースクール出版部、一九七八）が出版されていることも知った。これは、一九七七年から連載されたもののまとめであり、「季節論」はその後に書かれたものだった。私はこの『吉本隆明歳時記』としての季節論も愛読してきた。

この二つの「季節」論は、それ自身「アジア的なもの」の視座の中で論じられる興味深いものであるが、相当まとめられた論になっていて、敗戦直後の吉本隆明の在り方を理解するためには、あまりにも論旨が整いすぎている感じもするので、もう少し以前に書かれた「季節」に関わる論を見てみたいと思う。それに近いものとして、私は『吉本隆明詩集』（思潮社、現代詩文庫8、一九六八）の後半に収められていた「『四季』派の本質」（一九五八）に注目したときがあった。まだ私は若いときであったが、現代詩への関心とはずいぶん遠いところにいたせいか、その論考のいわんとしているところがよくわからなかったことを覚えている。ただ、「四季」という言葉に興味を持っていたので、それでこの論考を読もうとしていたのだが、「四季」のことではなく「四季」派のことを論じていることがわかり、そういう詩誌の知識や詩史に全く無知だった私などは、理解するのにお手上げの感じだった。

しかし私の中で、『日時計篇』を読み直す動機がはっきりしてくるにつれて、この「『四季』派の本質」をなんども読み返すことになり、いくつかの大事なことに気が付くことになった。ただ一つ、拍子抜けのように感じたことを先に述べておきたい。それは吉本隆明も含め、戦前から敗戦、戦後と続く中で、詩を書く人たちには「四季派」は自明であったようで、「四季派」「四季派」と当たり前のように書かれているものを読んでいると、この「四季」という言葉に、相当深い意味をもたせてこの詩誌が創刊されたのだろうとずっと思い込んでいた。ところがずいぶん後になって、この詩誌の創刊者であった堀辰雄が「『四季』発刊の辞」を書いているのを知って、そこに「こんど『四季』と云ふカイエを出すことになりました。まあ、春と夏と秋と冬とに一冊づつ出して行かうと云ふのです。」（『堀辰雄全集』第四巻　筑摩書房、一九七九）と書いているのを読んで、拍子抜けしたというか、なあ〜んだそんな安易な理由でつけていたのかと、がっかりしたことを覚えている。たぶん「四季」と付ける以上は、「深い理由」があったはずだという、こちらの勝手な思い込みがあったわけで、それほどまでに、私はこの言葉を大事な言葉と感じていたのである。それはともあれ、こうして創刊された総合雑誌風「四季」は昭和八年（一九三三）に、春と夏に二号出して、経済的な理由で廃刊になり、そしてその翌年に、堀辰雄と三好達治が、雑誌を「詩」中心のものとし、月刊雑誌として再開させることにしたという（「『四季』再刊について」『堀辰雄全集』第四巻）。吉本隆明が対象にしている「四季派」というのは、この昭和九年から始まり、終戦の前年度昭和十九年まで八十一号続いた詩誌「四季」に投稿していた詩人たちを対象にしていた。

私はここで「『四季』派の本質」の説明をすることはしないが、大まかな趣旨をいえば、副題に「三好達治を中心に」とあるように、三好達治に代表させて、彼らが発刊当時は「抒情詩」を介していたのに、戦争が始まるに従って「戦争詩」を書くようになる経過を、なぜそうなっていったのかを論じた論考になっていた。私がここで取り上げるのは、その「戦争詩」への批判の根拠にした部分である。

「四季」派の詩人たちが、太平洋戦争の実体を、日常生活感性の範囲でしかとらえられなかったのは、詩の方法において、かれらが社会に対する認識と、自然に対する認識とを区別できなかったこととふかくつながっている。権力社会もかれらの自然観のカテゴリーにくりこまれてくる対象であり、権力社会と権力社会との国際的な抗争も、伝統感性を揺り動かす何かにすぎない。原始社会人が、日常生活の必要から魚獣や他の部族を殺すことを、自然に加える手段の一部とかんがえているにすぎなかったように、殺りくも、巨大な鉄量の激突も、思想的対立も、すべて、かれらの自然認識の範囲にはいってくる何かにすぎないのである。「神州のくろがねをもてきたへたる火砲にかけてつくせこの賊」こういう三好の詩に、鉄器をもてあそぶ原始社会人のシャーマニズム自然観の痕跡をみとめないとすれば、おそらく「四季」派の抒情詩の提出する意味を究極的に理解するのはむずかしいのではないかとおもわれる。かれらが、詩的な認識のはてに、ついに到達した日本の「常民」的認識の特質を解明することこそ「四季」派の好情詩が提出するもっとも重大な課題ではあるまいかとおもわれる。

（「『四季』派の本質」『全集5』晶文社、271頁）

ここで「四季」派の詩人たちが、「社会に対する認識と、自然に対する認識とを区別できなかった」と批判されていることは、おそらく戦時中の自分自身の在り方への自己批判の意味が込められている。戦時中の自分自身が、「社会に対する認識と、自然に対する認識」とのバランスを著しく欠いていたのではないかという苦々しい思いである。それでは、「社会に対する認識と、自然に対する認識とを区別」とは、何を意味していたのか。誤解を恐れずにいえば、それは「規律（社会に対する認識）」と、「季節（自然に対する認識）」の区別ということになる。「四季派」の詩人たちも、抒情としての季節を詩にしていた。しかし、その季節は軍部政府権力が求めるような、その支配下におさまるような季節感ではなかったか。つまり「日本独自の自然観（天皇を頂点にすえる自然観）」であり、それは戦時中の「規律」の支配下に置かれた自然観であった。

敗戦後の吉本隆明が、自分の中で崩れさったと感じていたのは、この手の「三好達治流、四季派自然観」であって、それは立原道造の詩句に感じていた自然観と違っていたものであった。

彼が『日時計篇』を構想しようとしていたとき、戦時中の「規律」への批判はもとより、それに隷属していた自然観に対しても、批判を向ける必要があった。戦時中に軍部から押しつけられていた自然観と違う自然観がどこかにある。それは自分が感じている自分の奥深くにある自然観、その存在に気が付かされる出来事が終戦直後に起こった。

それは遠山啓の自主講座で教わった「関数」との出会いだった。「季節」は関数として現われているという認識との出会いである。

四　「関数」との出会い

戦争中は、「不動」「不変」で、「絶対的なもの」「永遠なもの」として「神としての天皇」の存在が感じられていて、当時の若者たちは、その絶対的、永遠的なものに、自らの存在を託して出兵していった。当時青年だった吉本隆明も、その思いで生き、戦場に向かう覚悟をしていた。しかし、敗戦をむかえ、絶対者であった天皇は「人間宣言」をした。

戦争が終わり、吉本隆明の直面していたことは、この「人間宣言」をした天皇に向かい合うこと、つまり、「不動」「不変」で「絶対的なもの」は存在しないという事実に向かい合うことだった。この事実に、決定的な根拠を与えたのが、大学の自主講座で聞いた遠山啓の「量子論の数学的基礎」なる講義であった。彼はのちにこう書いていた。

一九四五年であつた。当時僕は科学への不信と自らを決定し得ない為の衰弱的な自虐とで殆ど生きる方途を喪つてゐた。（中略）そんな時であつた。偶然な機会が僕を或る教室に運ばせた。僕は其処で遠山啓氏に出会ふことが出来た。あの〈量子論の数学的基礎〉なる講義は僕に異様な興奮を強ひた。最早動かすものもありはしないと思はれた僕の虚無が光輝をあげた殆ど唯一度の瞬間であつた。

（「詩と科学との問題」『全集２』晶文社、307頁）

ここに書かれている彼の喜び方は、尋常ではない。いったい、何が彼にそんな「異様な興奮を強ひた」のか。それは次に書いていることを読めばわかるところがある。

僕は数学といふ純粋科学の領域に〈直感〉と〈思惟〉とが導入される様を判つきりと知つた。思考の野を急に拡大されて途惑ひしたが、やがてそれは僕が応用の場から純粋理論の場へ歩み寄る門出の誘ひであつた。

カントル以後数学は単一な論理的階程による思考方法といふ楽園を失つた。古典数学の持つ確乎たる論理性は感覚的思惟といふ心理的要素に風穴を明けられ、果しない迷路に彷徨ひ始めたのである。斯くて近代数学は量的因子の論理的演算の学から領域と領域との間の作用の学に変革されたのである。数学的な対象の性質は最早問題でなくなり対象と対象との間の関係だけが数学の主題と変じ、論理が僕達に強ひる必然性や因果性は数学の領域でその特殊な位置を失つた。

（同、308頁）

この回想が、特異な視点で書かれているところに注目すべきである。彼はここで「純粋科学の領域」に「〈直感〉と〈思惟〉とが導入される様を判つきりと知つた」と書いている。長いパースペクティブで読めば、この「純粋科学の領域」とは、「絶対・不動の真理の世界」と読むことができる。それまでの吉本隆明の感覚では、誰がなんといおうが「動かしようのない真理」を語っている世界があると思っていたのに、遠山啓の自主講座を聞いて、そういう「絶対・不動」の真理を「動かせる」ものがあることを知らされたというのである。それをここでは「〈直感〉と〈思惟〉とが導入」という言い方で説明しているが、そのことについては後で見ることにして、ここでは「絶対・不動」と見なされていた「純粋科学の領域」を、いくつもの別の言い方で取り上げているところに注目したい。それは「単一な論理的階程による思考方法といふ楽園」とか、「古典数学の持つ確乎たる論理性」とか、「量的因子の論理的演算の学」とか「数学的な対象」とか、「論理が僕達に強ひる必然性や因果性」と呼ばれる領域のことであるが、それらに共通する特質を考えてみると、前提から結論を導くまでの手順が、すでに完全に決まり切ったものになっているような分野であることがわかる。そういう「絶対・不動」の数学の領域に対して、遠山啓は、それらは数学の一部の領域にすぎず、それらを「動かせるもの」として扱える数学の考え方があるのだということを教えたのである。

その考え方が「領域と領域との間の作用の学」と呼び直され、そこでは「数学的な対象の性質は問題でなくなつた」とされ、大事なことは「対象と対象との間の関係だけが数学の主題」とされるようになっていたというのである。その発想が生まれてきた以上、「論理が僕達に強ひる必然性や因果性は数学の領域でその特殊な位置を失つた」とこのときの吉本隆明には感じられたのである。

この最後の一行の回想は強烈である。ここで、一言で言われている「論理」とは、戦時中の「絶対・不動の規律」の全体をイメージさせられていたからである。それが「僕達に強ひる必然性や因果性」が新しい発想の数学の領域では「その特殊な位置を失つた」というのである。

私は、彼が驚いたという〈量子論の数学的基礎〉に興味を覚えているわけではなく、それが従来の「論理的階程による思考方法」ではなく、「領域と領域との間の作用の学に変革されたのである」と受け止められたところに大きな関心をもった。これを、ここでは彼の説明の仕方を要約して「領域・相互作用の学」と呼んでおく。つまり、物事とか、出来事というのは、ある領域と別の領域が、互いに関係し合うことによって生じてくるという考え方である。この考え方は、数学の考え方に沿って受け止めれば「関数」ということになる。しかし、彼は数学の関数を越えて、広い世界の中の「関数」、つまり「領域・相互作用の学」のあり得ることを直観したのである。

「領域と領域との間」に「相互の作用」があるなどという考え方は、何かしら、当たり前のような考え方にみえ、どこにそんなに驚くことがあるのだろうと、思われるかも知れないが、この考えが、あらゆる事象に適応されるとなると、そこに思考の大きな変革が生まれる。というのも、ここでの「相互作用」というのは、数学以外の「人文系の世界」が含まれていたからである。とくに、人文系の事物や出来事も、もし「領域同士の相互作用」として起こると考えられるなら、そこに「絶対・不動の領域」などは存在しようがなくなるのである。

吉本隆明が遠山啓から学んだのは、数学の考え方としての「領域・相互作用の学」であったけれど、彼が衝撃を受けたのは、その考え方が、数学に限らず、「あらゆる領域」に適応できるのではないかということを直観したところなのである。この「あらゆる領域」の中に、「人文系の広大な領域」が含まれていた。

五 「パン」と「野の百合、空の鳥」と「マチウ書試論」

ところで「季節」について、もう一つ興味深い論考がある。それは最も早く書かれた「季節」論であるが、従来からは「季節論」としてあるとは、想像もされなかった論考である。それは日時計篇のおよそ三年後に書かれた「マチウ書試論」(一九五四)である。この論考は三部に分かれていて、最も注目されたのは三部目の「関係の絶対性」を論じた部分である。それゆえに読みやすく書かれた二部は、誰にでもわかるようなことが書かれていたせいか、あまり考察の対象にはされてこなかった。そこにはこう書かれていた。

飢えたジェジュにたいする悪魔の第一の試問は、「若しおまえが神の子なら、この石ころがパンになるように命ぜよ。」というのである。ジェジュはこたえる。「人間はパンだけで生きるものではなく、むしろ神の口から出るすべての言葉によって生きるだろうと記されている。」

（中略）

悪魔の第一の問いによって、マチウ書の作者が提出したかったのは、神と人間とはどのようにつながっているかということについての、原始キリスト教の見解である。

悪魔はまずそれをジェジュに問いつめるにあたって、人間が生きるために必要な条件をことさらに、眼のまえにつきつけてみせる。

（中略）

当時、おのれの未開の封土で、人間の生の自然性が倫理性にとってかわられ、民族の自然神が倫理神にかえられ、現実と観念とを鋭く分離することによって、人間の実存の意識を意味づけようとする思想が生れつつあったことを、ローマ帝国の思想家たちは理解することができなかったであろう。（中略）

この神と人間との関係づけは、原始キリスト教によってさらに徹底せしめられた。生の至福とか、不遇とかいうのは意味をなさない。それはすべてパンによって生きるところにしか存在しないことである。

（「マチウ書試論」『全集4』、219〜224頁）

ここで「悪魔」はジェジュ（イエス）に「生きる」ためには「パン」が必要なのではないかと問

うている。この「生きる」ために必要な「パン」がここになくて、お前さんがもし「神」であるというのなら、石がパンになるように命じてみろ、というのである。ここでいわれる「パン」とは「季節」のことであり、「季節」のもたらすたまものと言ってもいいものである。しかしジェジュ（イエス）は、そこで、そういうことは私にはできないと言うかわりに、「人間はパンだけで生きるものではなく、神の口から出る言葉によって生きるものだ」と答えている。吉本隆明は、「人が生きるための最低限の条件」を悪魔がたずねているのに、ジェジュ（イエス）は全く条件にもならない条件を、あたかも最も重要な条件のように出しているところに、原始キリスト教の、恐ろしいすり替えの思想が形成されてきていると指摘し、次のようにも言い換えて批判している。

「人間の生の自然性（季節）」が「倫理性（キリスト教的規律）」にとってかわられ、「民族の自然神（季節）」が「倫理神（キリスト教的規律）」にかえられ、「現実（季節）」と「観念（規律）」とを鋭く分離する思想が生まれつつあった、と。そして、大事なことは、「生の至福」とか、「生の不遇」とかいうような「観念」の中にあるのではなく、「パンによって生きるところにしか存在しないこと」だというのである。

「マチウ書試論」の三部にも、有名な聖書の箇所を引用しつつ、その「パン」への考えが次のようにとても印象的に語られている。

　ところで、マチウ書の六の二六に、マチウ書の主旋律とはちがったうつくしい変調がある。

空の鳥をみよ。かれらは種播きもしなければ、刈入れもしないし、また穀物置場に集めもしない。そして、諸君の天の父はかれらを養うのだ。諸君はかれらよりもよほど価値あるものではなかろうか。諸君のうち誰が焦慮することによってその生命をわずかでもひきのばすことができようか。また何ゆえに諸君は衣服について思いなやむのか。野の百合はどうして生長するのかを考えてみよ。かれらは労せず、また紡ぎもしない。それゆえ、わたしは諸君に言う。サロモンでさえ、そのまったき栄華をもってしても、一本の百合の花のようにはよそおわなかったのだ。

（同、234頁）

この個処には、原始キリスト教義のせせこましい神経症には、大凡似つかわしくない解放感があるが、この解放感は、けっして空の鳥とか野の百合とかいう言葉からきたのではないことがわかる。人間の生きている意味を神とむすびつけたり、人間の精神の動きを神への乖離ということで刺戟したりするような概念が存在していないからである。むしろ原始キリスト教でないということが、このロギアを緊張から解放していると言える。ここには、古代のユダヤの空と平野がうつっている。耕すひとびとがいる。紡ぐひとびとがいる。そしてかれらの自然なこころが神と結びついている。

「野の百合、空の鳥をみよ」と要約されてきた聖書の中の最も有名な記述の一つである。しかし吉本隆明は、この記述が原始キリスト教のものではないというところに注目している。「むしろ原始キリスト教でないということが、このロギア（説話：村瀬注）を緊張から解放していると言える。ここには、古代のユダヤの空と平野がうつっている。耕すひとびとがいる。紡ぐひとびとがいる。そしてかれらの自然なこころが神と結びついている。」と。

「野の百合、空の鳥をみよ」とは「季節を見よ」と言っている言葉でもある。しかし「ここには、古代のユダヤの空と平野がうつっている。耕すひとびとがいる。紡ぐひとびとがいる。そしてかれらの自然なこころが神と結びついている。」とは、なんと美しい、「季節」とともに生きる人々の光景が描写されていることであろうか。

六 「人文的関数」としての「猫」――『フランシス子へ』

「忘れられた詩的大陸」として『日時計篇』の基本線をたどってみたのだが、もしこの線が、本当に「基本線」としてあるのなら、それは彼の亡くなる間際まで、どこかに続いていたと考えなくてはならないだろう。彼の最晩年の営みといえば、猫にかかわるインタビュー集『フランシス子へ』と、食べものに関わるエッセイ集『開店休業』に代表させられると思うのだが、それらと、『日時計篇』につながりがあると言えば、苦笑される方々がおられるかも知れない。どのようなつながりがあるのかと。

一言で言えば、「猫」も「料理」も、「関数」として存在しているところである。「猫」は飼い主や同居人との「相互関係」で、なつきもすれば、警戒もする。「料理」も「食材」と「料理人」の

「相互関係」で、うまくもなれば、まずくもなる。そういう「相互関係」を「関数」という数学的な味気ない言葉で呼ぶのは良くないのだが、何度も使ってきた「人文的関数」とそれをここでは呼んでおくことにする。そういう「料理」については、いくつものエッセイ集や対談も発表されていて、その中の「食材」はまさに「野の百合、空の鳥」であり、「季節そのもの」の恵みを相手にしているものなので、そこを論じるには、自分の方に「料理」への取り組みも必要になるだろう。でも「猫」となると、私の家でも飼っていたことがあり、実感としてとてもよくわかるところがあるので、「猫」の方をここでは取り上げたい。

「猫」のエッセイにも『なぜ猫とつきあうのか』があるが、ここでは最後に話をされていた『フランシス子へ』を取り上げる。こちらの方が、「関数」的な関わりが、とても興味深く語られているからである。ところでこのエッセイは、きちんと読んだことのない人は全編猫のエッセイで綴られていると思ったりするが、前半は「フランシス子」という猫の話で、後半は「ホトトギス」と「親鸞」の話でできているというべきで、全編が「猫」の話でできているというのは「間違い」である。しかし、この本を「愛着」を持って何度も読まれた人には、よくわかってくるのだが、じつは「猫」の話と、「ホトトギス」「親鸞」の話には、深く通じるものがあると感じられてくる。というのも、この「猫」「ホトトギス」「親鸞」の話も、実はともに「人文的関数」のことを語っていることに気が付くからである。

ただこの本に触れる前に少し触れておきたいと思うことがある。それはこの本の主人公の猫は、「まだ目もあかない子猫のときに母親に放置され、カラスにさんざん傷つけられて」いたときに、次女が引き取って、「フランシス子」と名前を付けたので、その名の由来はわからないと彼は語っていたことについてである。たぶん事情はそうなのであろうが、この「子」のつかない「フランシスコ」という名前には、初期の吉本隆明を読んでこられた方には、印象に残っている名前である。一つは、『日時計篇』の「光とうちとそとの歌」にでてくる「フランシス水車」という大事な単語で、これについては、別途（112頁）わたしは考察している。もう一つ、『マチウ書試論』に出てくる「ルッター型」「トマス・アキナス型」「フランシスコ型」である。ここでは指摘だけをしておくが、「フランシス子」は次女の勝手につけた猫の名前なのであるが、吉本さんにもなじみのある言葉であったことだけは、先に言い添えておきたいと思う。

さて吉本さんはこの「フランシス子」について、「理屈どおりいかないいんですよ、猫は。／無理して手もとに引き寄せようとしても、うまくいかない。」と言い、次のように言っている。

とりたててなんにもいいところがねえよっていえば僕自身がそうだったわけで、そう思ってあらためて思い出してみると、痩せた体も、面長な顔も、自分とそっくりだっていう気がしないでもない。

結局どこにもいつくことができずに出戻ってきた猫だったのに、どういうわけか、僕が一生懸命かわいがったら一生懸命なついてきて、しまいには猫の生活か、人間の生活か、わからないほどになっていました。

そうなるともう、何がどうあってもそばを離れない。
病気になっても、離れなかった。

（『フランシス子へ』講談社文庫、22頁）

つまり「僕が一生懸命かわいがったら一生懸命なついてきた」というのである。これが「相互関係」の別の言い方であり、「人文的関数」の別の言い方である。こういう関係に入れば、猫に限らず犬でもそうであろうし、ましてや「人同士」でもそうである。しかし、いかんせん「人同士」では、あるときにはそうであったとしても、いつまでもそのようにいられるわけではない。しかし、吉本さんとフランシス子との関わりは、「相互関係」が持続した。そうなると「しまいには猫の生活か、人間の生活か、わからないほどになって」、そして「そうなるともう、何がどうあってもそばを離れない。／病気になっても、離れなかった。」と語っていた。この「感じ」が猫や犬好きの読者には、「とてもよくわかる」ところではないだろうか。

そうしてどちらからともなくぼんやりくっつきあっていると、なんだかこれはすごいもんだなあ、いったいおまえは何なんだよという気持ちにさせられたっていうんですかね。

（同、25頁）

こういうふうに語ったのちに、有名な「うつし」や「合わせ鏡」の話が出てくる。

猫っていうのは本当に不思議なもんです。
猫にしかない、独特の魅力があるんですね。
それは何かっていったら、自分が猫に近づいて飼っていると、猫も自分の「うつし」を返すようになってくる。

あの合わせ鏡のような同体感をいったいどう言ったらいいんでしょう。

自分の「うつし」がそこにいるっていうあの感じというのは、ちょっとほかの動物ではたとえようがない気がします。

僕は「言葉」というものを考え尽くそうとしてきたけれど、猫っていうのは、こっちがまだ「言葉」にしていない感情まで正確に推察して、そっくりそのまま返してくる。

どうしてそんなことができるんだろう。
これはちょっとたまらんなあって。

（同、26頁）

ここで少し私なりの注釈をしておきたいところがある。それは、「僕が一生懸命かわいがったら一生懸命なついてきた」という話と、「フランシス子」と自分を「うつし」とか「合わせ鏡」というふうに「説明」されることとの間には、少し「ずれ」があるということについてである。そういうふうに「説明」されることとの「気持ち」はよくわかるけれど、「一生懸命かわいがったら一生懸命なついてきた」というのは動的な「相互関係」の話であるが、「うつし」とか「合わせ鏡」という「説明」は、どこかしら静的な「向かい合い」のイメージになっている気がするからだ。

「相互関係」というのは、お互いの努力というか活動の「混じり合い」で、その結果、「一体」になったような「同体」の感じが形成されてくるわけで、その「努力」を欠いてしまえば、「混じり合い」は薄れて、分離してしまう。「相互関係」というのは、領域の異なったものが、お互いに触れ合って雑じり合うその「中」に発生するもので、何かしら「合わせ鏡」のように向かい合っているような状態を言っているわけではないように思えるからである。

吉本さんは、その「混じり合い」を「響きあう」という言い方で次のように説明している。


僕は、自分の子どもに対してもそういうかわいがりかたはしたことがなかったと思う。長年連れ添った夫婦であっても、ここまでのことはないんじゃないか。そのくらい響きあうところがあった。


死ぬ前の三日間くらいは僕の枕元であごのところや腕のところを枕にして、かたときも離れませんでした。

そうしていると、これは亡くなったからって「はい、さようなら」ってわけにはいかないと思った。

もう、この猫とはあの世でもいっしょだというような気持ちになった。

この猫とはおんなじだな。

きっと僕があの世に行っても、僕のそばを離れないで、浜辺なんかでいっしょに遊んでいるんだろうなあって。

そう思うと、死んだときもなんだか気分が軽くなる感じがしたんです。

そのくらいの同体感がありましたね。

（同、29頁）

それは本当に重要なことで、このぴたりと一致してくれる感じはほかの生き物ではありえないなあと。

この魅力にとりつかれると、これはもう、猫好きになりますね。

本当の猫好きになると、しまいには自分か、猫かってくらい境界線があいまいになって、お互いがさかさまになってしまうくらい一致して親しくなることがある。

（同、40頁）

引用はこの辺で置いておかないと、「お迎え」が来る前の、老いの繰り言のように読まれるかも知れないし、本人も、「そういう年頃」になったせいかもという注釈を付けてこういう話をしているから、なおさらである。もちろんそういうこともあると思われる。忙しく立ち回る日々が遠ざかり、吉本さんも、じっとしていることが多くなると、フランシス子の方も、自然と「そば」にいるようになる。そうして、二つの生命体が「雑じり合う」ようになってくる。「関数」というのは、この異なる領域の雑じり合うその「境界」や「中間」を扱う考え方なのである。彼はこの本の中で「中間」について、次のように語っている箇所がある。

　ただ、このごろよく思うのは、何か中間にあることを省いているんじゃないか。

　何か大事なものかそうじゃないか、それもよくわからんのだけど、本当は中間に何かあるのに、原因と結果をすぐに結びつけるっていう今の考えかたは自分も含めて本当じゃないなって思います。

　何かを抜かして原因と結果をすぐに結びつけて、それで解決だって思おうとしてるけど、それはちがうんじゃないかって。

（同、72頁）

そして話は、だんだんと親鸞の方へスライドしてゆく。その話題なら、今まで何度も話してきたので、話しやすい話題にスライドしていったと、思われるような展開である。でも親鸞についての「語り方」の重点の置き方は、従来の観点とは微妙に違っている。彼は親鸞が晩年に関西を離れ、関東平野の果ての房総半島の先端にたどり着いたところを、次のように語っていたからである。

死んだら必ずそこにゆけるっていう「浄土」って何だろうと。

みんなは当たり前に信じていて、誰も気にしないけれど、あるのか、ないのか。

本当か嘘か。

信じるに値するものなのか。（中略）

それだから最後の最後まで突き詰めていって、とうとう関東平野の果ての果て、房総半島の先端に向かった。

じゃあ、そこに何があるのかっていったら、外房と内房、ふたつの海流があわさって、うず潮になって存在する。

うず潮そのものは、たぶん親鸞が確かめたい本筋のことではなかったと思うんだけど、とにかくそこに行けば、なんらかの光明ある考えかたに到達できるんじゃないかっていうのが、親鸞の最後の願いだったんじゃないでしょうか。

いろんな説がありますけど、僕はそういうふうに考えています。


（同、94頁）


うず潮は、そういう親鸞が最後にたどりついた場所でした。

外房と内房では、海流の水の水位がかなりちがう。それでふたつの海流がまじりあうと、うず潮という現象が起きる。そういうことは昭和になって調査してわかったことで、親鸞の時代にはまだわからなかった。

つまり親鸞は、ふたつの海流が出会うとどうなるのか、その場所に行くまではまだ知らなかった、見たことがなかったんじゃないでしょうか。

また外房と内房では、生息している生き物も、獲れる魚もちがうし、住んでいる人間の気質も、信仰の立てかたもやっぱり少しずつちがっていました。境界というものを大事に考えた親鸞ですから、異なるふたつが接する場所にはきっとものすごく関心があったはずです。

僕の考えでは、それを確かめたくって親鸞は関東の果ての果て、房総半島の先端に向かったんじゃないか。


親鸞は自分の宗教的な考えかたを、そういう海流の在りかただとか、地形の在りかただとか、そこに暮らす人々や生き物の在りかただとかを実際に確かめることで、確かめようとした。

自分の宗教的な考えかたを確かめるのに、そういう地形のところに行って、そういう場所に立つことを考えたっていうのがすごいですよね。

（同、109頁）


関東平野の果てで、「うずしお」に出会う親鸞を語る吉本さん。でも勘違いされてはいけないのは、彼は「渦巻き」を見ているのではないということである。二つの異なる領域（潮流）が、雑じり合うという、その「関数の姿」を見ているのである。

そのためにそれまでの全部を捨てて、たったひとりで、とにかくそこに行ってみようと思って行ってみたら、たどりついたその場所ではふたつの海流がせめぎ合って、うずを巻いて、うず潮になっていた。

異なるふたつのものがあわさって、まじりあうってことはこういうことなのか。

うず潮を目の当たりにした親鸞は、きっと何かにうたれたようにそう思ったんじゃないでしょうか。紋切り型じゃない、自分なりの実感っていうのをそうやってつかもうとした。

そういう追究のしかたっていうのを見てると、やっぱり親鸞はちがうなあ、偉いもんだなっていうのが如実にわかります。

（同、111頁）

この「うずしお」に驚く親鸞の描写は、実は吉本さんのたどってきた道のりの「まとめ」でもあった。それが「人文的関数」と呼んできた「雑じり合う」ものを見つめるまなざしであった。私は初期の『日時計篇』を「忘れられた詩的大陸」と呼び、そこで見つめられた「基本線」が、実際には吉本さんの内部では決して「忘れられる」ことなく、赤い糸のように吉本さんの最後の活動までにつながっているのを私たちは見ることができるのではないかと思ってきた。

事実私たちは、この初期の『日時計篇』の後、「異領域」のぶつかりと混じり合いの「相互の作用学」の発想を深化させて、言語が、「指示表出」と「自己表出」の「相互の作用学」として読み解かれるのを見、国家が、共同領域、対領域、自己領域の「相互の作用学」として読み解かれてゆくのを見ることになる。

第二章　『日時計篇(上)』の具体的な理解に向けて

一　いくつかの視点から

『日時計篇』を読むということは、ただ作品解読ということになるのではなく、現在のわたしたちの抱える課題を解くことにもつながるようでないと、いまさら「若書き」とか「草稿」とか言われてきたものを読み解く意味がない。そしてそういう解読に耐える作品であることを、これから具体的に見てゆかなくてはならない。そういうことをするためには、この量的にも大きな作品群を、どのように読めば、その課題を解くように読んでゆけるのか、最初にいくつかのプランをランダムに示しておきたい。

①まず『日時計篇』は、発表目的で書かれたというよりか、毎日の「日記」や「ノート」のようにして残されたものを、作者ではない編者がまるで「遺稿原稿」を活字化するようにして著作集に収

めたものであるから、既成の「詩」のようなイメージや先入観で読まずに、作者の発想の独自さに添うようにして「詩群」を理解する必要がある。
②公にされた最初の詩集は『固有時との対話』であり、この詩集は多くの詩人たちに大きな衝撃をもって受け止められた（附論Iでその反響のいくつかを紹介しておいた）ものであるが、もともとこの作品は、よく知られているように『日時計篇（上）』がベースになっていて、そこから抽出（平たくいえば切り貼り）されて作られたものであるから、本来は、この『日時計篇（上）』自体が注目されなければならなかった。しかし、この作品群には、独特の語法や修辞法のように見えるものがあり、それを理解するためには、作品全体を何度も読み返す必要があった。けれども、結局、その両方は連動しており、どちらかを欠くとたんに作品そのものがうまく理解できなくなるというジレンマに陥った。なので、作品全体を何度も読みかえした者（『日時計篇（上）』全体の読み下しと注釈を私家版として私は作成してきた）として、そこから見えてきた全体の「語法」や「修辞法」を解くための手がかりとなる図をまず示すことが必要かと考える。
③そしてその上で、一番最初におかれた「日時計」を読み解くことからはじめることが望まれる。詩集全体のタイトルにも採用された（作者ではなく編者がつけたものであるが、著者も当然承認している）作品であるが、他の作品とは少しおもむきが違い、『日時計篇』全体を象徴する内容が見て取れるので、独自に読み取る必要性がある。
④それから、著者は、『日時計篇』全体が著作集に収められる前の早い時期に、この中から、いくつかを選んで、詩誌（『大岡山文学』）や本（『自立の思想的拠点』）や詩集（『吉本隆明詩集』）に載せて

いるものがある。それは著者の思い入れのある作品だと思われるので、詩集全体を論じる前に、それらをまず解読するというやり方がある。

⑤それから、最初の十篇ほどを、まずサンプルにして解読するやり方がある。導入部分を理解することが、作品全体を理解する手がかりになると思われるから。

⑥そして何よりも抜き書きされた『固有時との対話』と母胎の『日時計篇（上）』との比較をするやり方がある。

⑦以上の考察を踏まえて、『日時計篇（上）』から『日時計篇（下）』への移りゆきの変化の特徴を指摘する必要がある。

『日時計篇（上）』を、わかりやすく理解するためには、以上のような、いくつもの考察の方法があるが、ここでは、順番としては、まずは②から始めて、つぎに③の課題に移り、その後、④⑤の課題に挑むのがいいと思われる。そして⑥の『固有時との対話』との比較に進み、最後に⑦の課題に進むのがいいと思われる。

二 『日時計篇(上)』の修辞の技法

すでに、「この作品群には、独特の語法や修辞法のように見えるものがあり、それを理解するためには、作品全体を何度も読み返す必要があった。けれども、結局、その両方は連動しており、どちらかを欠くとたんに作品そのものがうまく理解できなくなるというジレンマに陥る」と書いておいた。

このジレンマとは、作品全体をいくら読んでも、その独特の語法や修辞法が理解できなかったり、読むことはできても理解できたというふうにはならず、かといって、作品を読まずに先に語法や修辞法だけを理解するということもできないというジレンマのことであった。そういう理解の仕方には、何かが決定的に欠けていたのかもしれない。というのも、その理解を助けるためのヒントになるようなことを、のちに著者は語っていたからである（「転向論」）。それは、次のような指摘である。

いくらかちがった観点から、転向とはなにか、をいいきっておきたいとおもう。わたしのモチーフは、かんたんにいえば、日本の社会構造の総体にたいするわたし自身のヴィジョンを、はっきりさせたいという欲求に根ざしている。（中略）何よりも、当面する社会総体にたいするヴィジョンがなければ、文学的な指南力がたたないから、このことは、すべての創造的な欲求に優先するのだというとてつもないかんがえが、いつの間にか、わたしのなかで固定観念になってしまっているらしい（中略）。

わたしの欲求からは、転向とはなにを意味するかは、明瞭である。それは、日本の近代社会の構造を、総体のヴィジョンとしてつかまえそこなったために、インテリゲンチャの間におこった思考変換をさしている。

（『マチウ書試論　転向論』講談社文芸文庫、285頁）

ここでは、「転向」のことに注目しようというのではない。「転向」を考えるためには「当面する社会総体にたいするヴィジョンが必要だ」と考えている、その考え方について注目したいのである。この考え方を延長して、「詩作」をするときにも「総体にたいするヴィジョン」が必要だと著者が考えていたのではないかと考えて見ることである。でも、と言われるかも知れない、「転向論」が一九五八年の発表なので、『日時計篇』の書かれた一九五二年頃は、ずいぶん前なので、当たらないのではないかと。しかし彼はすでに一九四九年に「方法的思想の一問題――反ヴァレリーの「多角的知性」について」の中でヴァレリーの「レオナルド・ダ・ビンチ」を読み、ダ・ビンチの「多角的知性」についての共感を示していた。ヴァレリーもダ・ビンチのどこに驚嘆していたかというと「あらゆるジャンル」にわたって精神の手を延ばす「知的総体への探求」とでも言うべき存在の仕方についてであった。この「全方位的関心」という心の持ち方に、若き吉本隆明も深く共鳴するところがあり、こういう関心を持つことができていれば、愚かな戦争への絶対的な加担も防げたかも知れないと、戦後思うことになる。自分の過ちは、「全方位への関心」を持ち得ていなかったからだと。その「全方位への関心」を「転向論」では、「総体に対するヴィジョン」と呼び替え、その「つかまえそこね」が「転向」と呼ばれる思考を生んできたのだと批判したのである。

ということは、この「総体のヴィジョン」を持つことの問題は、「転向」の問題を解くだけの問題ではなく、何かを考え行動するときには、誰もが求められるものではないのかということであった。その意識が、一九四九年の「方法的思想の一問題――反ヴァレリー論」あたりには芽ばえていたのだとすると、その後の『日時計篇』を毎日書き続けることになったときにも、意識されていたのではないかということは予想できる。ということは、この作品の語法や修辞法を考える時の難しさも、単に詩作の修辞法を考えるようなことにとどまらずに、ふつうの詩人なら考えも及ばないような「総体へのヴィジョン」を目指すような指向性の中で、書き綴られていったことが考えられるのである。

そのことを踏まえながら、『日時計篇（上）』の理解を助けるために、この作品群がもっている「総体のヴィジョン」について、以下に要点を書いておきたいと思う。

①まず「総体のヴィジョン」を考えるに当たって、生存の底辺に、すでに論じてきた「季節」への思いがあることをきちんと位置づけること。これが最も大事なところである。

②次に、詩作の向き合う「現実の出来事」を、考えておくことである。その筆頭は、「戦争」の体験である。それは「天皇」や「死」の問題とつながるものであった。それから幼年期に体験した「家族」の問題。それは天草から東京へ引っ越してきた「移住者」あるいは「移民」の問題としてあったものである。その移住時の過酷な状況の中で、疎遠にされていた「母」との関係の問題があった。それから、戦時中に思春期を迎えていた「性」や「少女」や「教師」や「牧師」との関わりの問題があり、そして、思春期を終える頃に「敗戦」と「人間宣言の天皇」を体験することの問題が起こった。その後、敗戦後の労働者と労働争議の問題に直面する。でも、そんな敗戦の巷をたくましく生きる人々にも出会ってきた。

これらのことは、入れ替わり立ち替わり、詩作の中に登場する。しかし、それだけのことを書くだけなら、詩はわかりやすいものとして書くこともできたはずなのに、そうはならなかった。それだけを書くだけでは「総体のヴィジョン」に迫れないことを著者はよく感じていたからである。
③詩作の向き合うべきものとして、作者の感じていたもうひとつの領域があった。自分の体験していることを、「精神の幾何学」のようなものとして、一望の下に把握できるような「測量技法」を考案していることである。その「精神の幾何学」の書き込まれる場は「空洞」と呼ばれ、独自の領域と自覚されていた。そこで捉えられるものは、すでに見てきたような「精神」を「関数」というか「相関」の関係として捉えるものであった。その「精神」を「測量」するための目安になるものが、「光」「物」「影」「ビルディング」「建築物」「街路樹」「風景」「色彩」「雲」「海」「風」「時間」「四季」「朝夕」「睡り」「目覚め」などであった。これらは一見すると、「自然描写」のように見えるところがあるのだが、人工的、観念的に世界を捉えるため用意された「詩語」であって、その「詩語」を使って作り出される「詩的光景」と、それにからませる（相関させる）ようにして「現実の出来事」が持ち出されていたのである。そんなふうにして書き込まれる「詩的な叙述」は、一読しただけでは、何を表そうとしているのか、とてもわかりにくくなっている。
④さらにやっかいなことは、そうして作り出される「詩的な叙述」に対して、「現実の出来事」の中で生じる「心情的な状景」が、さらにからませ（相関させ）られて、叙述されるのである。その「心情的な状景」とは、「孤独」や「嗔（怒り）」、「寂しさ」や「寂寥（寂しさ）」、「記憶」「忘却」「不安」「不遇」「不信」「不幸」「幸せ」「過去」などである。
そういうふうにみると、「詩」の全体は、根源の「季節感覚」を土台にして、「現実の出来事」と「詩的光景」と「心情の状景」という異領域のものを「相関」させるようにして作られてい

るところが見て取れるのである。そしてそういう「詩」を作ることが、当時の著者の考える「詩的総体のヴィジョン」を実現させるものと考えられていた節がある。この入り組んだ「相関」の試みが、一読するだけでは真意の読み取れない不思議な語法や修辞法のようにして記述されることになり、そして、そういう試みを秘めた作品が、読み手には「異様な風貌を持った、今まで誰も読んだことのない作品」として映ることになったのである。

そういうふうに現れた作品群を、表面に見えるただ字面から「語法」や「修辞法」を見極めようとしてもどだい無理だった。著者の向かっている、三つの領域の総合という、「総体のヴィジョン」への理解なくしては、「語法」や「修辞法」を理解することは困難だったからである。

この今までまとめてきたものを、図式化すると次頁の図のようになるだろうか。

この図は、「現実の出来事」と「詩的光景」と「心情の状景」が、それぞれに固有の領域としてあって、それが「詩的総体のヴィジョン」に向けて「相関」させられる図になっている。この「詩的総体のヴィジョン」の根幹に「季節」を生きる「季節体」が「動くもの」として位置づけられていることは、何度も指摘してきたところであり、その「動き」とは、循環を生きる生体の仕組みである。それをここでは「季節体」と呼んでいる。そういう意味で、あらゆる生き物は「生体」などと呼ぶよりか「季節体」と呼ぶ方がはるかに実情に即している。

この「季節体」を生きる生き物の姿は、のちに「大衆の原像」の祖型になってゆく、と私は考えている。そして総体のヴィジョンとして、その「季節体」の対極に、「精神の幾何学」という、「静止したもの」を目指す意識の在り方を設定しておいた。「知性」や「概念」「言語」「幾何学」と

詩的総体のヴィジョンの図

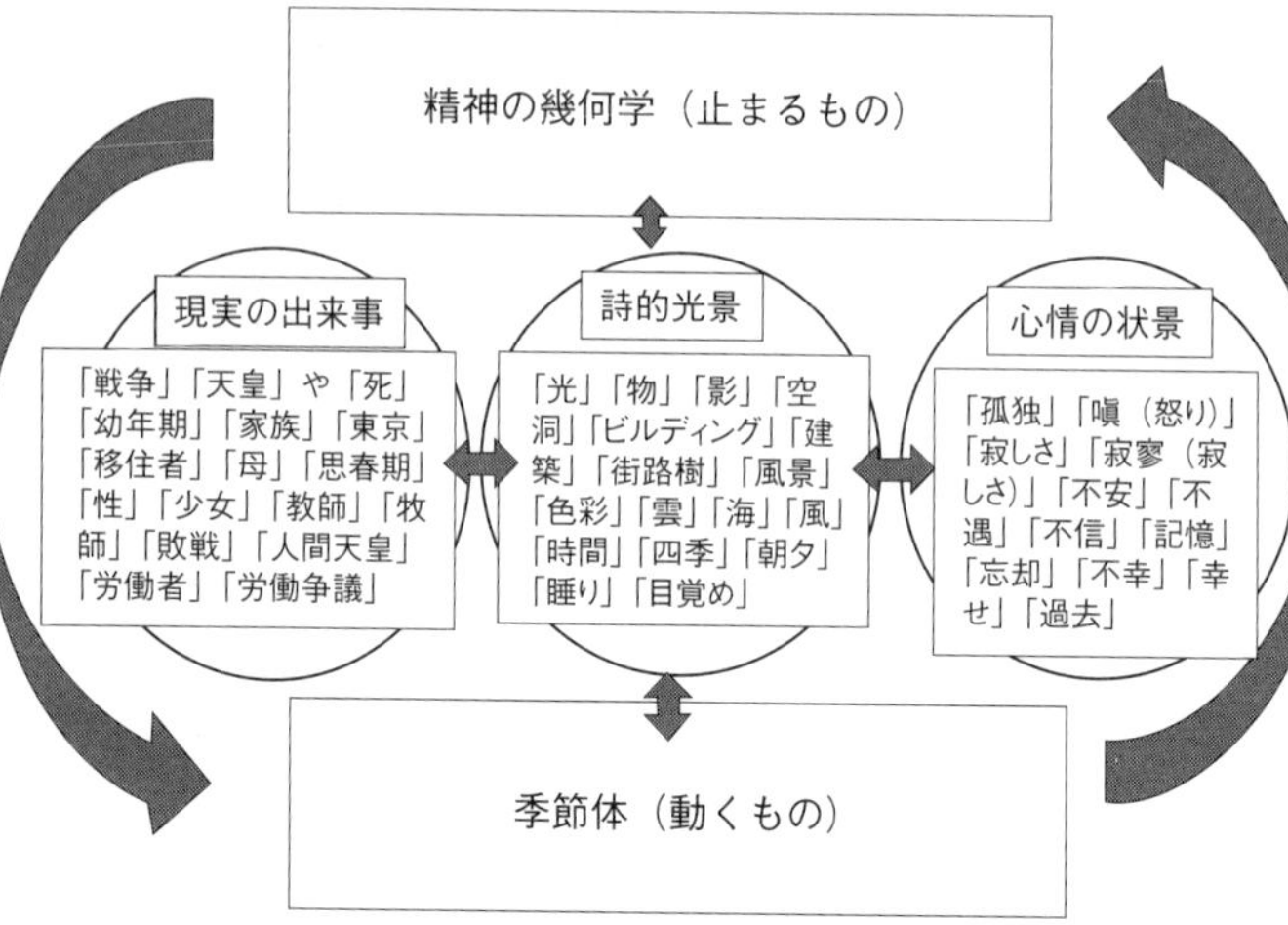

いったものが、動くものを「静止したもの」としてとらえるものであるところに、著者は関心を寄せていたからである。そういう所への注目の仕方は、ベルクソンの『思想と動くもの』の発想に近いものがあると思う（少し先走りして言えば、「生命（動くもの）」と「概念（停止したもの）」との葛藤を、大きな枠組みとして持った詩集として『言葉からの触手』が創られることになる、と私は考えている）。さらに著者は後に、親鸞を学び直す中から、「知」への上昇の果てに「非知」へ還相《げんそう》するイメージを提起するのであるが、それは「精神の幾何学」から「季節体」への「還相」だと見なすことができるものである。

「詩的総体のヴィジョン」というのは、そういう精神と精神ならざるものとの動きの全体を全方位的に見据えるようなものとして、別の言い方をすれば「存在論」と「認識論」の双方を相関させるようにして構想されているところがあった。そういうところを目指して書かれているところが感知されないと、この作品の試みは読み手には届かないのである。

　こうした大きな狙いを持つ詩作の「語法」や「修辞法」を、いかにもそのようなものが独立してあるかのように取り出そうとすると、とたんに無理をせざるを得ないことに気が付く。というのも、読んでいる字面の「語法」や「修辞法」は、「背景」にある「現実の出来事」への想像力なしに「説明」できないからである。たとえば、『日時計篇（上）』のどこでもいいのだが、任意のページを開いてみる。それがもし次のような詩篇であったとしてみよう。

　秋の深い底の歌

関節は痛むといふのではないけれど
それは冷気の布をまきつけ
呼吸やいまはしい記憶に手をふるたびに滲み入る風
斯《か》くてぼくは大人しいのかどうか
記憶を根気にまかせて解きほぐし
まるでせんいでもあるかのやうに変質させ
ぼろ布のやうに虫干しにかける

陽は甍《いらか》やモルタルの間にみづからの影をなさしめる
泥土のやうにまたは黕《くろ》い沼地の水面のやうに葦《あし》かびにつながる
道化師の来歴
ああそれは嗤《わら》へない　決して
ぼくはそんな土地から生れたのだから
蛙のぶよぶよしたふ児《い》のやうにして湿地からはいあがり
そんな土地に住みついたのだから

秋は影をもたらすためにやつてきて
〈ああ待てまてぼくの微笑はどこへいつたのか〉
薄ものを刷くやうにひろがる
それなのに悠々と歩きまはるものもゐなくなつたこの土地は……
……歳々《としどし》に沈降してゐる

（『全集2』518頁）

ここには「秋」の景色が歌われているように見え、関節も痛むかのような冷気も感じられている。まさに「秋」の光景ではないかと思う。タイトルもそうなっているではないかと。しかし、そこに「いまわしい記憶」に「手を振る」誰かのイメージが挟み込まれている。この三行を解くだけでも、通常の読みではわからないことが出てきていて、それの解読は「語法」や「修辞法」というものには馴染まないものを感じてしまう。

そして、「ぼく」は「おとなしい」のだろうか、という問いかけが唐突に出てくる。「おとなしい」というような「心情の状景」がふさわしくないような場面で。でもそういう語句で、ぼくの「記憶」への向き合いかたが、「問われている」ようなのだ。そんな「ぼく」は「記憶」を、根気よく「解きほぐし」、まるで「繊維」のように「変質」させ、「ぼろ布」のように「虫干し」にする、などと書き付ける。無茶苦茶な「変質」につとめているように見えるのだが、いったいなぜそんなにして「記憶」を「変質」させようとしているのか、いったいこの「記憶」とは何なのか、と疑問が浮かび上がる。

すると「ぼく」は、何かしら「泥土」や「黒い沼地」から生まれて来たようなことを書き付ける。その沼地の水面から生じる「葦の芽」のように（注：「葦牙／あしかび」は、「古事記」の最初の「天地の始まり」として、戦時中さんざん教えられてきたもの。村瀬注）と。でも「ぼく」には、そういう出自を「笑え」ない。「ぼく」は「そんな土地」から生まれてきたのだからと。蛙のぶよぶよした子どものように、「湿地」から這い上がり、「そんな土地」に住みついたのだからと。

そんな今、「秋」は「影」をもたらすためにやってきて、「ぼく」の微笑も、どこにいったのか、わからない。……そして、もう誰も「歩きまわるもの」もいなくなった「この土地」は……年とともに「沈下」していっている。

こういう内容を持つ「詩篇」は、いかにもたくさんの「喩」がちりばめられていて、その修辞法がわからないから、こういう「詩」が読み解けないのではと感じてしまう。

しかし、はっきりしていることがある。それは書き手が自分の「記憶」にこだわっているというところと、その「記憶」とは自分の「生まれたところ」に関わっているというところである。そんな「ぼく」は、その「黒い沼地」のようなところから「蛙の子」のように這い出して、「そんな土地」にいるという思いを語っているところである。それを「喩」というには、妙に生々しいので、何か背後に「事実」を抱えているように感じ取られるのである。

こうしてみると「秋―冷気―記憶―生まれ―沼地―這い出す―蛙―そんな土地―住みつき」というような言葉が、ただの「喩」でできた作品というより、著者の生きてきた「総体」に関わるものとして書かれているのではないかと気になるのである。そうすると、「黒い沼地」や「そんな土地」と呼ばれているものが、どこのことなのか、知りたくなってくる。

そうすると、ここで語法や修辞法への関心とは別に、詩の背景になっているものへの関心を喚起させられずにはすまなくなる。そこから、読み手は、少し自由に、この「黒い沼地」や「そんな土地」と呼ばれるもののイメージを拡げることに誘われる。するとこのイメージには、二つの出所があるのではないかということが見えてくる。一つは戦時中に教えられてきた「神話の国、日本」という「土地」のイメージと、もう一つは、故郷九州から夜逃げのようにして出てきて、「東京」に這い上がってきた一家の「土地」のイメージの、二つである。「この土地」が、今、「沈降」している……という思い。

このような「秋の深い底の歌」のような小さい詩を読むだけでも、「現実の出来事」と「詩的光景」と「心情の状景」が「相関」させられ「詩的総体のヴィジョン」へ向かうように構想されているのがわかるのではないか。そうすると、長い作品を読むときには、さらにそういうことに注意しながら読む必要が出てくるのではないかと。特に長編詩の場合には、最初に書いた詩を「初期形」にして、それを再編して、さらに自分の意図する「詩的総体のヴィジョン」に近づけた作品を作り出すような試みをする傾向が著者にはある。たとえば次のような試みである。

①長編詩「(海はかはらぬ色で)」から、長編詩「(海の風)」を創出。
②『日時計篇(上)』から『固有時との対話』を創出。
③「野性時代」連作詩篇から、『記号の森の伝説歌』の創出。

そして今回、『日時計篇(上)』を読み解こうとして、その「語法」「修辞法」が気になる人は、ぜひ①の、長編詩「(海はかはらぬ色で)」から、長編詩「(海の風)」(『吉本隆明初期詩集』講談社文芸文庫で読める)が生まれる過程を見ていただけると、「家族」や「家族の出自」が「詩的総体のヴィジョン」にとっていかに大事なものとして意識されていたのかがよく感じ取っていただけるのではないかと思う。この①を解読した論考は、最後に附論Ⅱとして載せておいたので、ぜひ見ていただけたらと思う。

なお、③の『記号の森の伝説歌』についてであるが、この詩集の背景も、①の背景とよく似ている。そしてタイトルが「記号の森」とされている部分は、「精神の幾何学（記号）」と「季節体（森）」という枠組みを持っている『日時計篇（上）』に似ている、というところくらいなら、指摘できるかも知れない。

それでは以上のことを踏まえて『日時計篇（上）』の読みに入ってゆくことにするが、まずは最初の「日時計」という作品を見てみたい。

三　最初の「日時計」の三つの読み方

「日時計」が最初におかれていることの意味は、『吉本隆明著作集』を編集した編者にもあきらかではないようであるが、他の詩篇とは雰囲気の違う不思議な詩篇で、少し「物語」風になっている。おそらく作品の着想は、著者が十八歳の時米沢高等工業学校の寮に入り、宮沢賢治に興味を持ち、花巻の賢治ゆかりの地を訪ねていて、その中に「日時計花壇」があったことに起因しているのではないかと思われる。賢治が農学校に赴任したときに、生徒たちと一緒に「日時計花壇」をつくっていたことを生徒たちが覚えていたこともあって（『宮澤賢治イーハトヴ学事典』）、そういう話を著者は現地の説明会などで聞いていたのかも知れない。でも、それがきっかけであったとしても、創られた作品の中身は、そういう賢治風の日時計のイメージと似て非なるものである。

作品「日時計」（『全集2』489頁）には三つの次元が描かれている。

一つ目。「日時計」は、花で文字盤を作る少女たちと、その真ん中に棒を立てる男の子たちの話でできている。少女たちの作る花の文字盤と、その真ん中に棒を立てる男の子たち、という構図は、妙にエロチックな情景である。「日時計」を、何かしら「性」の象徴のように描くことは、本来の日時計とは、無関係である。しかし、それにもかかわらず、後になると、そういうふうに「日時計」を捉えることが、『日時計篇』全体にとって、とても重要な役目を担っていることが見えてくる。こうした内容をもつ「日時計」は、賢治の日時計花壇との出会いとともに、作者の少年期の異性たちとの出会いの体験と重ねられ、創作されている。その異性たちとの出会いは、次の二つの回想の中によく示されていた。

わたしの回想では、この「書く」ということの初発性は、「性」的な示威の初発性と偶然にか必然にか一致している。その私塾には同年代の女生徒がほぼ同数おり、その雰囲気は自由であった。「性」的駘蕩と禁欲的な勉学とが拮抗し、いずれが勝利をうるのか、じぶん自身にも判断できない状態にあつた。その均衡がひとつの黄金時代の象徴であり、それは敗戦によつて黄金時代が切断されるまで破れることはなかつた。（「過去についての自注」『初期ノート』光文社文庫、544頁）

わたしの読書開眼は、化学の学校とはかかわりのない私塾の教師からえたものだ。塾の勉強部屋の押入れのなかは、棚になっていて、たくさんの文学書が雑然とつめこまれていた。ある時期からその押入れを自在に漁って本を借りだすことが、ひとりでに許されるようになった。そして一旦とりつかれると無制約に思考や感情や感覚をひきこんでしまう読書の世界への開眼は、性や

それにまつわるエロス的な世界への開眼と似ていた。（中略）
女性への関心や願望と、ほとんど同時にやってきた読書への開眼は、底知れない感じで、どう処理し、どう均衡をとっていいか、まったくわからなかった。（「わが読書」『背景の記憶』宝島社、111頁）

「日時計」の不思議な雰囲気の一つ目は、こういう少年期の性の目覚めの体験の不思議さにあったといえる。そんな「性の目覚め」と「日時計」がどうして重ねられたのかと思われるかも知れないが、それもまた『日時計篇』全体の大きなテーマになっていた。というのも、そもそも「時計」は、「時刻の時計」と「性的な時計」との、二つの面を持っていたからである。

「性的な時計」は、生き物の生理の周期に関わる時計で、従来から「体内時計」「遺伝子時計」などと言われてきた。「太陽」「地球」「月」の相互関係が造り出す「昼夜」や「四季」の変化が、生き物の身体に周期性を持つ「時計」を刻み込んできた。「季節体」としての「生体」の創出である。この「季節体」の感覚が「惑星感覚」である。その「惑星感覚」が「体内時計」となり「生理化」されてきた。その最も大きな目的は「生殖」の周期化である。少年や少女が、ある時期から性に目覚めはじめるのは、体内時計が「生殖」に向けての「開始（開花）時期」を伝え始めていたからである。そういう意味で、この『日時計篇（上）』の全体が、「季節」や「四季」を意識して造られているところをみれば、この「日時計」の詩篇の最初に「性的な日時計」が描かれるのは、決して偶然ではないことがわかってくる。

二つ目。「時刻」を知るための「日時計」のイメージについて。これは小学校の校庭などに、造られている日時計で、「時間」を測るためのもっとも簡単な装置として理科の授業の時に利用されるものだ。「日時計」といえば誰もが一般的に想像するものである。ところが、この一般的に知られる「日時計」の、その測ろうとしている「時刻」や「時間」とは一体何なのかということになると、これはこれで大変大きな問いかけを抱えている。詩文は「少年と少女」で「日時計花壇」を造ったと説明した後で、さりげなく次のような不思議な一行を書き付けている。

子午線上を日の圏は燃えながら通つていつた

ここに唐突に「子午線」という表記が出てくる。そんな言葉を詩句として使わなくてもいいところで出てくる。もちろん「子午線」のことは、中学校でも習っている。「北極と南極とを結ぶ経線（子午線）。子（北）と午（南）とを結ぶ線なので南北線とも言う」として説明されていて、知識としては、たぶんたいていの人は知っている。でも、知ってはいるが、そんな「子午線」がなぜ必要なのかなどについては、ふだんは考えることもない。なので、詩文に「子午線」と出てきても、知識として読み飛ばすしかないものである。もちろんこの詩文でも、「子午線」について何かを書いているわけではなく「子午線」の上を「太陽」が燃えながら通っていったことが書かれているだけである。つまり書き手は、日時計を説明する中で、「太陽」と「子午線」のことに触れているだけである。

しかし実は、子午線というのは、二つの意味を持たされている。一つは、二十四時間で一回転する地球の自転のどこから一日目がはじまるのか、その起点となる線を決めておかないといけないということ。そうして決められたのがイギリスのグリニッチ天文台の上にかかる子午線だった。もう一つは、「地球の地図」を描くときに、縦横の線がどうしても欠かせないので、人工的な縦の基本線として子午線が用いられてきたということ。私たちは中学生の頃に「地図帳」を購入させられ、その後ろのページに、様々な形の「地球の地図」のあるのを教えられたものである。なぜそのような多くの「地球の地図」があるのかというと、地球が丸いために平面の地図にするには、いろんなやり方があるからだ、と「説明」されてきた。しかしどの地図の作成にも、縦（子午線）、横（緯線）の組み合わせがなくてはならなかった。この「地図」の作成が何のために必要なのかというと、世界の姿を知るためというだけではなく、世界の中のどこに自分がいるのか、その自分のいる位置を知るためにも、必要だったのである（ちなみに「子午線」という言葉は『日時計篇（上）』の中の、「晨の歌」「虔ましい時」「十一月の晨の歌」にも出てくる）。

「日時計」が「時刻」を知るためのものとわかっても、その「時刻」というのは、ある種の「時間の地図（時刻表）」のようなものを知ることであり、地理上の地図と、時間の地図の両方が、「時刻」「時刻表」の理解には必要だった。そして『日時計篇』の最初に置かれた「日時計」も、この空間と時間の「地図」を作成するための測量図のイメージを意識するためにも作られているところがあったのである。

三つ目。そしてこれが最も重要な視点であるが、「日時計」の最後の方に、大人になった「ぼく」が次のように思う場面が書かれている。

ぼくは現在もビルデイングの影が光の方向にともなはれて移つてゆくのを視るとき　ぼくの日時計が其処にあると思ふ

この一行では、「ビルデイング」が日時計の「棒」のように見立てられ、その「影」の移り変わりを見る時、そこに「ぼくの日時計」がある、と言っている。一見すると、わかりやすいことが書いてあるように読めるのであるが、著者が書いているのは、ビルディングを日時計の棒に見立てている描写ではなく、「太陽の光」と「ビルデイング」と「ビルデイングの影」が、「移ってゆく」のを見ていることの描写であり、そこに「ぼくの日時計」があるということについてである。

これはどういうことかというと、「日時計」が、「光」—「棒（物）」—「影」の「三者の相互関係」で出来上がっているところを見ているということである。「日時計」と一口にいってしまうと、なにやら「時刻」を測るための道具のように思ってしまいがちなのであるが、作者はそういうところを見ているわけではなく、「世界」が「光—棒（物）—影」の「三者の相互関係」として初めて立ち現れてくる「状景」を見ようとしているのである。「ぼくの日時計」という詩句はそういう意味である。この「相互関係」を、いままで「関数」とか「相関」と呼んできた。

このことは何を意味しているのかというと、「世界」の「状景」は、なにか「不動の風景」を見るようにしては、決して見えていない、ということについてである。「状景」というのは、「光―物―影」の「三者の相関」としてあるところを見ているものだ、という理解である。そしてこの後、『日時計篇』全編を通して著者が追求することになるのが、「世界」は「意志」によって見えるものであり、その意志は「相関を見ようとする意志」のことであり、「相関の探究の意志」のことである、ということについてである。

なぜそんな「三者の相関」を見ることが必要で、なぜ「そこ」を見るために特別な意志が、つまり「相関を見ようとする意志」が必要なのか。そしてその特別な意志は、なぜ「相関の探究の意志」として自覚されなくてはならないか、ということ、そのことを理解することが、実はこの『日時計篇』全体の解読に関わる根本的な鍵になっているのである。というのも、この「意志」の「自覚」によってのみ「破壊」できるものがあったからである。それが後に「関係の絶対性」として、追求されてゆくものの中に現われてくる。その「関係の絶対性」を「破壊」する視座の模索が、この『日時計篇』全体によって、まさに「探究」されていたのである。

私たちがふだん「物」とか「物事」として感じているものは、動かないものではなく、「影」のように動いているものである。でも、物事が「影」のように動いているものであるとしたら、なぜ「影」は「動く」のかということがわからなくてはならない。そのことがわかるためには、「太陽の光」が「物事（棒）」に当たるというところが、見つめられなくてはならない。「影」は「光―物―影」の相関関係の中ではじめて「動く物」として見えてくるからである。

このことを逆にいえば、もしも世界の中に「動かない物」「絶対に不動の物」があるとしたら、物事を動かないものとして見ている視座に立っているからだ、ということになる。本当は視点を変えれば、その「動かない物」の「動いている様」が見えてくるはずなのに、なぜか「動かないもの」を見てしまう自分がいる、ということなのだ。こういう「思い」について、作者が複雑なものを感じるのは、戦時中に、「天皇」や「神話の日本国」という、「絶対に動かない」「不動の絶対性」を感じていた苦い記憶があったからである。物事を、そんなふうに「不動のもの」として受け取ってしまうのは、それを「動くもの」としてとらえる視点を持てていなかったからではないか、と。

そういうことが、著者の敗戦直後の反省と探究から見えてきた。それが「相関の探究」という視点であり、その「相関の探究」のイメージが、この『日時計篇』という「探究の書」の最初に置かれた「日時計」という詩文に凝縮され、託され、「表現」の世界に送り出されたのである。

敗戦直後の著者の心情で、この特異な「方法的思想」への希求を描いているものとしては、次のような記述（「過去についての自注」）がある。

米沢時代の末期になると、わたしたちは、ひとりひとり動員先へ散り、そのまま兵営にゆくものと、学校へ行くものとにわかれた。幾日おきかに、少しづつ櫛の歯を抜くように「今生の訣れ」の宴を張り、それを、かつてみぞれ空に心細そうに降り立ったことがあるその駅頭へ見送り、騒ぎ立て、喚き、帰り道は、悄然とうなだれて寮へかえるという日々がつづいた。

また、どんな「平和」のなかでも、わたしたちは、絶えず不安と緊張のなかにあることもありうる。もし、「平和」ということを、ひとつの構造として理解するならば、だ。

こういう問題について、虚像をまじえずに他人に語ることは難しい。戦後文学のなかに登場した多くの戦争抵抗を主題にした小説は、わたしには嘘を語っているか、特殊な体験のドキュメントとして意味をもつているか、のどちらかであるとしかおもえない。そこに普遍的な根拠をしめし、後代にバトンを引継ぐべき主題的な意味をはらんでいるものは稀である。それらを、実在の戦争や、そのなかの「個」の体験的な意味に還元しようとすれば、多くは戦争と平和について、虚像をうるにすぎない。

ある現実的な体験は、体験として固執するかぎり、どのような普遍性をももたないし、どのような歴史的教訓をも含まない。ただ、かれの「個」にとつて必然的な意味をもつだけである。この体験の即自性を、ひとつの対自性に転化できない思想は、ただ、おれは「戦争が嫌いだ」とか、「平和が好きだ」という情念を語つているだけで、どんな力をももちえないものである。うまく展開されているかどうかは別としても、この即自的な現実体験をひとつの対自性に転化することによつて、「個」の体験を普遍化し、いわば対他的な「類」の存在にまでいたろうとする努力は、わたしたちによつてのみ戦後開拓されてきたのである。（前出、553頁）

おそらくここで「努力」と呼ばれているものが、著者にとっては『日時計篇』を書き続ける「努力」になっていたように思える。

四 「相関」──この「絶対」を動かす視座

改めて指摘すれば、「日時計」の「影」は、ただ時を測るだけのものではなく、「太陽」とともに位置を変え、姿形を変えるものとしてあった。なので、「影」があるということは、「太陽」がある、ということで、「太陽」と「物（棒）」と「影」の関係は、常に三者で一つというか、三者でないと成立しないものとしてあった。その三者の在り方が、「相関」という在り方だったのである。

ここから、時計としての日時計から離れて、「世界」をとらえる「方法」として、「日時計の仕組み」が顧みられることになる。そうすると、その「世界」と呼ばれるものの中には、「心」の在り方、「言語」の在り方、「政治」の在り方、「国家」の在り方などなどが含まれることになる。

こういう「方法」が模索されなければならなかったのは、すでに見たように、戦時中の「絶対」を見てしまう怖ろしい体験があったからである。戦時中を過ごした少年・青年時代の吉本隆明の心を考えて見ると、太陽は天皇であり、この太陽の位置や高さにとって、少年や青年の心に、はっきりとした「影」が生まれていた。普通の日時計であれば、太陽の動きによって影の位置も変わるのであるが、「戦時中の太陽」は動かない。動かない高みから人々を照らし、一定の「動かない影」を、恒常的に造り出し、それをひとびとに意識させてきた。本来であれば「太陽―棒―影」は、相対的なもので、関係は常に動いていた。しかし、「動かない太陽」がつくられると、そこに生まれる影も動かない。ここに「絶対性」と呼ばれる関係が出現する。「関係の絶対性」である。

敗戦というのは、「絶対」として振る舞った「太陽—棒—影」の関係がゆらぎ、関係が「相対化」される時代になったということになる。「関係の絶対性」に加担してきた時代は終わった。とすれば、戦後は、めでたしめでたし、という時代が来たということになる。

確かに、めでたしめでたしと感じた人もいるだろう。でも、あの時、あの時代、天皇を太陽のように感じ、直視すれば目が潰れると感じ、その太陽が造り出す自分の影を、自分の生きるべき姿だと思い込み、その姿を逃れられない「関係の絶対性」として感じていたことは、何だったのか。それはただ愚かで、能天気で、盲目的で、おめでたいことに過ぎなかったのか。それならそういう時代は「終わって良かった」ということになるだろう。「終わってしまえば」の話であるが。

しかし、もしあの時、あの時代の、「関係の絶対性」を感じていた感性の中に、何かしらあなどれないものがあり、それは「終わったり」しないものであり、形を変えて生き続けるものなのだとしたら、それは、この敗戦の機会にこそ、もっと見つめる必要があるのではないか。形は違えど、当時のソビエトにはスターリンを太陽としたり、毛沢東を太陽とすることによる「影」が、「不動の影」として世界中に出現していたし、現在でも、ロシアや中国、北朝鮮など、「絶対性」を生み出す仕組みは、少しも枯れずに生き残り続けている。「不動の指導者」を「絶対性」と感じて生きる生き方は、再生産されてきているのである。

ということは、戦争が終わったから「絶対性」が自動的に倒れるのではなく、「こころ」を持って生きる限りにおいて、「幻想（影）」を絶対視する仕組みは生き続けてゆく。だから、「不動に見えるもの」を常に「動くもの」として見える視座を手に入れなくてはならず、その視座を手に入れようと続ける意志を持ち続けなくてはならない、と著者は感じていたのである。

そういう意味で、「日時計」は、彼の秘められた闘争宣言の詩文になっていたものである。この「絶対」を突き動かして「世界」を「動くもの」としてとらえる視座が、もし「太陽―物（棒）―影」にあるのだとして、それが「時刻」を測るだけのものではなく、「世界」の動きそのものを測るものになっていなければならないのだとしたら、この「太陽―物（棒）―影」は、別なイメージでも語られなくてはならなくなる。

『日時計篇』全体は、日時計のもつ「太陽―物（棒）―影」を、「世界」のあらゆる仕組みとしてあることを捉えようとする試みである。そしてそれは、自分の中の「絶対性」への加担を和らげてゆくためのリハビリテーションでもあった。それが、彼が毎日『日時計篇』を書き続けようとしていた理由である。

ところで、ここでは、もう一つ大事な視点を付け加えておかなくてはならない。それは「絶対なもの」「不動のもの」を動かさなくてはという思いと同時に、そういうものに心惹かれるものを著者は感じている、という所である。ここに、著者を単なる「相関主義者」「相対主義者」「構造主義者」、つまり「すべては相対にすぎない」とうそぶく「ニヒリスト」にしてこなかった魅力がある。その彼を引き付けてきた「絶対」とは「宗教的なもの」と後に触れる「家族の深淵」「家族の不幸」がもたらす「絶対」についてである。これは彼を生涯にわたって引き付け、苦しめてきた。

天皇っていうのは、今はまあ国民の象徴になっちゃったけど（笑）、その頃は生き神様で、そのためなら死んでもいいかな、と。それで僕はやっぱり天皇のためっていうのが一番ピンと来たんですよ。つまりこの生き神様たる天皇のためっていうのが、この命を取り替えるのに一番相応しいって僕は思いましたね。だから、今考えれば馬鹿馬鹿しいことなんですけど、やっぱり僕の中にもともとそういう宗教的っていうか、ある絶対的なものに対する、なんか……敬意というか憧れというか、そういうのがあったんじゃないでしょうか。だから今でも宗教ってのは、好きですって言うと何だかおかしいけど（笑）。僕の中に一種の宗教性に対する執着っていうのが、ずっと若い時から、戦争中からですけど、あったっていうことなんじゃないかな。つまり宗教的絶対に対するひとつの信頼が俺にあったからだって思えますね。

（『吉本隆明　自著を語る』ロッキング・オン、51頁）

五　「相関」の再確認

すでに、先の「季節への目覚め」の章の中で、触れてきたことであるが、大事なことなので、ここで著者自身が「相関」という言葉を自覚的に使い、発表しはじめた経過について再度見ておきたい。その最初は、『日時計篇（上）』の一年前にかかれた「詩と科学との問題」（一九四九年二月）の中であり、それは数学者、遠山啓の授業を聴いたときの衝撃の核心部分の「説明」としてであった部分である。

●僕は其処で遠山啓氏に出会ふことが出来た。あの〈量子論の数学的基礎〉なる講義は僕に異様な興奮を強ひた。最早《もはや》**動かすものもありはしない**と思はれた僕の虚無が光輝をあげた殆ど唯一度の瞬間であつた。今思へばあの劈頭《へきとう》（真っ先にという意味）に語られた非ユークリッド幾何学は何ら特殊な問題を含んでゐた訳ではない。驚きが将に壊滅しようとしてゐた僕の心の間歇《かんけつ》（すきまのこと）をえぐつたのである。数学の認識的基礎を根底から脅威したと言はれるカントルの集合論に出会つたのは確か秋のことであつた。（強調とカッコの中の注は村瀬学）

●僕は数学といふ**純粋科学の領域に〈直感〉と〈思惟〉とが導入される様**を判つきりと知つた。思考の野を急に拡大されて途惑《とまど》ひしたが、やがてそれは僕が応用の場から純粋理論の場へ歩み寄る門出の誘ひであつた。（強調は村瀬学）

●斯《か》くて近代数学は量的因子の論理的演算の学から領域と領域との間の作用の学に変革されたのである。数学的な対象の性質は最早《もはや》問題でなくなり**対象と対象との間の関係**だけが数学の主題と変じ、論理が僕達に強ひる必然性や因果性は数学の領域でその特殊な位置を失つた。（強調は村瀬学）

（『全集2』、307、308頁）

私は数学の門外漢であるので、ここに引用した三つの箇所を、数学の「説明」として読んだわけではない。私が読み取ったのは、著者が、それまで「動かしようのない」「絶対不動の領域」と思われていた「ユークリッド幾何学」が、「動かせるもの」であることを、遠山啓の授業で知り、驚愕したということと、「数学」という「計算」だけの世界と思われていた領域に、「直観」や「思惟」の入り込む余地があるということを知った驚きと、それらが「領域と領域との間の**作用の学**」として「理解」できることを知ったことの驚きについてである。ここで「作用の学」と呼ばれているのが、「相関の学」のことである。この「作用の学」が「相関の場」としてはっきり書かれるのは、次の、「ラムボオ若くはカール・マルクスの方法に就いての諸註」（一九四九・八）である。

●詩作過程を意識とそれの表象としての言語との**相関の場**として考へれば、詩作行為は意識が言語を限定する心的状態にはじまり逆に言語が意識を限定する心的状態に終る。斯《か》かる過程において表象たる言語が実在たる言語に化する操作が完了されてゐなければならない。（強調は村瀬学）

●詩において意識の表象としての言語は、一の実在と化して存在しなければならない。詩作行為とは正に、何らかの手段によつて表象たる言語を実在たる言語に化する行為に外ならない。

●書くといふ単純な操作を媒介として、如何なる手段によつて表象たる言語を実在たる言語に化するか。けだしここに創造の秘機がある。

●**詩的思想とは正に意識の実在を、あたかも樹木があり建築があると同じ意味で確信する**処にのみ成立するのである。斯《か》かる確信は何ら理論的根拠を有しないかも知れぬ。だが斯かる確信は最上の詩人たちが生涯を通じて失はなかつた例外なき真実の措定である。（強調は村瀬学）

●今日詩人とは歴史的現実の諸相を自己の意識の中に探究するといふ断乎たる滅亡者としての光栄を守る者を指すのではあるまいか。

（『全集2』、321〜323頁）

ここで著者は、「表象たる言語」と「実在たる言語」を分け、「詩作過程」というものが、「意識」と「それの表象としての言語」との**「相関の場」**として考えられることを述べ、「詩作行為」は、「意識が言語を限定する心的状態」にはじまり、逆に「言語が意識を限定する心的状態に終る」という「相関」のことを述べている。そして、「表象たる言語」が「実在たる言語」に転化する操作が完了されて「詩作」となることについて。

むずかしいことを言っているように見えるが、要は、「詩作」が「意識」と「言語」の「相関の場」で創造されるということをいっているだけなのである。要約すれば、何だそんなことか、そういうことなら誰でも「詩作」するときに実践していることではないかと思われるかも知れない。しかし、ここに要約したことを、実際に「詩作」として実践することは、誰にでも簡単にできることではない。というのも、そうなると「詩作」というものが、「意識」から生まれるとしても、それは言語として表されなくてはならず、表された言語も、もうすっかり意識から遠いものとして、意識に似つかぬものとして（まるで「影」のように）そこに現れるということになり、そこに生まれる創作の現場が、詩作と呼ばれる絶えざる「相関の追求」の場ということになるからである。だから、著者は最後に「詩人」とは、「歴史的現実」の諸相を、「自己の意識」の中に「探究」する者になり、その姿は「滅亡者としての光栄を守る者」を指すのではあるまいか、というような悲愴な言い方をすることになっている。つまり、「詩人」とは、「現実」と思われているものを「意識」のなかに「探究」する者であるが、「意識」は「現実」の「影」のようなものだ。そこに「現実」と

「意識」の絶えざる「相関」としての「詩作」が現れるとしたら、そこに現れるのは、「〈確実なもの〉を表現する者」というより、「〈確実なもの〉を滅亡させる者」として現れるようなものではないか、と言っているからである。

このような、『日時計篇（上）』の書かれる一年前に書かれた問題意識は、まさに『日時計篇（上）』全体を「意識」と「言語」の「相関の場」として、「探究の場」にすることの予言にもなっていたといえる。

そして、この「相関の場」を「詩作」として自覚的に実践するはじめの頃に書かれたのが、巻頭に置かれた「日時計」だったのである。この「日時計」が、「太陽―棒―影」の「相関」を描くためにはどうしても必要であり、そこには内的な必然性があったのである。

六　「日時計」に続く十三篇の解読

最初の「日時計」を読み解いてみたので、一般の読者が続けて『日時計篇（上）』を読む場合のことを想定して、とりあえずは十三篇位を、私なりの視点で、まず読み解いておきたいと思う。

〈時間の頌《たたえ》（祝い歌・村瀬注）〉
寂《しず》かな時はこのうへなくわたし自らを守つてゆきました
あはれなひとびとの物語もさしたる程にはわたしに聴かせることもなしに

そしてわたし自らもいかなる風景や騒乱にも擾《みだ》されない
確かな時間を守ることを知りました
時々にわたしの孤独がまるで死の影を負つてきては
このうへない暗いものを伝へてゆくけれど
わたしはひとりでそれを耐えることができます

寂《しず》かな時の移動はわたしに訓《おし》へました
狂信や祈りもないありふれた歳月を
たれともわかつことなしにむかへまた送り去ることで充ち足りることを
それからわたしよりもこころ貧しいひとびとから
いひわけをしない生活《くらし》をすることを習ひました

あまたのわたしの暗さの集積《しゅうせき》　また女たちの屈《くつ》たくのない小唄
わたしたちの季節はさまざまの宿命にわけられて開きはじめます
わたし自らの関心はわたしの暗さの集積にかけられ
しかも何ごとも解くことのならない未前《みぜん》の世界を怖れなしに迎えます
どんな期待も　どんな寂《さび》しさも
わたし自らを殺すことは出来ません

（『全集2』、491頁）

「日時計」の次は「時間の頌」。この「時間」の「祝う歌」という発想がユニークであろう。「時間」の、何を讃えようというのか。そもそも作者は「時間」をどのようなものとして見つめようとしているのか。ここでの作者は「まぜもの（相関）」としての「風景」と「時間」とを「対比」させている。「風景」とは戦時中の暗い、「死の影」を負った場面であり、「騒乱」と「狂信」と「暗さ」に乱された場面である。その「風景」に対比させられているのが「時間」である。作者は、その「時間」の中の大事な部分を「寂《しず》かな時」と呼んでいる。この「寂《しず》かな時」をもつおかげで、「自ら」を「守る」ことができ、「暗さ」にも「耐える」ことができてきたと。その「寂《しず》かな時」は「ありふれた歳月」と言い換えられたり、「わたしたちの季節」とも言い換えられている。ここに『日時計篇（上）』で最初の「季節」という語法がでてくる。

「わたしたちの季節は、さまざまの宿命にわけられて開きはじめます。」

一般に「時間」と言われているものの中に、「季節」と呼ばれる特異な時間がある。「風景」の中に、孤独や暗さや宿命といった「動かせないもの」があったとしても、それでも、その中で「動くもの」がある。「季節」である。それがこの詩では、「時間（「寂《しず》かな時」）」と言い換えられる。それを感じることの中では、もはや（戦時中のように）「わたし自ら」を「殺す」ことはできないと。この「風景」と対比させられる「時間（寂《しず》かな時）」との「まぜもの（相関）」の自覚が、「時間の祝い歌」と呼ばれている。

〈歌曲詩習作稿〉(1)　※以下注の詩題下の数字は『全集2』の頁数を示す

「森の歌」と題された少し牧歌調の歌曲詩。

「目覚めよ！」という書き出しではじまる。きらきらと「風」が吹き、西北に黄金の稲穂が、瓦のようにたなびき、森の樹々には小鳥のさえずり……。これは何の描写なのか。「季節」の描写である。

次の「目覚めよ！」は、「にんげん」を問う。「にんげん」は、「啞（声の出せない）の馬曳き（馬方）」であると。彼らは、緑ではない「青い魔の森」から、「死の色に染まる河原（賽の河原）に積まれた石」に向かい、そこから出る「方舟」に乗る。「方舟」には、「幽鬼の群れ」が、と。

ここでは「緑の森」と「河原の石」が比較されている。「季節」と「季節にならぬもの」との比較が。

〈暗い時圏〉(2)

後半は、『固有時との対話』の中程に取り込まれている。

「一九四九年四月から」と書き始められるこの日時は、書き手が東京工大

(1)〈歌曲詩習作稿〉493頁

森の歌

＊

目覚めよ！　きららかに風は吹きたり
西北のかた黄なるいらかは古式なる農のうれひ
倦怠のひるの森なみの樹々
おく病なる鳥のさえづり
あらゆるものはくぐもりて暁はいつまでもあるまじ

＊

目覚めよ！　にんげんは啞の馬曳き
うるめる邪悪あをきは魔の森のゆえ
死のいろにて河原の磧
方舟は幽鬼のむれ
あらゆるものはふてくされいつまでも眠りてあらん

(2)〈暗い時圏〉494頁

一九四九年四月からわたしはコンクリートの壁にはりめぐらされた

の特別研究生として「無機化学研究室」に配属された日時である。「部屋」と呼ばれているのは、「研究室」のことであろうが、そこで「自らのうちに起つた変化」だけを、ここで語ってみたいという。その「変化」とは何か。

　わたしは先《ま》づ何かを信じようとするこころを放棄しなければならなかつた

「何かを信じるこころ」とは、「ある関係」の「不動性／絶対性」を疑わないことである。戦時中の作者のこころである。その「信じるこころ」を「放棄」する出来事が二つあった。一つは「あの少女」に裏切られたこと。「少女」は「にんげんは立ち去るときに一様に残酷であることを象徴しつつ去つた」と。「あの少女」は、現実にいた少女なのだろうが、ここでは「にんげんの関係」の「象徴」である。「少女」からは「残忍さと狡猾さとを知らされた」と書いているが、「関係の絶対性」を甘く信じていた青年が、痛い目に合った思春期によくある体験が書かれているのであろう。

　もう一つは、「化学実験」という「物と物の関係（相関）」を学んだことによる、「全体の関係」の相対化の体験である。その「実験」が「わたし

部屋のなかで　一日の明るい時間
を過さねばならなかつた　わたし
に許されたのは書物と　科学上の
或る種の実験だつたのである　わ
たしはその日日を別に如何やうに
も意味づけようとは思はないから
　自らのうちに起つた変化の外に
は何も語らうとは思はない
　わたしは先づ何かを信じようとす
るこころを放棄しなければならな
かつた
孤独と焦燥のはてに其処へゆきつ
いたのである　わたしには以前か
ら何かを信ずるこころは無かつた
けれど、言はば不信のなかにある
或る種の信に似た感情をも放棄せ
しめることを教へたのは　あの冷
酷な部屋のなかである　少女とい
ふものの残忍さと狡猾さとを知ら
されたのもあの部屋である　だが
　わたしはあの少女のことをいふ
まい　少女はわたしに　にんげん
は立ち去るときに一様に残酷であ
ることを象徴しつつ去つたのにす
ぎない　それはわたしも且てそれ

自身の質を変へさせた」と。でも詩には、その「実験」がどのようなものであったのかは書いていない。ただ「わたしは自らの隔離を自明の前提として生存の条件を考へるやうに習はされた」とだけ書いている。おそらく「生存の条件」をいくつも考えることによって、固定化され、動かないもののように見えていた「生存」を、動くものとして見えるような「実験」の感触をその「実験室」で手に入れたのであろう。

秋の狂乱(3)

「もう秋か」という感嘆から始まる詩。「秋」の何に感嘆しているのか。「ビルデイング」に「影」がおこる。「空の上」の「逆光」から、「影」が生まれる。不動のビルデイングに動く影。「空の上」には何が?「空気」が? いや「風」と呼ばれる「空気」が、だ。それも「秋風」と呼ばれる「風」が。

　この「秋風」が、「ビルデイング」の下のプラタンの並木路いっぱいに「塵埃《じんあい》」を巻き起こす。さまざまな紙くず(デパートの包装紙から革命を煽る貼り紙など)が路いっぱいに「湧き上がる、湧き上がる」。

　そしてまた「もう秋か」の感嘆。

つの思ひ出を苦しい色彩のなかに
再現させたのである……

つぎにわたしの孤独が質を変へた
ことを告白せざるを得ない　且て
わたしにとつて　孤独とはひとび
とへの善意とそれを逆行させよう
とする反作用との別名に外ならな
かつた　けれどあの部屋はわたし
自身の質を変へさせた　わたしは
自らの隔離を自明の前提として
生存の条件を考へるやうに習はさ
れた　だから孤独とは、喜怒哀楽
のやうな、言はばにんげんの一次
感覚とも言ふべきものの喪失のう
へに成立つ、わたし自らの生存そ
のものに外ならなかつた

おう　ここに至つてわたしは何を
惜むべきだらう
ただひとつわたし自身の生理を守
りながら　暗い時圏を過ぎるのを
待つのみであつた　ひとびとはわ
たしがあの部屋にもあの時間の圏
内にも　何の痕跡も残さなかつた
といふことを注視するがいい

この「並木路」いっぱいに繰り広げられる「塵埃」の「狂乱」は、果てがないようだ。けれども「この狂乱」には「悔い」がない。これらの「狂乱」は、「颪」からやってきて「雲の乱れ」のように乱れている「季節」の産物だ。だからそれらは「決して誰と誰とを苦しくさせたり戦争をもちかけたりするではない」と書かれる。この「季節」がもたらす楽しげな「狂乱」と、戦争がもたらしていた醜悪だった「狂乱」との対比。

〈虫譜〉(4)

この「〈虫譜〉」を好きな詩として選ぶ人は多い。他の詩に比べて具体的で「わかりやすい」と感じられてきたからであろうか。

「虫がじん速に鳴いてゐる」という書き出しから、この詩を秋の風景描写のように感じる人もいただろう。留意点は二つある。前の詩の「もう秋か」を受けて、この詩も、「秋」なので「虫」が鳴いているという「情景」が描かれていると思ってしまうこと。でも作者には、「風景」を拒んでいるところがあった。ではこの詩が、ただ「風景」を描いていないのだとしたら、いったい何の「描写」なのか、ということになる。

基本の構図は、すでに巻頭の詩篇「日時計」に含まれていた。つまり、

(3) 秋の狂乱　498頁

もう秋か、
凝固土《コンクリート》のビルディングには影があ
る影がある
影ぼうしはあを黒く さらさら流
れる大河に似て
空気は風といふ名でとほる
風も秋風といふ一種の固有名詞で
とほる
じつに暗くビルディングの上の空
からは逆光がおりてきてゐる
商標旗がぱたぱたやつてゐる
鶴の感じの図案は何といふのか動
く動く黒旗のやうに視える
もう秋か、
湧きあがる湧きあがる路いつぱい
の塵埃がわきあがる
洋服のポケツト屑やデパアトメン
ト・ストアの包装紙や
アジトの知れない無名の革命戦士
の貼紙の屑からできてゐる
路いつぱいの塵埃がわきあがる
眼つぶしのやうに寂しい眼にふり
かかる

虫が「じん速」に鳴くというのは、必死で異性を求めて合図を送っている姿であり、とても性的でエロス的な、生存を賭けた「動く営み」の光景である。そのエロス的な光景が、「縁の下」や「たくわん石」や「下水」のような、日の当たらないところから聞こえている。その光景をもたらす生きものが、至る所に「ゐる」のである。その「音色」は「じん速に鳴く」という「動きの姿」であり、それは「佇ちとまることを許されてゐない囚人のやうに」とも言い換えられている。

ここに「日時計」のもつエロス的なものが、「季節」の姿として、受け取り直しされている。ここでの「虫」は「季節体」として描かれ、それはあたかも「ひと」のようにも描かれているのがわかる。なので、この詩をたんなる「秋の風景描写」のように読むことはできない。

注：「théophobie《テオフォビア》」は「神」の意味。

〈暗い日に充ちた〉[5]

「暗い日に充ちた場所」を「もの慣れた風《ふう》」をしながら過ぎる。「こころにたまる不信」を抱きながら。

その「場所」で、「われら」は「ひとびと」のように、ビルデイングの

光の環《リング》やプリズムや未来派の図形
のやうにちかちかとふりかかる
もう秋か、
われらの狂乱はまた果てしもあら
ず
終日　地獄絵と思ひなしたプラタ
ンの並木路にはさまれて
おう　それでもわれらのこころに
悔ひの影はない
まるで風にひとしく
または雲の乱れにひとしく
決して誰と誰とを苦しくさせたり
戦争をもちかけたりするではない
蕩児に倒産された屋敷といふ風な
白皙のビルデイングを出入りする
（一九五〇・八・廿三）

(4)〈虫譜〉500頁

虫がじん速に鳴いてゐる
ボオル盤のやうな　輪転機のやう
な　ねられた音律で鳴いてゐる
縁の下の暗い湿地で鳴いてゐる
半分ほど埋められた沢庵石の廃物
のしたで鳴いてゐる
下水の傍の半陰地で鳴いてゐる

事務室に通い、晨夕《あさ》まるでそれを自らの生きる目的のごとくグラフを作り、アルマイトの弁当を喰い、誘われてはテニスを打ち、球を拾い、カラカラと笑いあう。ここに描写されているのは、毎日変わることのない、決まり切った、不動の毎日だ。

そんな中に、ともすれば、自分を何者か大成せるもののように思ったり、選ばれた人種のように見せかける者たちがいて、そういう奴らは嗤《わら》うだけだ。しかし、彼らだって妻子を養い、家を構えるためにそんな努力をしているのだ、と思えば、いたわってあげてもいいだろう。

そんな暮らしを、少しでもよくしようと「抗《あらが》ふ（労働争議などの争い）」ことをしても、「すべて悲しい」。「われら」には、いつも「深くかくされた魔」が住みつき、ついに「打ち負かす術もない闘い」に自らを費やしてしまうだけだ。「深くかくされた魔」とは、世界を「動かせないようにしている」何者かだ。「それゆえに、日々は暗く、たとえようもなく疲労は、まるで空からおりてくるように肩にかかっている」。ここでも、見つめられているのは「動かないもの」「動かせないもの」を抱えて生きている自分と、どこかにあるであろう世界を「動かしえるもの」への希求である。

決して美しいとか哀れとか綺麗とかいふわけにはいかない
人間のやうに生活の滲みこんだ厳しい音色で鳴いてゐる
夜
こほろぎからきりぎりすにいたる
四種類ほどの音色をききわけながら
無用の物想ひをする間隙がなくなつてゐる
まるで火にやかれるやうな不安が拡がつてくる
むしろその音色のなかに運命のやうな暗い発光をききわける
虫はじん速に鳴いてゐる
佇ちとまることを許されてゐない囚人のやうに
罪や théophobie を感じてゐる苦行僧のやうに
地獄や極楽をまのあたり観た高僧の乾いた眼のやうに
賭けるやうな色で鳴いてゐる
（一九五〇・八・廿三）

（5）〈暗い日に充ちた〉502頁

詩への贈答(6)

夕日を構成している赤色からひわ（黄緑）色に至る「複合色彩」を分離させて、眠りかけている幼児にそれを指さしてあげる、という書き出しではじまる詩。そんなふうに書きはじめられる詩を、これまで読んだ人はいないに違いない。ここにはいったい何の「比喩」が込められているのか、と考えることになる。

しかし、ここには何の「比喩」も語られているわけではない。書かれているそのままのことを、当時の作者は考えていたからだ。「夕日の色」というもの、それは「複合色彩」としてあるもので、それは「分離させる」ことができる、という事実。その「事実」を「眠りかける幼児」に教えてあげると、「いちいちうなずいてくれた」ので、彼らは「わたしの共鳴者」だと。

「夕日の色」は、実は「太陽の位置」と「大気の層」と「そこを通過する光の時間」によって、西の空の「色の変化」として現れてくる。夕焼けと呼ばれる現象だ。その結果、「夕日」の色も変わってくる。つまり「夕日の色」というのは、「太陽の高さ」「大気の層の厚み」「そこを抜ける光」

暗い日に充ちた場処をもの慣れた
風をしながら過ぎる
出遇ふものは旧知のやうに感じ
しかもことあたらしく挨拶をする
ことも忘れてしまひ
時によつては視えないもののやう
に風景をおもひなし
ひとびとは関心にいたらないまへ
のやうに遇し合ひながら
暗い日に充ちた場処をもの慣れた
風をして過ぎる

こころにたまる不信こそは
眼のなかにその悲しみを宿して
ものおじはおく深く沈めて敢てひ
とびとにそれをもてあそばしめな
い

たどたどしくともわれらはひとび
とのやうに
ビルデイングの事務室に通ひ
晨夕まるでそれをば自らの生きる
目的のごとくグラフを作り
アルマイトの弁当を喰ひ
そして誘はれてはテニスをうち球
を拾ひからからと笑ひあふ

が複合されて生まれる、「光の関数」「光の相関」の現象だったのである。「夕日の色」は「ひとつの不動の色」でない。それは刻々と動く「複合色彩」としてのみ現れる。ということは、この動くものとしての「複合色彩」の「色」は、「分離」することもできるのである（当時の作者が、翻訳した色彩分析の論文が資料として『吉本隆明全集3』の最後に収録されている。『敗北の構造』の「色彩論」参照）。

「この苦難にみちた時代」「空前の（戦争時の）惨苦」の後にあって、「わたし」が言えることは、「わずかに幼児をうなずかせるに足る程度の、夕日の色や、雀の囀り、うるしの痛んだ玩具の機関車についての助言ばかり」という。それらはみな身近にあって「動くもの」ばかりだ。そういうものへの「助言」ならできそうな自分がいる。

かといって「偽りのないこと」を、その通りに訴えれば、青年たちを苦しい立場に追いこんだり、未だゴム弾性のような柔軟な脳髄に、革命のコロニーを植えたりすることになる。結局、「わたし」の思うことはすべて暗く、「わたし」の黙っていることは、「みんな」も黙っていることになる。「偽りのないこと」とは、世界は「動いている」ということ、世界は動かせるということの認識だ。しかし、それを「言う」ことができない。タイトルの「詩への贈答」とは、それでも、幼児に向けて指さしをしてみせる

そのことにわれらを埋没せしめよ
ともすれば自らを何者か大成せる
もののやうに思ひ
あるひは撰択せられたる人種のや
うに説き聴かせる者たちを嗤へ
しかる後彼らとても妻子を養ひ家
をなしえたることにつき
しかくなしとげたることをいたは
れよ

ああ　抗ふことはすべて悲しい
われらにはいつも深くかくされた
魔が住みつき
つひにうちまかす術もないたたか
ひに自らをついやして了ふ
それゆゑに日々は暗くたとへよう
もなく
疲労はむしろ空からおりてくるこ
こちがして肩にかかつてゐる

(6) 詩への贈答　504頁

けふの夕日が構成《な》してゐる色のう
ち
緋色からひわいろにいたるまでの

ことならできるという思いのことである。

ふたたび一九四三年頃のやうに／学問を怠りデカダンスの酒をくらひ／街を彷徨することになるかどうか

かつて、戦争時の「一九四三年頃」には、「色」は「ひとつ」で「分離」できるようなものとは、「みんな」は感じていなかった。いまその「分離実験」の必要性を「詩への贈答」として書き付ける。

暗鬱と季節⑺

「緑の色は、まるで底深い形態の髄まで衰えていった」という書き出し。「緑の色」は「季節」を象徴する色だ。その色が深いところまで衰えていったという。この一行で訴えるものがある。

そうしてまるで未来のやうにやってくる季節は／過去のやうに退いてゆく／わたしの傍をとほりすぎて／確かひとたびの挨拶もわたしにおくることもなしに／わたしはいつその際立った季節の変化があったの

複合色彩を分離し
眠りかかつてゐる幼児にそれをゆ
び指してやる
いちいちうなづくように頸を動か
す幼児は
わたしへの共鳴者だ
この苦難にみちた時代にあつて
巧みな技倆と殉教者のやうにしか
めた貌を視せる
あの姿勢《ポオズ》はまことの詩人のものと
は思はれない
すくなくとも斯かる空前の惨苦の
まへでわたしが言へることは
わづかに幼児をうなづかせるに足
る程度の夕日の色や雀の囀り
うるしの痛んだ玩具の機関車につ
いての助言ばかり
いつはりのないことをそのとほり
に訴へれば
青年たちを苦しい立場に追ひこん
だり
未だゴム弾性のやうに柔軟な脳髄
に革命のコロニイを植えたりする
けつきよくわたしの思ふことはす
べて暗く
わたしの黙つてゐることはみんな

かを知ることもなかつた／何故ならわたしは自らを暗鬱のなかに閉ぢこめていたから／時はわたしの暗鬱のなかをとほり／けれど季節はわたしの外がはをとほりすぎていつた／空の色や深さ　樹々や作物の色や実のり　風の温度や視線／季節はいつもそんな目立つた道をとほつてゆく

　こんなにもあからさまに「季節」のことが書かれているとは、『日時計篇』を読む人はたぶん気付かない。まさか、詩を書く初心者でもあるまいから、こんなに「季節の変化」を気にするようなことをストレートに書くことはあり得ないと思いながら。だから、ここに書かれている「季節」は、きっと何かの「比喩」のように使われているだけなのだと、軽く読み流してしまう。しかしここでも、そうではないのだ。世界が「季節の変化」としてあるのに、「わたし」は「それを知るよしもない」ところにいると。その「季節」は、「空の色や深さ、樹々や作物の色や実のり、風の温度や視線」などとして数えられている。ここを読む人は、何かしら当たり前の「季節」のことを書いていると思ってしまう。

　それは違うのだ。作者が「季節の変化」というとき、それは静止した「景色」として現れるようなものを見ているのではなく、「季節」が、まさ

も黙つてゐる
ふたたび一九四三年頃のやうに
学問を怠りデカダンスの酒をくらひ
街を彷徨することになるかどうか
あの頃は未だ僧侶のやうな制服をきて
鳥の合唱をしたり〈火の輪舞《ファイヤー・ストーム》〉をしたりした
いまわたしにはその哀歓は残つてゐない
もつと苦しくもつと恐るべき現実がきても
それはそれなりに生きてゆけるだらうが
みんながコムプレックスのやうに感じてゐる惨禍の予感が
音楽家たちの奏するシンフオニーや
詩人たちのあいまいな姿勢《ポオズ》によつて
消えるとは思はれないのである
〈一九五〇・八・廿四〉

(7) 暗鬱と季節　506頁

に世界を構成する諸要素の動く「関数」として、その「相互関係」として現れているところの「変化」を見ているのである。

> わたしの願つてゐたのは／暗鬱と眼とのとりかへつこであつたに異《ちが》ひない／ちようど時間と物とが触れ合ふ地点でどんなにかそれを待つていたことか／わたしは信じてゐた／少くとも何日かわたしが眼をもらはねばならないことを／わたしの暗鬱が眼に変らねばならないことを

ここで言われている「眼」とは何か。「時間と物とが触れ合う地点」で起こる出来事を見ることのできる「眼」のことであり、それは世界を「関数」として見ることのできる「眼」のことである。それはだから世界を「景色」として見る「眼」のことではない。それは「じぶんで造り」あげる眼であり、「季節」を見る眼のことである。

> けれどわたしはふたたび季節を空しいままに喪つてしまつた
> 緑のいろはまるで底ふかい形態の
> 髄まで衰へていつた
> まばゆい晨と沖積地をおほふはん
> の木の群れに
> 光は冷えていつた
> そうしてまるで未来のやうにやつ
> てくる季節は
> 過去のやうに退いてゆく
> わたしの傍をとほりすぎて
> 確かひとたびの挨拶もわたしにお
> くることもなしに
> わたしはいつその際立つた季節の
> 変化があつたのかを知ることもな
> かつた
> 何故ならわたしは自らを暗鬱のな
> かに閉ぢこめていたから
> 時はわたしの暗鬱のなかをとほり
> けれど季節はわたしの外がはをと
> ほりすぎていつた
> 空の色や深さ　樹々や作物の色や
> 実のり　風の温度や視線
> 季節はいつもそんな目立つた道を
> とほつてゆく
> わたしはまるでそれに逆らふよう
> に視えない時間のなかをとほつて
> ゆく

睡りの造型(8)

「わが身は泥靴やしきたりとほりの風評に埋没せられ／いく年もいく年も睡つてゐたのであつた」と書きはじめられる「わが身」。不自然な眠り。朝夕や四季を感じるように生きられていない。「無理にも全く不都合な掟を誓わされ、次には、風景を視たいと願う眼を奪われ、いく年もいく年も睡っていた」と。それでも「わたし」は覚醒に満ちていたいと思う。「こころ」に、あますところのない思考をめぐらし、ひとりで「自らの風景」をつくり出しながら。戦時中がもたらした「睡り」の中で「慣らされて喪ったもの」は、「にんげん」の眼と「にんげん」を信ずるこころ、だと。「わたし」は、「いく年も睡ってゐた」時期のあることを忘れない。そのために「衰へた四肢」や「動かなくなった感官」や、「眼をうしなった倫理のいたましい歪み」を忘れない。

　わたしの睡りのうへには／ひとつの墓標を建ててその下で形成したすべての思考を刻まうとする／斯《か》くてそれを視たひとびとは／このやうな墓標がいたるところに視えざる血行のごとくあることを知るべきで

それで擦れちがひざまにわたしの
願つてゐたのは
暗鬱と眼とのとりかへつこであつ
　たに異ひない
ちやうど時間と物とが触れ合ふ地
　点でどんなにかそれを待つていた
　ことか
わたしは信じてゐた
少くとも何日かわたしが眼をもら
　はねばならないことを
わたしの暗鬱が眼に変らねばなら
　ないことを
若しそうでなければわたしは少女
　に出遇ふまでに死に出遇はねばな
　らない
明るい視線や建物の影や窓や路や
すべて眼に視えるもののかはりに
じぶんで造りあげた氷のやうな
風景ばかりを有たねばならない
けれどわたしはふたたび季節を空
　しいままに喪つてしまつた
何かわたしの衰へと先をあらそつ
　てゐるようなひとつの足音が
また遠ざかつてしまつた！

ある
「血行」とは、生体が「季節体（循環体）」としてあることの別の言い方である。

〈暗い招き〉(9)

どこかに「わたし」を招きよせるものがある。あたかも「過去につながれた鎖を手繰りよせるように」。けれども「わたし」は「過去」につながれているだけではない。「わたし」は、「未来の時」を考えることなしには存在することはないからだ。「すでに未来と過去とが」つながれている。その流れの中で「わたし」は、暗くあり、その流れの外で、世界も暗くある。このように「わたし」を「過去」と「未来」を結ぶように「招く」もの。それは四季を生む「季節」の「つなぎ」なのだ。

わたしの招きよ／けつしてわたしが為しえないことのためにその招きはいつまでもあり／しかもそのためにひとつの理由でもある／風を建築たちのたちならぶ街々の小路に見つけたり／夕べの微光を四角なビ

（8）睡りの造型　508頁

わが身は泥靴やしきたりとほりの
風評に埋没せられ
いく年もいく年も睡つてゐたので
あつた
まづ猛々しさや諍ひのはじめの言
葉を忘れさせられ
無理にもまつたく不つ合な掟を誓
はされ
次には風景を視たいとねがふ眼を
奪はれ
いく年もいく年も睡つてゐたので
あつた
それでもわたしは覚醒にみちてゐ
たりと思ふ
こころにあますところのない思考
をめぐらし
ひとりでに自らの風景をつく《ママ》出し
もした
あまたの時そのやうに慣らされて
喪つたものは
にんげんの眼とにんげんを信ずる
こころ

ルデイングの窓に感じたり／すべて陰微なことにわたしのこころがむかふのは／ひとつの焦燥であつたりひそやかな温もりであつたり／時といつしよにあるひとつの招きについてのわたしの安息である／それほどにわたしの招きよ／あたかも限りないもののやうに／またはちかしい触手であるかのやうに／いつまでもわたしの過去と未来とをつないでゐる

戦争が終わり、「もう神について考えられなくなった人間」にとって、「崇高とか信とかを思うこと」は辛くなっている。「わたし」は、そこに何も視ようとはしない。そして自らの内に、時間（季節）のほかに何も見出そうとはしない。

「わたし」は、ただ流れゆくものであるかのように、その撰択にすべてをゆだねる。ああ、そしてその撰択（季節の選択）について、「にんげん」は、何の尺度ももってはいないのだ。

季節[10]

まさに「季節」と題された詩。「季節」の何を書こうというのか。

あまつさへ幸せはひとにかかはらしめぬはたらきのうへに築かれ
そのうへに唱はれる数々の音楽や
そのうへにとなへられる数々の倫理
わたしは幸せをふくんだあらゆる行ひと言葉とを
まるで腐蝕された齲歯のやうに忌みきらひ
ああそれでもいく年もいく年も睡つてゐたのであつた

わたしは斯かる時のあつたことを忘れまい
あますところなく衰へた四肢や
困憊に動かなくなつた感官や
眼をうしなつた倫理のいたましい歪みを忘れまい

わたしの睡りのうへには
ひとつの墓標を建ててその下で形成したすべての思考を刻まうとする
斯くてそれを視たひとびとは
このやうな墓標がいたるところに

「わたし」の中にプツンと「絶ち切られたひとつの記憶」があり、その「記憶」の中では、ぞろぞろと気味の悪い「蛆虫や百足虫や毛虫」の類がつながり、「赤い羞恥の跡」を残し、忘れたこともない「ひとつの瞬間」をともなったまま「遠く」へ去る。戦争の記憶だ。それは、羞恥なしでは思い返せない、遠くへ追いやりたい記憶だ。

そして「季節よ」と呼びかけられる一行が来る。そこでは次のように「説明」される。

「季節」よ。四季のように、いくつかの「継ぎ目」を通るとき、ひとつひとつ「記憶」を絶ちきってゆくのは、「にんげん」が「にんげん」を嫌いにならないためにあみ出されたことであった、と。

しかし、戦争の記憶を断ち切ってゆくのは、「にんげん」を嫌いにならないためにあみ出されたこと、というような理由があってのことなのか。「わたし」は、でも自らを「素朴」に変えて生きることを願わない。むしろ「わたし」の中に「争っている」雑多な理由があり、それらは「鎖」のように繋がり、錯合して、あたかも角礫《かくれき》岩の尖った先のように輝きを増してゆくことを思う。そして「季節」よ、と最後の呼びかけがなされる。

　季節よ／街々や建物や並木ばかりの緑や突如として気付いたりする風

視えざる血行のごとくあることを
知るべきである

(9)〈暗い招き〉510頁

どこからかわたしを招きよせるひ
とつの稀れな由因は
わづかな辛いとほりみちだつたた
めに暗い影を負つてゐる
あたかも過去につながれた鎖を手
繰りよせるやうに
わたしはその暗さをたしかめよう
としてゐる
けれどわたしの暗さは未来の時を
考へることなしには存在すること
はない
神秘ではない秘密のやうに
既に未来と過去とが同じ影のなか
につながれてゐる
そのながれのなかでわたしは暗く
あり
そのながれの外で世界は暗くある
わたしの招きよ
けつしてわたしが為しえないこと
のためにその招きはいつまでもあ
り

や／まるで地獄の池のやうに狭められた空／それを救済でもあるかのやうに視上げる眼や

たぶん、ここで呼びかけられている「季節」とは、自分をとりまく何でもない出来事に、「飽きもせず」何かを感じてゆく感性そのものに対しての呼びかけであるかのようである。

泡立ち[11]

「影が泡立つんだ　影が泡立つんだ」という有名になったフレーズではじまる詩。普通に読めば、とうていイメージの取りにくい一行。「石鹸が泡立つんだ」といえば、わかるけれど、「影」が「泡立つ」とはどういうことなのか。そんな奇妙な疑問を抱かせる一行なので、読者は魅せられてきた。

不思議《ふしぎ》といふのは　何処からもやつてこない　もちろんぼくがそれを／不思議と思はないかぎりは／けれど影が泡立つんだ　影が泡立つんだ

しかもそのためにひとつの理由でもある
風を建築たちのたちならぶ街々の小路に見つけたり
夕べの微光を四角なビルディングの窓に感じたり
すべて陰微なことにわたしのこころがむかふのは
ひとつの焦燥であつたりひそやかな温もりであつたり
時といつしよにあるひとつの招きについてのわたしの安息である
それほどにわたしの招きよ
あたかも限りないもののやうに
またはちかしい触手であるかのやうに
いつまでもわたしの過去と未来とをつないでゐる
もう神についての局外者である人間にとつて
崇高とか信とかを思ふことは辛くなつてゐる
わたしはそこに何も視やうとはしない
そしてみづからのうちにも時間のほかに何も見出さうとはしない

現代詩を読むことに馴れている人は、ここには何か「比喩」が語られているかのように感じるかもしれない。しかしそうではないのだ。ここには「ある事実」が語られているだけなのだ。それは「出来事」を「関数」として、つまり「相互関係」として見て取るという視点である。

すでに最初の詩「日時計」で見てきたように、「影」というのは、そこにただ「ある」ものではなく、「太陽の光」が「物体」に当たって生まれるもので、それは太陽の動きによって刻々と形を変え、移り変わるものであった。作者は、まさに「影」に「相関」として沸き立つ現象を見ているのである。それを印象的な「泡立ち」という言い方で表現しているのである。この論のはじめの一章で、『フランシス子へ』の中の「親鸞」の考察を見た時に、二つの海流のぶつかる「うずしお」のことを見ておいたが、ここでの「泡立ち」もそういう「うずしお」のようなものとして見ていると考えてもらうのがいい（くれぐれも「影」を、河合隼雄『影の現象学』が考察しているような、二重人格の片割れのような狭いイメージで見てはいけない）。

なので、その「影」は「まるで噴水の思ひ出や　金魚玉や　淡いホップのやうに／ぼくはまるで自分の存在がいつのまにか軽石のやうに膨らんで

わたしは唯流れゆくものであるか
のやうに暗い撰択にすべてをゆだ
ねる
ああ　そしてその撰択について
にんげんは何の尺度も有つてはい
ないことの
何といふ悲運！

(10) 季節　512頁

どこかで絶ち切られたひとつの記
憶がある
記憶はぞろぞろぞろぞろ蛆虫や百
足虫や毛虫の類を引具して
赤い羞恥の跡をひいて
忘れたこともないひとつの瞬間を
ともなつたまま遠く去る
そのときわたしはじぶんのなかで
予感が去つてゆくのを知る
別に寂寥といふものを慾してゐる
わけではないし
寂寥といふものは溺れることので
きない事実であることも知つてゐ
る
そうして何ごとか待ちつくしてゐ
るけれど

／何にもなくなつてしまつたかのやうに／けれど悔いはないんだ」とも表現される。

ビルディングの影も、商標旗の影も　並木の影も／ぼくが視るものすべては泡立つんだ

そこでは「道化師があらはれる／風船玉があらはれる／象を手牽きしてゆく子供があらはれる」などとも表現され、「泡立ち」の多様な姿が取り出される。「まぜる（相関）」ことで生じる世界は、どこまでも多様で、明確な形を示さない。でも、と作者は書き付ける。

ぼくは視てゐるんだ
影は泡立つんだ　影は泡立つんだ
つひに何もかもなくなつてしまつたかのやうに
けれど悔ひはないんだ
ぼくはもうある形骸に達してしまつたので眼に写るものは
何ともはや歪んで奇怪な渇えた風景であり
もう修正もなにも叶はなくなつた

かならずや不幸といふものは待ちつくしてみることのなかにあるのだらう

季節よ
いくつかの継ぎ目をとほるときひとつひとつ記憶を絶ちきつてゆくのは
にんげんがにんげんを嫌いにならないためにあみ出されたことであつた

わたしはみづからを素朴に変へて生きることを願はない
むしろわたしのなかに角逐してゐる雑多な理由が
鎖のやうに繋がり錯合して
あたかも角礫の圭圭とした尖端のやうにかがやきをますべきことを思ふ

季節よ
街々や建物や並木ばかりの緑や突如として気付いたりする風や
まるで地獄の池のやうに狭められた空

それは事実なんだ　事実なんだ　その風景は……

〈亡失風景⑿〉

もしも世界を「泡立ち」や「うずしお」のような、「相関」として見つめるようになれば、どういうことが起こるだろうか。

その時何が喪はれていつたか／ぼくの形態　海べのあばらや　ぼくの
触手　それで充たすことのなくなつた渇え／未だあたりの家々や並木
や商店ののれんや飼犬や／河すぢをわたる風さへも確かに在つたのに
／ぼくはみるみる喪つていつたのだ

ここに、ひとつの「喪失」の体験が描かれる。「相互関係」の中では、何もかもが、お互いの出方によって影響を受け、揺れ動く。そこには、いつまでも動かないような「不動の姿」「不動の形」はない。作者は、その相関の動きを見る中で消えていったと感じる風景を「ひとつの風景」と呼んでいる。「ひとつの風景」というから、何かしら目鼻のはっきりした風景のことを想像してはならないだろう。はっきりした光景（戦時中の風景

それを救済でもあるかのやうに
視上げる眼や
たつたそんな僅かなものにかこま
れながら過ぎてゆくのに
別に飽きもせずにむしろ次第にぁ
どけなく乾いたこころで
在るのである！

（一九五〇・八・廿五）

(11) 泡立ち　514頁

影が泡立つんだ　影が泡立つんだ
不思議といふのは、何処からもや
つてこない　もちろんぼくがそれ
を
不思議と思はないかぎりは
けれど影が泡立つんだ　影が泡立
つんだ
まるで噴水の思ひ出や　金魚玉や
　淡いホツプのやうに
ぼくはまるで自分の存在がいつの
まにか軽石のやうに膨らんで
何にもなくなつてしまつたかのや
うに
けれど悔いはないんだ
ビルデイングの影も　商標旗の影

と考えていいだろう）が喪失されてゆく風景の中で感じている、ある特別な「ひとつの風景」のことなのが。

それはひとつの風景／まるでどんなときにも耐えつづけて小さな積木細工のやうに組立ててきた／ひとつの風景／ぼくの痕跡をみつけ出すことはできないまでも／すみずみにいたるまでぼくがここらへ上げてきたひとつの風景／あはれなことに／きりきりまはりながら　あえなく形態をくづしながら／その端正や清潔さ̇さへも喪ひながら消えていつたひとつの風景

戦争が終わり、不動で絶対だった風景は、どこかに消えていったけれど、どこかに「どんな時にも耐えつづけて小さな積み木細工のやうに組み立ててきたひとつの風景」が「在る」ように感じている「ぼく」がいる。でもそれは「みんな」が見ているような「鮮やかな風景」ではないようだ。

ぼくはそれから飾絵や喧嘩や音楽や雑沓や自動車や／男や女や香料や色彩や煙や……何やら鮮やかな風景を視つけ出した／そうして全てはこれで安心であるといふものか／ぼくは何やら赤の他人といつたやう

も　並木の影も
ぼくが視るものすべては泡立つんだ
まるでぼくの暗鬱がとんぼがえりをうつて、透きとほつて
道化師があらはれる
風船玉があらはれる
象を手牽きしてゆく子供があらはれる
乾いた眼が　血のいろの地獄絵をみてゐるんだ
まるではるかにとほくいちまいの予感がかけられてゐるように
ぼくは視てゐるんだ
影は泡立つんだ　影は泡立つんだ
つひに何もかもなくなつてしまつたかのやうに
けれど悔ひはないんだ
ぼくはもうある形骸に達してしまつたので眼に写るものは
何ともはや歪んで奇怪な渇えた風景であり
もう修正もなにも叶はなくなつた
それは事実なんだ　事実なんだ
その風景は……

なゆきづりの眼で／風景はもうぼくの傷を噴き出すこともなく／それはぼくの思惑とほりに歪むこともなく／まさしくそこにあつたのだ

ぼくの喪くしたものは何であつたか／ぼくのまへに現はれたのは何処の風景であつたか

この詩はわたしの好きな詩の一つである。

(12)〈亡失風景〉516頁

その時何が喪はれていつたか
ぼくの形態　海べのあばらや　ぼくの触手　それで充たすことのなくなつた渇え
未だあたりの家々や並木や商店ののれんや飼犬や
河すぢをわたる風さへも確かに在つたのに
ぼくはみるみる喪つていつたのだ
それはひとつの風景
まるでどんなときにも耐えつづけて小さな積木細工のやうに組立てきた
ひとつの風景
ぼくの痕跡をみつけ出すことはできないまでも
すみずみにいたるまでぼくがここらへ上げてきたひとつの風景
あはれなことに
きりきりまはりながら　あえなく形態をくづしながらその端正や清潔ささへも喪ひながら消えていつたひとつの風景

ぼくはそれから飾絵や喧嘩や音楽
や雑沓や自動車や
男や女や香料や色彩や煙や……何
やら鮮やかな風景を視つけ出した
そうして全てはこれで安心である
といふものか
ぼくは何やら赤の他人といつたや
うなゆきづりの眼で
風景はもうぼくの傷を噴き出すこ
ともなく
それはぼくの思惑とほりに歪むこ
ともなく
まさしくそこにあつたのだ

ぼくの喪くしたものは何であつた
か
ぼくのまへに現はれたのは何処の
風景であつたか
ぼくはそこで死をさけるためにひ
とつの風景に従はねばならなかつ
た

――(一九五〇・八・廿九)――

第三章　『日時計篇（上）』の中核イメージへのもう一つの接近

一　著者によって、選出された『日時計篇（上）』の詩篇への注目

最初から十三篇ほどの作品を見てきた。もちろんこれが優れた解読というわけではないのだが、全く手に負えないような作品たちではなく、意外と身近に感じられるようなことを書いている作品たちかもしれない、と感じ取ってもらえたら、この導入の部分の解読はお役目を果したことになるだろう。

そこでさらに、『日時計篇（上）』を理解するためのもう一つのアプローチに挑みたい。それは著者自らが、『日時計篇（上）』の中から選出して、後の詩集に組み入れているものに注目し、解読してみることである。151篇もある詩の中から、著者自らが選び出した詩であるので、『日時計篇（上）』全体を理解する上でも、著者の意図するものが凝縮されている、とみなしうるからである。それらの抽出された詩の、掲載された書籍を以下に表にしてみる。

『固有時との対話』に取り出された詩 1952・8	『自立の思想的拠点』徳間書店 1966・10	『吉本隆明詩集』1968・4 思潮社	『全詩撰』大和書房に取り出された詩1986・9
⑪〈暗い時圏〉			
⑦〈光のうちとそとの歌〉 ⑥〈並んでゆく蹄の音のやうに〉	〈影と別離の歌〉 （〈光のうちとそとの歌〉）		
⑫〈寂しい路〉 ⑭〈過去と現在の歌〉 ⑮〈晩禱の歌〉 ⑳〈一九五〇年秋〉 ⑱〈規劃された時のなかで〉 ⑰〈風と光と影の歌〉 ⑯〈寂かな光の集積層で〉 ①題詞〈抽象せられた史劇の序歌〉	〈地底の夜の歌 ―少年たちに―〉	〈規劃された時のなかで〉 〈風と光と影の歌〉 〈寂かな光の集積層で〉	風過 〈ひとつの季節〉 〈祈りは今日もひくい〉 〈秋風はどこから〉
②〈風が睡る歌〉 ③〈建築の歌〉 ④〈神のない真昼の歌〉 ⑤〈雲が眠入る間の歌〉 ⑧〈午後〉 ⑨〈酸えた日差しのしたで〉 ⑩〈死霊のうた〉 ⑬〈鎮魂歌〉 ⑲〈蒼馬のやうな雲〉			

表の注釈をしておくと、上段から発表された書籍が年代順に並べられている。最初の『固有時との対話』は、すでに何度も説明してきているように、『日時計篇』の書き終えられた直後に、『日時計篇（上）』から抜粋されて出来上がったものである（番号は『日時計篇（上）』の中の順番を示している）。でも、それは、切り出したものをそのまま使っているわけではなく、作り変えているものなので、この作品は、あとで別に論じたいと思う。

なので、『固有時との対話』以外で、著者があえて『日時計篇（上）』から切り取っているものには、それだけ著者の「思い」が込められているものだと見なせるので、順番に「解読」してみたいと思う。そのあとで、『固有時との対話』の解読に挑戦できたらと思う。

二　著者によって、選出された『日時計篇（上）』の詩篇の解読

「まき雲」の光景――「地底の夜の歌――少年たちに――」の考察

まず「地底の夜の歌――少年たちに――」から取り上げる（ちなみに『自立の思想的拠点』版では「少年たちに」という副タイトルが付いているが、この詩は、この本の「初稿発表覚え書」によれば、『大岡山文学』八十七号、一九五〇年十一月二十五日に掲載となっていて、そこからの転載である。その時には副題はついていないし、これ以降の詩集でも外されている）。そして、その後、

この詩は『吉本隆明全著作集1　定本詩集』の最初のパートの中に収められたが、本来は日時計篇群の中にあったものなのに、『吉本隆明全著作集2　初期詩篇　日時計篇（上）』の中には収められないでいた。しかし、のちの『吉本隆明詩全集2　日時計篇（上）』（思潮社、102頁）では、元の位置に収められたといういきさつがある。そして、最初の『大岡山文学』に載ったときの詩と、それが転載された『自立の思想的拠点』版では、詩の改行の仕方や字句で、変更はあるが、根本を変えるものではない。

そういうちょっと変転をへて収録されてきた詩ではあるが、著者にとっては、それだけ愛着のあった詩であることはわかる。それでも、この詩をはじめて読んだ人は、たぶん何が書かれているのか、うまくわからなかったのではないか、と思われる。というよりか、それを「詩」として読んだ人も少なかったのではないかと思われる。「詩」にしては、抒情に訴えるイメージがほとんどないからだ。何のために、こういう詩が書かれたのか、意図がよくわからなかったのではないかと。

ともあれ、「少年たちに」という副題を持った方の詩の最初の三行を見てみる。「ごらん！」という呼びかけで、ここでは「まき雲」のことが「幼いときのすがすがしさ」に関連させられて取り上げられている。奇妙な光景であるが、これは作者が「少年たち」に特に訴えたかったことだったのだと思う。では「まき雲」の光景が、たくさん書かれていた『日時計篇』の中から、とくに雑誌『大岡山文学』に、作者の意図を表した作品として選ばれたというのは、一体どういうことなのか。

わたしたちは「まき雲」などというものについて、よほどの関心がない限り注目はしないのではないかと思う。「まき雲」と聞いて何かイメージできる人も少ないのではないだろうか。そもそもイメージが湧かないので「まき雲」を辞書で調べる人がいたとしても、出てこない。なぜ出てこないのかというと、「まき雲」は、「巻雲」と書かれるのが普通で、読み方は「まき雲」ではなく「巻《けん》雲《うん》」と呼ばれてきたものだからである。形状は、刷毛《ハケ》でサーと掃いたような、白く細い雲が、端の部分をカールして広がっている雲で、「すじ雲」とか「絹雲（けんうん、きぬぐも）」などと呼ばれたり、「はね雲」「しらす雲」などとも呼ばれてきたものである。「まき雲」という言い方があれば、それはこの雲のどこかが美しくカールして巻いているように見えていたからであろう（『吉本隆明詩全集』では、「まき雲」は「巻積雲」と書き換えられている）。

　詩を理解したいのに「雲の形状」の理解が必要なのかと思われるかも知れないが、それは大ありであり、実はそこの理解が、この詩の理解には欠かせないのである。もう少し大事なことを言っておけば、大気圏は気象学上三つの層（上層・中層・下層）に分けられていて、巻雲は、この最も高い上層のなかで作られる雲であり、空がよく澄んで高くまで見通せるようなときでないと見えない雲なのである。

　そういう「雲の知識」を前提にして、詩の続きを読めば、次のように書かれていることの情景はよく見えてくるだろう。

まき雲はまるでぴあののかぎいたのやうにちかくからとほくのほうへ器楽の音いろをさそつて
ゆく　いくすぢもの脈をつくりながら　あを空のぞがれた円味をそのとほりなぞりながら

「巻雲」はピアノの鍵盤のように並んで見えたり、幾筋もの脈に見えたり、青空をはがしてカールさせたような丸みに見えたり（これが刷毛で掃いたような「まき雲」の別のイメージで表されている）している様が、描かれている。問題は、そういう高い空の光景の描写が、「詩」として何の意味を持つのかということであろう。

そして、その次の、パートには、夕暮れ時の雲が「茜《あかね》から紫蘇色《シソいろ》にかはつてゆく雲の色どり」が語られ、その「美しさについての感覚」は「汚れちまつた者にはゆるされてゐない」と書かれている。これはどういうことなのか。そして、次の二行が来る。

《明日もわたしたちはここにあるかどうか》
《いいえわたしたちはもう信じきれなくなつた》

たぶん、この二行に至るために最初の二つのパート、つまり「まき雲」のパートと「かはつてゆく雲の色どり」の情景が語られる、そういう構図になっている。

そこで改めて「雲」の話に戻ることになるのだが、なぜこの詩に、雲のいくつもの形や色の移り変わりを描いているのかというと、作者の訴えたいことはただ一つなのである。それは「雲」と呼んでいるものの形や色は、「一定していない」ということの指摘なのである。「絶対にかわらないもの」としてそこにあるものではなく、「変化するもの」としてそこにある、という指摘である。そのことを「少年たち」に伝えるために「まき雲」や「雲の色の変化」について書いている。それが《明日もわたしたちはここにあるかどうか》という疑問の言い方になり、いやいや「明日」もそこにあるわけではないという言い方を誘い、《いいえわたしたちはもう信じきれなくなった》と言い方を誘っている。つまり、わたしたちはもう「変化しない絶対などという存在」を信じきれなくなってきた、と言っているのである。

その思いは、次の、「まが歌の影がどうかみんなのこころに忍びこむことのないように！」という表現にも続いている。「まが歌」は「禍歌」「曲歌」とも読めるもので（のちの手入れでは「魔が歌」と著者は書き換えている）、その影が「みんなのこころに忍びこむことのないように！」というのは、「一過性のもの」を「永久的なもの」と見誤る危険性のことを言っている。これは著者の戦争中の体験を振り返り、「少年たち」への警告というか、誡めにしてもらおうというのである。そして作者は告げる。

おきき！　わたしに言へるのはたつたそれだけだ　すべては判らなくなつて地の底にべつに狂
信も祈りもないありふれた夜がおりてくる

「すべては判らなくなつて」という言い回しが大事である。これは、「確実な実態というものがわからなくなる」という事態を言い直しているもので、わかりやすく理解しようとすれば「雲」のような存在ということになる。「いま、そこにある」と思っていても、「数分後には、もうそこにはない」かのようにして存在するもの。その仮の姿のようにして存在しながら、でもあるときには実態としてあるように見えるものが「雲」なのである。その「雲」のように存在するものの見かけにだまされることなく、真相を捉える方法があるのではないか。その方法を探り当てようとするその意志を、この詩で「少年たち」に表明しているのである。

ここで注目すべきことは何なのか。それは「雲」という出来事が、大気圧と気温、水蒸気と微粒子（エアロゾル）、が関係し合う度合いによって、「雲のかたち」として現れ、それが、のち（未来）の天候の目安にもなるというところである。「よくわからない不確定な現象」から、ある程度の「未来の予想ができる」というのが「雲」というものの存在である。この「雲」という「不確実な存在」から、「未来の予想の可能性」が取り出せるという、その気象の予測の実体に、詩人としてはじめて興味を示したのはゲーテである。彼は六十六歳になってイギリス人自然科学者リューク・ハワードに出会い、彼の「雲の変化について」の論文を読み、驚嘆し、自分でも「雲の研究」をはじめることになる。このハワードから受けた衝撃は、彼の『神と世界』の中に「ハワードを讃えて」という長編詩として残されている（ゲーテ『自然と象徴』冨山房百科文庫）。ちなみに、この詩では「巻雲」は「絹雲」として紹介されている。

吉本隆明が「雲」に科学的に興味を持った動機はよくはわからないが、宮沢賢治の影響があったはずだと思われる。『初期ノート』の中の「宮沢賢治論」に「雲の信号」と題された短い考察があるが、賢治その人は、「風とゆききし、雲からエネルギーをとれ」（「農民芸術概論綱要」）と書いていたように、ふつうの詩人よりはるかに強い関心を「雲」に寄せていた。

ところで「雲」への関心を、その関心の先行者であるゲーテや宮沢賢治を指摘するだけでは、ただの指摘で終わってしまう。それだけでは、なぜ吉本隆明が、この詩で「雲」を取り上げているのか「わかった」ことにはならない。わたしは、もっと肝心なことについて触れておきたい。それは、「雲」という現象を、作者が「関数」として理解しようとしているところである。「関数」とは元々は、理数系の用語で示される世界であるが、ここでの「関数」は文系の発想で考える「関数」である。だから「関数」と言ってはいけないのだが、ここでは原理的な近さを重視して、あえて「関数」と呼んでおく。その原理的な近さとは、物事や出来事というものを、ある周期的な活動を持ったもの同士が、「相互関係」を持ちながら動き、それまでとは違った生成の過程を生むと考える考え方である。

そういう意味では「雲」は、大気の気圧、気温、水蒸気、微粒子の有無、などの周期的な要素が、ふれあい、ぶつかり合うことで、それまでには見られない「雲」という活動を生み出していた。なので、これを理数系の「関数」と呼ばなければ、「異化生成」とでも呼ぶ現象がそこで起きていたのである。ある周期的な活動に、別な周期的な活動が「関係」することで、今まで起こりえなかったような「異化生成」が生じるということは、日常的にはありふれた現象であるが、身近な例を挙げれば「雲」の生まれる現象が、そうだというのである。そして、逆にいえば、そこに「異化生成」が生じていると見なすことで、そこでふれあい、ぶつかり合っていた「過去」の正体を見積もることができたり、さらには、その「異化生成」をしっかり把握することで、次の、「異化生成」が「未来」として予測できるようになるのである。ゲーテが関心を寄せたのも、宇宙衛星のなかった時代に、ヨーロッパを襲うさまざまな気象現象の変化を、「雲の形状」の観察から予測し読み取ろうとする科学的な発想からであった。

吉本隆明も、「色彩」の「化学」を大学で学びながら、「色」も「異化生成」であり、「雲の色の変化」も「異化生成」であることがわかってきていたのである。「茜《あかね》から紫蘇《シソ》色《いろ》にかはつてゆく雲の色どり」と書かれていたのは、そこを見ていたからである。しかし、吉本隆明は、そこに自然現象の「関数」だけではなく、自分の体験した戦時中の「天皇」や「戦争」という現象も、「関数」として捉えれば、別の様相を持って理解できていたのではないかと思うようになっていた。つまり人文系の「異化生成」として捉える道がどこかにあるのではないかと。そういう道を見出さなくてはと。その新しい道への思いがこの詩に込められていたのである。

「フランシス水車」のイメージ――「影の別離の歌」の考察――

次に取り上げるのは、「影の別離の歌」である。同じ『大岡山文学』八十七号（一九五〇・一一）に載ったもので、のちに『自立の思想的拠点』（徳間書店、一九六八）に収録された。『日時計篇（上）』（一九六八）には「〈光のうちとそとの歌〉」と改題して収録されているものであり、さらには、修正を加えた上で『固有時との対話』の中に挿入されている。このように、最も初期に取り出され、題名を変えながら、さらには『固有時との対話』にまで組み入れられているのは、この作品だけであり、著者にとっては、欠かすことのできない最重要の作品であったと見なすことができるものである。

その初期形（『大岡山文学』に載ったもの）をここで考察し、なぜ『日時計篇（上）』では、題名が変えられたのか、考えてみたい。最初の三行は次のようになっている。

いく歳もいく歳も時は物の形態《かたち》に影をしづかにおいて過ぎていつた　わたしはいとまもなくこころを動かして影から影にひとつのしつかりした形態を探して歩いたものである　おう　形態のなかに時はもとのままのあのむごたらしい孤独、幼年の日の孤独を秘したまま蘇えるかどうか

一読するだけでは、作者が何を見ているのか、読者には全くわからないだろう。ここで描かれているのは「風景描写」ではないからだ。では何が描かれているのか。「形態《かたち》」のことを書こうとしていることはわかる。「形態」を探している、というのである。ではどういう「形態」なのか。「しっかりした形態」を探して歩いていたと。その「形態」の中には、幼年期の「むごたらしい孤独」が含まれているような。ここに「心情の状景」としての「むごたらしい」というような言葉が「孤独」という言葉の形容詞のようにつけられているのもわかりにくい。

しかしここで「形態《かたち》」と呼ばれているものを、一つ前の詩の「雲」のようなものと考えると、急に何かが見えてくる感じがする。作者は「雲」のようなものを見つめようとしているのだが、「雲」はそこにあるように見えて「しっかりした形態」をもっていないからだ。そしてここでは「雲」のようなものは「影」と言い換えられている。

物の影はすべてうしろがはに倒れ去る　わたしは知つてゐる　知つてゐる　影は何処へゆくかたくさんの光をはじいてゐるフランシス水車のやうに影は何処へ自らを持ち運ぶか　わたしはよろめきながら埋れきつた観念のそこを掻きわけて　這ひ出してくる　まさしく影のある処から！　砂のやうに把み、さらさらと落下し　またはしわを寄せるやうに思はれる時の形態を、影を構成するものをたとへば孤独といふ呼び名で代用することも、わたしは許してゐたのだ何故なら抽象することに慣れてしまつたこころはむごたらしいといふことのかはりに　過ぎてゆくといふ言葉を用ひればあの時と孤独の流れとを継ぎあはせることが出来たから

もしも「影」が「雲」のように見積もられたとするなら、ここはどのように読まれるといいのだろうか。「雲」は実体としてそこにあるように見えながら、でも「仮姿」のように実体がないようにも見えている。そこにありながらも、そこにはないように存在しているかのようだ。そうすると、ここで問われていることは、「雲」のところで見てきたようなこと、つまり「影」を「関数」として捉えているのではないかという思いである。ここに、「雲／影」を「関数」として捉えるにはどうしたらいいのだろうという問いかけを、私は見ようとしているのだが、たぶん、読者は私が何を問題にしようとしているのか、うまく想像してもらえないかも知れない。でもわたしの問いかけを理解してもらえるヒントが、このパラグラフに書かれている。それは「フランシス水車」のことである。不意に書き込まれた「フランシス水車」のことを、たぶん読者はさらりと読み飛ばしてしまうと思う。でもなぜここに不意に「水車」が現れるのか。この単語は、「フランシス水車のやうに」

と使われているので、ただ何かを形容するためだけに利用されているのだと思われてきたのであるが、そうではなくて、実はとても大事なことを伝えようとして持ち出されてきていたのである。「水車」というのは、水の流れを「歯車」によって別の力に変え、それまでになかったようなものを産み出す仕組みのことをいってきた。水の流れによって、穀物を粉にするような仕組みである。その間に作られたのが「歯車」である。この「歯車」は理数の用語を使えば、「関数」ということになるが、人文の言葉を使えば「異化生成」ということになる。つまり、「水車」というのは、「水の流れ」を「製粉」という「異化生成」を生み出す仕組みとして使うものだったのである。

作者は「水車」を持ち出すことで、この詩が「人文の関数」を見つめようとしていたことがわかるのである。ただ作者が、ただの「水車」ではなく、なぜ「フランシス水車」にしたのかは、知る手がかりはない。

「フランシス水車」は、イギリス生まれのアメリカ人技術者、ジェームズ・B・フランシスによって発明されたもので、素朴な「水車」ではなく、流水の取り込む形状を著しく変化させたもので、近代の水力発電所などでは、広く使われている水車である。簡単にいえば、ふつうの水車は、水平に流れる川の流れに沿い、歯車状の板を設置・回転させて「水力」を得るというものである。しかし、「フランシス水車」というのは、滝のように高いところから水を落とし、その「落ちる水」でスクリューのようになった羽を回転させる水車のことであり、こちらの方が強い水力が得られる。でも、そういう「高さ」のあるところから「落ちる水」を受け止めるには「貯水池」や「ダム」のような設備が必要になる。そして、時代は川からダムに移行し、一般の「水車」は、「フランシス水車」に取って代わってきていたのである（「フランシス水車」の形状はWikipediaでも見られる）。吉本隆明は、どこかの文献でこの近代的な「フランシス水車」のことを読んだのであろうが、出所はわからない。彼は、ヴァレリーのダ・ヴィンチ論を読んでいたのであるから、ダ・ヴィンチが従来の「水車」ではなく「上から落とす水で回転する水車」の設計をしていた（『科学者　レオナルド・ダ・ビンチ展　図録』〈国立博物館　一九八八〉にその模型の写真がある）ことを知り、その関連で、それがのちに「フランシス水車」として実用化してゆく過程を、どこかの解説で知ったのかもしれないが、確かめることはできない（彼が生きているときに確かめたかったことの一つである）。

鷲見洋一は、映画『七人の侍』（一九五四年）で、村人が野武士を用心棒に雇う大事な相談をする場所が「水車小屋」であったといい、映画の中での決定的な転換点が「水車」であり「水車小屋」であったことを指摘していた。ちなみに吉本隆明もこの映画を見たかもしれないが、詩は一九五〇年の発表なので、映画はその後の公開であった。

吉本隆明はのちに『フランシス子へ』という猫のエッセイを残している。次女がつけたという「フランシス子」という猫の名前の由来はわからないと言っているが、水車の「フランシス」と偶然であったとしたら不思議としか言いようがない。というのも、すでに第一章で見てきたように、「猫」というものは、人間にとって最も不思議な人文知的な「関数」として、つまり「異化生成」として存在していたからである。

話を「詩」に戻すと、二つ目のパラグラフでは、「たくさんの光をはじいてゐるフランシス水車」がかもしだす「たくさんの影」が主題になっている。そのつかめるようでいて、つかめない「影」に対して、「わたし」は「砂のやうに把み、さらさらと落下」するようにしてしか触れることができていない。こんなふうにしてしか「影を構成するもの」のつかめない在り方を、「わたし」は、「たとへば孤独といふ呼び名で代用する」ことも許していたと書いている。

そもそも「影」は「雲」のように不確定なものとして存在しているのだから、それを「確実なもの」として捉えようとする試みは「孤独」というふうに形容するしかないものとして理解されているわけだ。

ということは、作者は、ここで何を求めているのかということになる。「孤独」と呼ばれるような状況までもふまえて、作者は何を求めていたのか。

それは、「雲」のように、「影」のように、不確実に現れながらも、でもそれは、存在しないわけのものではなく、やはり存在するもので、ではどのようにして現れているのかというと、それは「水」と「水車」ような、何かしら、二つの周期的に活動するものが組み合い、関係し合ったときに、生じるものとして理解すること、その理解の原型を知ることが、目的だったと考えることである。その理解の原型を、「理数系の関数」と区別するためにあえて「人文知の関数」と今までは呼んできた。

そして三つ目のパラグラフが次のように書かれる。ここに記される「空洞」とは、「人文知」で測量される「関数」の示される場のイメージである。なので、ここは「未来」に書かれるべきもので、いまは「空洞」なのである。なぜなら、作者の「人文知の関数」は、「方法」として自覚される過程が、この『日時計篇（上）』の大きな目標になっていて、その「空洞」が実際に満たされてゆくのは、『言語美』や『共同幻想論』を待たなくてはならないからである。ここは、

斯《か》くてわたしはいつも未来といふものが無いかのやうに街々の角を曲つたものである　ただ空洞のやうな個処《ところ》へゆかうとしてゐるのだと自らに言ひきかせながら　たれもわたしを驚愕させなかつたし孤独は充分に填められてゐて余計なことを思はせなかつた　其処此処《そこここ》に並んだ建物のあひだ　幼年の日の路上で　わたしはいまや抽象された不安をもつて自らの影に訣れねばならなかつた！

こうした考察を踏まえて、この詩がなぜ『日時計篇（上）』の中では「〈光のうちとそとの歌〉」と題されていたのに、『自立の思想的拠点』では「影の別離の歌」と表題が変えられたのか、推測しておきたい。詩としては、ほとんど、変わらないにもかかわらず、なぜ題を変えたのかと。「〈光のうちとそと〉」という表現では、そもそもイメージが湧きにくい。「光」にどうやって「うち」と「そと」を区別すれば良いのか。トルストイの本の題にあるような「光あるうち光の中を歩め」というような表現なら、「光があるうち」という限定の元に「光の中（うち）」をあゆむというイメージが湧いてくる。ということは、この「光」というのは、「昼間」のことであったり「神の放つ光」であったりという光景が、想像できるからだ。しかし、「光」というものが、無条件で表

現されると、その「光」の「外」とか「内」のイメージが持ちにくいのである。もしも「光」が昼間のことなら、「光」の「そと」は「夜」や「闇」になるだろう。そうすると、「影」をテーマにしている詩の位置がはっきりしなくなる。

詩における「影」は、「光」が「もの」に当たって作り出されるものであったからだ。このことを考えると、「〈光のうちとそとの歌〉」と題されていた詩が、「影の別離の歌」と変えられた理由が少しは推測できるのではないだろうか。ちなみに、「影の別離の歌」の題をもう少し推測してみると、「不確定な影」を、どうすれば把握できるのか、その「把握の方法」を見つける見通しがたち、戦時中に感じていた「影」への不安から「別離」しはじめた作者の位置を表していたのではないか、と考えることができる。

わたしの居る場所——「〈規劃《きかく》された時のなかで〉」の考察

〈規劃された時のなかで〉は、『現代詩文庫　吉本隆明詩集』（思潮社、8頁）の一番最初に載せられた詩である。作者の、秘めた思いが、この詩の配置に込められていると考えることができる。

この「詩」には、ひとつの投げかける問いがある。「ひとびと」が、あらゆる「場所」を占めてしまうので、もし「わたし」の占める「場所」がなかったとしたら、「わたし」はこの「生存」から追われねばならないのか、という問いである。もちろん、答えは否なのであるが、「否」と言うためには、自分の居ることのできる場所を言わなくてはならない。その場所がどこにあり、どういうふうにあるのかを、言わなくてはならない。

詩の読み手は、あまり気がつかないかもしれないが、仕掛けられているのは、最初の問いにある。それは、「なぞかけ」のように出されているので、あとで、その「なぞかけ」を解かなくてはならない。

ここでも作者が見ようとしているのは、「まぜあわせ（人文的関数）」である。なので、もし「ひとびと」が「あらゆる場所」を占めているなどといっても、あらゆるものは「まぜあわせ」なのだから、「ひとびと」の「占める」ことのできないものも、まざっている、と考え、それが何かを言い当てれば良いのでは、と考える。そして作者は、「場所」に対して「時間」というイメージを持ちだし、世界は「場所と時間のまぜあわせ」というイメージを打ち出そうとする。

わたしが若し場所を占めることが出来ないならば　わたしは時間を占めるだらう　幸ひなことに時間は類によつて占めることはできない　つまり面を持つことが出来ない　わたしは見出すすべての境界が敢えなくくづれてしまふやうな生存の場所にわたしが在るといふことを

「類」とは人々のことで、「場所」に対比させられている「時間」とは、誰もが当たり前のようにそこで生きてるのに、表だっては認めてもらえないという「季節体」としての生き方のことだ。食べて、寝て、起きて、交わるという、生きものならなにものも実現している循環体としての存在の仕方。

たぶん、この「詩」のなかで、作者の言おうとすることの中心部分がここにある。ここで言われている「面を持たない」というのも、「静止した幾何学的な面」のようには生きていないということだ。そこは「すべての境界が敢えなくくづれてしまふやうな生存の場所」とも言い換えられる。周りの環界と流動的にまじり、まぜあわせながら生きるというのが、あらゆる生きものの生存のかたちなのであって、「まぜあわせ」のなかでは、「境界」など「あえなく崩れてしまう」。そこに「わたしが在る」という確信。その確信を「わたしは見出す」とはっきりと作者は言っている。

　そして、作者はこういうふうにいうことになる。

　すべての規劃《きかく》されたものによつて　ひとびともわたし自らも罰することをしないことだと！

　この詩の、表題に付けられた詩句がここに登場する。ここで言われる「すべての規劃されたもの」とは、まぜあわされたものを、強引に分けてしまった結果のもので、それは、民族や国家や法律や階級や階層や地位や名誉や財産や能力などなどであって、そういうもので、「ひとびと」や「わたし自ら」を量り、処罰の対象になどするなといっている。

　わたしは限界を超えて感ずるだらう　見えざるしんぎんや苦悩をこそ視るだらう　わたしの理
　由は秘されてゐて　それを告げるのは羞かしい位だ

「限界を超えて感ずる」と言われている「限界」とは何か。それは誰かが勝手に「規劃」し「区画」を付けてきたものの「限界」のことである。そういう人工的な区画を超えて、「わたし」は感じるだろうと言っているわけだ。その結果「しんぎん（呻吟・うめき苦しむこと）」や「苦悩」を視るというが、それは心情の苦悩というよりかは、認識の持つ孤立のようなものと考えておくべきであろう。そしてそこに、その「まぜあわせ」を視ようとする位置に立つことで、理屈っぽくいえば「季節体」を感じつつ生きるという位置に立つことになり、そこに「わたしの（存在する）理由」があるというのである。しかし、「季節体」を生きるなどということは、あまりにも当たり前すぎているが、その深遠な理由は誰にも明らかにはされず「秘されている」ものだから、それを口にするのも恥ずかしいくらいだ、と。そして、次のようにいうことになる。

けれどわたしは知つてゐる　自らのうちで何が感じられてゐるか　そうしてわたしは知らない
わたしはやがてどのやうな形態を自らの感じた物に与へうるか

「季節体」を生きて、感じる感性と、それを認識として明らかにすることは別である。「わたし」は、自分が何を感じているかは「知っている」が、それを「認識」として「形態（かたち）」にする仕方は、まだ「知らない」のだと。

「庭」つくり——「〈風と光と影の歌〉」の考察

「〈風と光と影の歌〉」は、『日時計篇』から取り出され、『現代詩文庫　吉本隆明詩集』の二番目に載せられた詩である（同、9頁）。『日時計篇』の中では、先の「〈規劃された時のなかで〉」の次に位置しているので、問題意識は共有されている、と考えられる。作品は次のようにはじまっている。

こころは限りなく乾くことを願つてゐた　それで街へ下りると　極度に高く退いた空の相から
わたしの撰んだ季節がまさしく秋であることを知つたのだ
風の感覚と　建築たちに差しこむ光と　それが構成してゐる影が　いちやうに冷たく乾き切つてゐることでわたしは充たされてしまつた

「季節」への感性がいきなり出てくる出だしである。「乾く」という形容はわかりにくいが、「湿り」がねばねばした癒着や膠着の原因だと考えれば、その対極の「乾き」は、さばさばした関係を生む状態と考えることができるだろう。「夏」のじっとりと汗ばむ癒着の時期をすぎて、「秋」の「乾く」時期に入ってきていることが、詩の最初で歓迎されているわけだ。その結果、「風」と「光」と「影」が、癒着をせずにさばさばした関係をつくれるようになってきているところに「わたし」は注目している。

そして「わたし」は、二つめのパラグラフで、「さてわたしはどんな物象にまた変化のあるこころに出遇へたといふのだ」と自問する。「わたし」が「変化のあるこころ」に出逢うというイメージへの関心である。「変化のあるこころ」とは、「まぜあわせ」として「動いているこころ」のことであり、それは「不動」で「動きのないこころ」の対極にあるイメージであり、その「動くもの」

を感じる感性を、「乾く」と「わたし」は呼んでいる。この詩の一行目が「こころは限りなく乾くことを願つてゐた」となっていたのは、そのためである。湿っていると、「まぜあわせ」の動きは癒着してしまうが、乾いていると「まぜあわせ」は動いているものとして感じられる、というように。

なので、大気も乾くと、空が高く広く遠くまで見えて、「秋」がきたこともわかる。こういうふうに「ものごと」が、「高く広く遠く」まで見通せる感覚を「乾く」と作者は呼び、それを「動くもの」として、つまり「まぜあわせ」として理解しようとしていることが大事で、そのときの「まぜあわせ」を考えるためには、何が混ざっているのかの、おおよその目安を立てなくてはならない。その目安が、この詩では「風」と「光」と「影」に求められる。そしてこう書かれる。

わたしのこのうへなく愛したものは風景の視線ではなく　風景を間接的にさへしてしまふ乾いた感覚だつたのだから　果てしなくゆく路の上で　矢張り　風と光と影を知つただけだ

「物象（物事）」に「変化のあるこころ」でもって「出逢う」ということは、ふつうに「風景を見る」ような出来事とは違うと「わたし」は考えている。「物象（物事）」を「風景」として見ないで、「乾いた感覚」でもって見るというふうに。それはどういうことか。「わたし」は、そこで「風と光と影を知つただけだ」と書く。そこが大事なところである。いったい「風景」でない「風と光と影」を「知る」というのはどういうことなのか。

考え方としては、子どもが砂場で遊ぶとき、その砂場に何を設定するのか、というような発想である。子どもにとっては、砂場は天地創造の場である。そこで、山と川と池を作れば、そのときの世界は「山と川と池」という三つの構成要素でできているということになる。終戦直後の、二十六歳の作者も、たぶん「思考の中の砂場」で、そのようなことを考えようとしていたのである。その「思考の砂場」の構成要素をまず「空気（風）」と「太陽（光）」と「影（その他）」と考えてみようとした。もちろん、おかしな選択である。もっと他にも、世界に必要なものがあるだろう、と思われるからだ。でも、これはあくまで、思考実験というか「思考の砂場」の中での話で、大事なことは、世界の構成要素のようなものを、いくつかに絞って考えることが必要だと考えていたところである。

話は少しずれるかもしれないが、世界には「箱庭療法」という心理療法があって、部屋の中に「小さな砂場」を用意し、子どもたちにそこに「ミニチュアの事物」を置かせて遊ばせながら、子どもたちの抱える心理的な葛藤を考えるというものである。生きものを個体として見ないで、その個体がそこで生きる「庭」と共にあると考えるなら、その「庭」には、その生きものが生きるための基本的なものが揃っていることが必要である、それが揃わない「庭」では、むしろ「安全な庭」をじゃまするものが置かれている場合があるわけで、それを見る子どもたちは「葛藤」し、邪魔者を取り除き、安全で、味方になるようなものを置き、葛藤の回復を図ろうとする。それが心理療法としての「箱庭療法」なのであるが、ここでは「庭」をつくり「庭」をいじることが、こころの固さを解きほぐす心理的なリハビリテーションになっているところに注目したいのである。

そのことと、世界や日本に「庭園」の歴史のあることとは深く関係している。そもそも「庭園」の歴史は、人々が「庭」とともにあることを示すための歴史なのである。ということは「庭」とは、人々の生きる場の意味で、もともとは狩猟の場、漁業の場、農作物の場の意味であったはずである。ところが、人々から「庭」は奪われ、貴族たちだけの「庭」が優雅に建造され残されてきた苦い歴史がある。人々には、ぜったいに「庭」が必要なのだ。「家庭」という言葉が、どのようないきさつで作られてきたのか知らないが、「家」と「庭」を連動させたものを「家庭」と考えていたとしたら、この言葉には意味深いものがあると私は思う。

余談のように今私は「庭」のことを語っているが、本当は本格的に論じられるべきものであることは、ここで言っておかなくてはならない。そして、振り返って先の「〈規劃された時のなかで〉」の詩を見てみると、「ひとびと」はあらゆる場所を占めてしまうのに、自分の占める場所がないというような思いは、「庭」を持てなくさせられている「わたしたち」の思いを、語っているところもあると読むことができる。

でもそんな中で「観念の庭」を作れば、そこは他の人が占めることはできないし、そこで「人工的な天地」の営みを考えることができれば、自分の精神のリハビリにもなるのではないか。そういうふうに作者が考えたとしても不思議ではないし、世界の庭園の歴史から見ても、おかしな試みであるとはいえないことになるだろう。

そういうことを踏まえて、この詩に戻るなら、作者が、ここで「観念の庭の構成要素」を、「風と光と影」にしたとしても、それは日本の庭園が「大庭—坪—屋戸—島」という構成要素でできてきたと考えることと、そんなに違わないのである。そこから、次のパラグラフを見ていただきたい。

わたしを時折苦しめたことはわたしの生存が　どのやうな純度の感覚に支配されてゐるかと言ふことであつた　言ひかへるとわたしはわたし自らが感じてゐる　風と光と影とを計量したいと考へてゐたのだ　風の量が過多にわたるとき　わたしの運命はどうであるのか　光の量に相反する影の量が　わたしのアムールをどれだけ支配するだらうか　と　言はばわたしにとつてわたしの生存を規定したい慾念が極度であつたのだ

これは「わたし」の「箱庭療法」における、「風と光と影」との「計量（まぜぐあい）」のことを言っているのである。どのようにまぜれば、リハビリになるのかと。だから「風と光と影との計量」といっても、それは、作者がはじめに断っていたように「風景」のことではないということがわかるはずである。つまり作者は、「風景」として見える「風」「光」「影」を見ているのではなく、あくまで「思考」の「庭」に想定される「世界構成領域」の「計量」のことだったのである。だから極端なことをいえば、「世界構成領域」は、「風」「光」「影」でなくてもよかったし、事実別な詩では、違う領域を設定している。ともあれ、大事なことは、「世界」をつくる「基本領域」の「関数（まぜぐあい）」を「詩作」として作り上げることだったのである。作者はここで、その「まぜぐあい」が、自分の「アムール（愛）」の形にも影響してくるようなことを考えていた。

そのことを踏まえて、続けて次のパラグラフを読むと、作者の考える「風景」の特異な説明の仕方が、さらに明らかに見えてくる。というのも、ここで言われる「風景」は、周りにいっぱい見えるものであるが、作者は、そういう「風景」の多様性に捕らわれるのではなく（それを作者は「視覚を殺すこと」と呼んでいる）、何か基本的な「領域」に分けたり、選択したりすることが大事である、というようなことを考えていたからである。

若《も》しわたしをとりまいてゐる風景の量がすべてわたしの生存にとつて必要であるならば　いやその風景の幾分かを間引きすることが不都合でないならば　わたしはそれをなすべきであつた　わたし自らの視覚を殺すことによつて
しかもわたしがより少く視ることが　より多く感ずることであるならば　それを為すべきであつた　何故ならば　わたしは感ずる者であることが　わたしのすべてを形造ることに役立つてきたと考へてゐたから　しかもそれは撰択することの出来るものであつたから

そして最後のパラグラフが来る。奇妙な詩文ではあるが、今までのことを踏まえて読まれると、作者は「世界」を「風景」を見ることを押し殺してでも、「世界」をある基本的な領域の「まぜあわせ（関数）」と見ることを、自分の生きる生存の仕方としてみたいのだという「宣言」をしているところが見えてくる。

わたしは風と光と影との感覚によつて　ひとびとのすべての想ひを分類することも出来たであ

らう　且《かつ》て画家たちが視覚のうちに自らを殺して悔ひなかつたように　わたしは風と光と影との感覚のうちにわたしのこころを殺さうと考へてゐた　わたしの生存にはゆるされたことが唯一つしかなかつたから

（一九五〇・十・二）

エンペドクレスふうに――「〈寂かな光の集積層で〉」の考察

「〈寂かな光の集積層で〉」は、『日時計篇』から取り出され、『現代詩文庫　吉本隆明詩集』の三番目に載せられた詩である（同、10頁）。『日時計篇』の中では、先の「〈風と光と影の歌〉」の次に位置しているので、三つの詩は近い日時の中で書かれ、問題意識はさらに共有されていると考えることができる。そこで、この詩の核心の部分を先に見ておくことにする。

風と光と影の量を　わたしは自らの獲てきた風景の三要素と考へてきたので　わたしの構成した思考の起点としていつもそれらの相対的な増減を用ひねばならない　ひとびとが秋になると追想のうちに沈んでしまふ習性を　それ故　影の圏の増大や光の集積層の厚みの増加や　風の乾燥にともなふ現在への執着の稀少化によつて説明してゐたのである　わたし自らにとつても追憶のうちにある孤独や悲しみは　とりもなほさず　わたしの現存の純化せられた象徴に外ならなかつたのである！

「わたし」にとっては、自然の光景とは別に、自分が想定する「自分の庭」があって、その「庭」

の構成要素が「風と光と影」とみなされ、それを自分の世界認識のための「風景の三要素」と考えてきた、というのである。

比較が許されるのなら、そういう世界認識に似たような試みとして、エンペドクレスの「自然についての断片を取り上げてもいいように思われる。そこでエンペドクレスは、次のように書いていた。

六　まずは聞け、万物の四つの根を。
（注：いわゆるエンペドクレスの「四元」（火水気土）」――中略――四元は必ずしも単純に「火」「水」「空気」「土」と呼ばれることなく、例えば火は「太陽」、空気は「天空」や「アイテール」、水は「雨」や「海」等のかたちで構想されている。）

八　次に私は他のことを語ろう。およそ死すべきものどもの何ものにも、本来の意味での生誕はなく、また呪うべき死の終末もない。あるのはただ混合と混合されたものの分離のみ。「生誕」とはただ人間たちがこれらにつけた名目にすぎぬ。
（注：以下大体断片十五ぐらいまで、事物が絶対的な意味で生じたり滅んだりすることはありえぬこと、生成や消滅とは、実は、万物の基礎にある四元の混合と分離にほかならない、という原則がうたわれる。）

九　これらが混合されて人間のかたちをとり、アイテールの中へやってくるとき、あるいは猛だけしい獣の種族あるいは藪（植物）の種族のかたちをとり、あるいは鳥たちの種族となるとき、そのとき人間どもはそれが生まれると言い、また互いに分離されるときには、これを不幸な死と呼んでいる。それは正しい掟の許す呼び名ではないが、ただ習わしに従って私自身もこれを認める。

（「エンペドクレス」藤沢令夫訳『世界文学大系63　ギリシア思想家集』所収、筑摩書房）

万物は四つの要素でできているという考え方は、非科学的ではあるが魅力的な考え方である。こういう世界の四元素（火水気土）と、吉本隆明の書き付ける「風景の三要素（光風影）」をここで比較しようなどということを考えているわけではないが、ただ、世界を、いくつかの領域の「まぜあわせ」としてできていると「考えること」は似ていると思う。エンペドクレスに、世界を四元素（火水気土）の「まぜあわせ」と考えることを許すのなら、吉本隆明が世界を「風景の三要素（光風影）」の「まぜあわせ」と「考える」ことも許されていいのではないかということは思う。ちなみに、エンペドクレスのいう「アイテール」とは、ギリシア神話に登場する「天空の神」や「大気の神」のことである。

ここで詩「〈寂かな光の集積層で〉」に戻ることになるが、この詩では、「秋」になるとという前提の下に、「影の圏」と「光圏」と「風の集積層」との、領域の違うもののせめぎ合いとその変化が見つめられる。

つぎつぎに降りそそいでくる光束は　寂かな重みを加へて　わたしはその底にありながら　何か遠い過去のほうからの続きといつたやうな感覚に捉へられてゐた　しばしばわたしの歩むだ軌道の外で　喧燥《けんそう》や色彩がふりまかれてゐたとしても　わたしは単色光のうちがわを守つてきたのではなかつたか　突然わたしには且《かつ》ての己の悲しみや追憶のいたましさや　むごたらしかつた孤独やらの暗示が　ひとつの匂ひのやうに通りすぎてゆくのを感じなければならなかつたおう　それは誰のためにする回想であつたのか！

作者のこだわる「過去」がある。まさしく「わたし」が、「わたし」自らのために、現在は何びともしなくなった「微少な過去」の出来事の「記憶」を追はねばならない！　と考えている。「ひとびと」がその「過去」を必要としなくなった時でも、それを愛していたのだから。その「過去」とは、たぶんに戦時中のものであったり、幼児期のものであったりするのだろうが、それらも「まぜられたもの」でできている。「この世の惨苦」と感じられる過去から、「幸せを含んで語られる」過去まで……。だから「過去」も動かして見なくてはならない。

「ひとびとが秋になると追想のうちに沈んでしまふ習性を　それ故　影の圏の増大や光の集積層の厚みの増加や　風の乾燥にともなふ現在への執着の稀少化によつて説明」しなくてはいけない。固定化された「過去」を「相関」の中で見直せる視座を持たなくてはならない。そこに作者が「風と光と影の量を　わたしは自らの獲てきた風景の三要素と考へてきたので　わたしの構成した思考の起点としていつもそれらの相対的な増減を用ひねばならない」と書く意図がみえてくる。「庭師」

のなせる技だというべきか。

ウクライナの破壊された惨劇の街を見るように――「風過」の考察

『吉本隆明全集撰1　全詩撰』（大和書房、128頁）に取りこまれた詩（ちなみにこの『全詩撰』は講談社文芸文庫になっている）。なぜこの詩が『吉本隆明著作集2初期詩篇Ⅰ』から三十五年近くも経ったのち、改めて切り出されたのか。著者がこの「詩」が「過去」のものになっていないことをよく覚えていたからである。この詩も、今までの流れと連続しているところを見てゆかなくてはならない。「断ち切られた」ような「冷たい大気」を取り残して、という一行からはじまる詩。人々の上に重く覆い被さっていた「冷気」という戦時中の異様な気配。それが敗戦でかき消されてきているはずなのに、まだ「取り残されている」。それが「枯れた水溜まり」や「電線の垂れた電柱」の光景の中に見えている。「枯れた水溜まり」とは投下された爆弾の跡か。そこに「風が過ぎる」がくりかえされる。この「風」は自然の風ではない。まだ取り残されている戦時中の景色を視ようとする、この詩の書き手の「意志」である。

敗戦時の異様な街の光景。「破れはてた家屋」や「避難するひとびと」や「うず高く積まれた破壊のあとの残骸」。この選択肢のない「強暴な風景」を押しつけられることで、「ぼくのこころ」は少し覚醒し始めている。そんな「ぼくのこころ」が「空の眼」と言い換えられ、繰り返される。「空」とはなにか。「天」と区別される「上」からの「眼」。「天」は、戦時中の「神話」によって人々に与えられてきたものだ。その「天」の神話から人々は「永遠」というものを教わってきた。

戦後『永遠の0』と題された零戦の物語も書かれた。そんな「永遠」の観念を書き手は拒否する。「決して永遠を思はない」を繰り返すことによって。

その「決して永遠を思はない」がために、どこかを走っているかのような頼りない「ぼくのこころ」のしていることがある。それは「せつせとわき眼もふらず手足をうごかし働くこと」と書かれる。この「働く」ことの中身は、街の仕事のことだけではない。毎夜せっせと机の上で、「脇目も振らずに」「四肢を動かす」重労働のように実現される「詩文を書く」作業のことである。その中身はというと、「過去」の出来事を、「過去」にとどめないで、現在を形作る「諸領域」の「関数」として、現代にも通じる出来事として、受け止め直す作業をすることでもある。それを「働く」と表記し、「働くのである　働くのである」と連呼され、自分を叱咤激励するかのようにうながしている。その「意志」が「風過」と名づけられる。

そもそも「風過」という言葉は存在しない。その造語を「風が通り過ぎる」と理解するのは簡単だが、実際はこの詩句で、回りくどく、粘り強く展開されているように、壊された風景を「通り過ぎる」のではなく、世界を破壊する「風禍」としての「風」のイメージを語っているのである。

そんな惨状としての光景を押しつけてきたものたちを忘れずに、「きれぎれになつた破片」をとりあつめ、「街々を造りはじめる」意志のことを語っているととらえるべきであろう。「風過」の「過」が「禍」であるような。でもそういう「風」に「意志」をもって立ち向かわなくてはならない。こうした多くの思いを込めて作られたこの詩が、のちに『全詩撰』に選ばれるのは、理由があったのである。

風過

截《き》られたやうな冷たい大気をとりのこして
眼のなかにはすがれた水溜りや電線の垂れさがつた電柱の像を
結ばせながら
風が過ぎる　風がすぎる

まさしく余儀のない強暴な　風景をおしつけることで
ぼくのこころに覚醒をあたへながら
そうして破れはてた家屋や避難するひとびとや　うづたかく積まれた
破壊のあとの残骸をたよりなく視てゐるのは
空の眼である　空の眼である
案ずる思ひは昨日とてまた明日とて何の変りがあらうと
ぼくはいまもそう考へてゐるけれど
決して永遠を思はない　決して永遠を思はない
ただ脳髄の約束によつて昨日とてまた明日とて

風をへだて　たくさんの破壊やそれによつて変りはてた風景をへだて
愛憐やいまはしげな覚醒をへだててゐても
ぼくの案ずる思ひは何の変りもないのだけれど
決して永遠を思はない　決して永遠を思はない

いまにぽつりぽつりと集まり還つてくるひとびとは　何時か　きれぎれに
なつた破片をとりあつめ
いささかは且て太古の民のしたことに似て　またその思ひにも充たされて
街々を造りはじめることであらう
ぼくのこころはまるでどこかを駈せてゐるかのやうにたよりないけれど
せつせとわき眼もふらず四肢をうごかし働くのである　働くのである

この詩が、戦時下の日本の空襲跡を見ている詩として書かれているのに、二〇二二年のウクライナの市街地へのロシアの空襲の詩としても読めるのは、この詩の持つスタイルの普遍性による。その普遍性とは、戦争の惨状をただ視覚的な風景としてみるのではなく、まるでベンヤミンのエッセイ「破壊的性格」のように書かれているところがあるからである。「破壊」をまるで「性格」のように、「性格」をまるで「破壊」のように……、そんな別領域を「まぜる」ような発想の比較はあり得ないはずなのに、「破壊」が「性格」から導き出されているとしか見えないように感じられることの恐ろしさ。そしてベンヤミンのエッセイも吉本隆明の詩も、ウクライナの惨状と照らし合わせて読めば、今も普遍的なリアリティーを持つように感じられるところの不思議さ。

ふたつの「時」のなかで――「〈ひとつの季節〉」の考察

この詩は、『全詩撰』の「風過」の次に置かれ、しかも「季節」という言葉がタイトルに取り入れられた長編の詩だ（同、126頁）。意図的に、ある思いを込めて配置されている作品であろう。

彩られた時はでも狂はない時のこころに知られることなしに
寂かにより寂かに去つてゆく
愛憐や憎しみのかさみよりもむしろ無為のうちに過ぎて
わたしはじぶんのこころに残された痕跡を
たしかめやうとしてかへつて驚いてしまふ
時はわたしのうへに何も残すことをしなかつたと
あるひはたくさんの傷あとは思考の片れ端となつて
いつかそれは唐突にきはめて稀に遙かの未前のほうで像を結ぶのではないかと……

印象深いが、読み取りの難しい書き出しだ。言わんとしているところをたどってみると、「彩られた時」が静かに去っていったという光景である。「彩られた時」とは、素朴にいえば、あざやかに彩られた「季節」のことであろう。そこに対比するかのように並べられているのが、「狂わない時のこころ」である。これは、戦争を潜り抜けてきた青年のこころとでもいえばいいだろうか。「狂わなかっただけでもましのこころ」とでもいえばいいかもしれない。そんな「季節」が、「狂わない時のこころ」に知られることなく、去っていったというのである。

そして、戦争が終わり、「わたし」は「自分のこころ」に「残された痕跡」を確かめようとするのだが、「何も痕跡が残されていない」ことに驚くのである。いやいや「痕跡」などはいっぱいあるはずなのに「たくさんの傷あとは思考の片れ端となつて」しまっている。そして、「いつかそれは唐突にきはめて稀に遙かの未前のほうで像を結ぶのではないか」などと思っている……。

戦時中の軍国青年は、自分が「元気」でいることや、「無事」でいることを、憎んでいた。そういう者（戦時中「死ぬ」ことがお国のためと教えられ育っていた者）は、時が過ぎて、そのことは忘れなさいと言われても、そうすることが「許される」わけではない。「後悔」は確かに去ってゆく。さまざまな風俗の「濁った声」の飛び交う風景の中に。

「わたし」の中に、戦後作られた「価値あるもの」への嫌悪が起こる。「晴れがましい声」は、自分の中に抑えこまれ、もうどれだけ歳月が過ぎただろうと思う。新しく「わたし」のなかに詰め込まれてきたものもある。それを「怖ろしい思念」などと言うつもりはないが、「明るさ」を恐れて「暗いところ」を選んで歩むばかりだ、と。

（まるで「明るさは滅びの姿であろうか、人も家も、暗いうちはまだ滅亡せぬ。」太宰治『右大臣実朝』のようにか）

そして嘆きが来る。「ひとよ！／こんな暗い季節をひとときのことと思つてはならぬ」と。「暗い季節」とは、あの戦時中のことであろう。あの「季節」は、「ひととき」では終わらないのだと。たぶんこの詩の表題の「〈ひとつの季節〉」というのは、この戦時中の異形の季節のことをイメージしていると思われる。というのも、「季節」は「ひとつ」というふうには数えることができないものだから、ここで「ひとつ」と数えられているのは異形の季節である。そして「時よ」と呼びかけられる。

時よ／そのなかに彩られた蛇のやうな臟腑をもつてゐる時よ／わたしは確かに見た／おまへがひとりでに運んできたものとわたし自らが自らの手によつて／獲たものとが激しく排反することを　その地点！　その幻惑！／わたしははげしく身をまもる／あたかもわたしのうちにある暗さが逃れ去ることをおそれるかのやうに

読み取りの難しい箇所であるが、注目すべきところは、「時」が「彩られた蛇のやうな臟腑をもつてゐる時よ」と言い換えられているところであろう。美しくも、恐ろしげな形容がなされている「時」であるが、その恐ろしげな装いを取り除けば、ここで言われる「彩られた」―「蛇のやうな」―「臟腑」という形象はすべて、生きもののもつ「季節体」の姿である。そしてそれが「時」の形容になっている。ということは、ここで言われる「時」は、戦時中の「ひとつ」に止まった「時」でも、戦後の都会に直線化されて体験されている「時」のことでもないことがわかる。

たぶんこの詩では「時」は二つに使い分けられている。「季節」の「時」と、その他の「時」と。そこで「わたし」は「見る」ことになる。「おまへがひとりでに運んできたもの」と「わたし自らが自らの手によつて獲たもの」とが「激しく排反する」ところをと。ここで「おまへ」と呼ばれているのは「季節」の「時」であり、それが「季節」であるがゆえに「おまへがひとりでに運んできたもの」と言い換えられている。そこに「わたし自らが獲たもの」とが、付き合わされ、激しくぶつかり合っているところが見つめられる。そしてそこに見えてくるものは、「投影図」のような幾何学の精神だ。

建物が影によつてその面《プラン》を決定するやうに／わたしは暗さによつてすべてのこころを規定しようとする／わたしにとつてこころは影そのものを必要としてゐる／時がつみかさねていつたものはみな影になつて／決してゆるされることのない飛揚をむしろよろこぶかのやうに／あるひはまつたく異つた倫理をつくりだすかのやうに／しづかにわたし自らのうちに成熟しようとしてゐる

「建物」は、「影」に「面（かたち）」を映すように、「わたし」も「暗さ」に「わたしのこころ」を映し、測ろうとする。そういう意味で、「わたし」は「影」を必要としている。時代が積み重ねてきたものは、みな「影」になって、「わたし」の中で、新しい測量を待っている。そこから新しい「倫理」を生じさせるためにも、「わたし」のなかで（影を）「成熟」させようとしてきている。

神をあざける――「〈祈りは今日もひくい〉」の考察

『全詩撰』の三番目に取り入れられている作品である（同、131頁）。

祈りは今日もひくい／とらへる物もなくこれを寂しくおもふこころもなく／何といふこともなく過ぎてしまつた／／祈りは今日もひくい／どうしておまへは怠け者らしい習性でもつて／ひとをはぐらかすのかと非議されながらも過ぎてしまつた

「祈り」に、「ひくい」とか「たかい」とかいう区別はあるのだろうか。奇妙な書き出しの詩である。どうも書き手には、「神」を「あざける」ような傾向があるらしく、それが「ひくい」と形容されているみたいだ。そんなこころを見透かしているのか「牧師め」がちらりと「ぼく」を盗み見している。

たぶん著者が、青年期の一時期に教会に行っていた時期の回想と重ねられている。似たようなことがあったのだろう。信仰心もなく、まともに「祈り」をすることもない様子が「牧師」に疎まれるような情景が。しかし、こんな過去の情景が、敗戦後の今、なぜ詩の中で回想されなくてはならないのか。おそらく、いつの時代にもかかわらず、判で押したように「神」の「恩寵とグロリア（栄光）」を説く「牧師」への「不信」を抑えることができないからであろうか。

ぼくのこころは眠る　眠る／あまつさへ東洋風の嘲《あざ》けり嗤《わら》ひをもらしながら／天上と地上について の言葉のあいまいさを聴きわける

「天上と地上」について語る「牧師め」の、その「言葉のあいまいさ」をあざけ笑いをしながら、「ぼく」はどこが「あいまい」なのかを「聴きわけ」ようとしている。たぶん、この詩が見つめようとしているのは、そこなのだろう。

牧師めの眼が／いか物めいた光をあてがはれてゐて／まことに不安である

「いかさまめいたもの」と、「いかさまでないもの」は、どうやったら見分けが付けられるのだろう。戦後になって、書き手が、改めて問うているのは、そこなのである。

どこから？――「〈秋風はどこから〉」の考察

『全詩撰』の四番目に取り入れられている作品である（同、133頁）。

「秋風」はどこからきたか。どこからという「問い」には、簡単に北の国からとか答えられそうだ。けれども、書き手は、少女たちにしてはならないひとつの「語調」があるように、「風」の感覚について、してはならない「生理」がある、という。「風」が「生理」と結びつけられている。「少女」にも「風」にも、強権的に強制してはならないものがある、と書き手は考えているからだ。

（自然の）「風」は、「方向」と「風速」と「持続量」と「時間」の「相関の関係」によって、「季節」を分けてきた。「秋風」は、その「相関」の区別によって「われら」にやってくるだけだ。しかし、ここで、書き手の考える「秋風」は、そのやってくる方角が、そんなふうには簡単に決められないことを感じている。

どこから？　仮設的なXの方向から
しかもXの方向について様々な由因があらうとも　何故にそれがXであるかといふ
ことについて何も知らない　知らない

書き手の考える「風」は、人々の「意志」を持つ方向からやってくるのではないか。だから、その「方向」を「X」からなどと想定しても、「X」にもさまざまな意志のかたちがあり、それを「確定することできない。

こうした「どこから」という「問い」は、「少女」に対しても向けられる。「少女」は「どこから？」という問いにも、「どこどこから」などと簡単に答えることはできない。「少女」は、「ひとつの実体」なのではなく、「少女」にも、それぞれに「複雑な事情」があり、「複雑な意志」を持って生きている。だから「少女」にも簡単にどこからきたのかと問うことができないし、もし「どこから」とたずねるときは、その「語調」に気をつけなくてはならない。

同じように「風」にも「どこから」とたずねて、簡単に「X」からなどと答えるようなことを考えてはいけない。

この「どこから」には、「国家」がどこから来たのか、「日本人」がどこから来たのか、「言語」はどこからきたのか、「こころ」はどこからきたのか、といったさまざまな「どこから」を問う原型をなすものになっている。

秋風はどこからきたか
Xの方向からきた
われらはどこからきたか

第四章　『固有時との対話』の解読

はじめに

これまで、『日時計篇（上）』を理解するために、著者自身がその中から抜粋して、他の詩集の中に取り込んだ詩篇を読み解いてきたのであるが、残るは『日時計篇（上）』をベースにして作り出された『固有時との対話』を理解するところまで来たことになる。ここで、従来からあまり意識はされてこなかったことについて、さきに述べておきたい。それは『固有時との対話』の全体が米印で五つに分けられていることについてである。それを仮に、一、二、三、四、五としておく。この五つの領域は、何を基準にして分けられているのか。いくつも理由が考え得るだろうが、ここではこの五つの領域の成立した時期の違いによって分けられていると、と考えておく。

もともと『固有時との対話』は、『日時計篇（上）』をベースにして、そこから抜き出した詩篇を再編成したものとして作られていることは、川上春雄によって早くから指摘されていた（『吉本隆明全著作集2』407頁)。それを確かめるために、わたしは、『日時計篇(上)』と『固有時との対話』の対応する箇所を一覧表として見えるようにしておいた(附録参照)。『固有時との対話』が、一〜五に分けられるのは、『日時計篇(上)』の中から、ある程度のまとまったブロックとして取り出される時期が違っていたからである。ちなみに、その時期の違いを示しておくと次のようになる。

一と二は、『日時計篇(上)』全体の後半、三分の三あたりに位置する部分であり

三と四は、『日時計篇(上)』全体の中頃、三分の二あたりに位置する部分であり

五は、新規に書かれたもの

となる。つまり、『固有時との対話』が、『日時計篇(上)』から抜き出された詩篇でできているといっても、あちらこちらからバラバラに抜き出されているのではなく、ある時期に書かれた詩篇をまとまったブロックとして抜き出されているのである。そこから考えられることは、その時期に何かしらの共通した関心事があって、それに沿って作られた詩篇がまとめて取り出され、五つの枠に振り分けられていたということである。

なので、この五つのブロックは、その時期に関心をもたれていたテーマの違いとして理解されることを踏まえ、改めて『固有時との対話』の構成を見てみると、その全体は、『日時計篇(上)』の要約のようなものではなく、『日時計篇(上)』を書き終えた後に、主要な関心事を整理するために、取りだしたもののように思われる。

そしてタイトルは『固有時との対話』とつけられた。このタイトルに込められた意味はどう理解すればいいのかについても、いろいろと論じられてきた。「固有時」については、作者自身も、相

当小難しい「説明」をしている（「〈固有時〉は量子物理学の用語を真似てつくったもんなんですね」芹沢俊介氏との対談〈二〇〇三〉の中で）が、複雑に理解しようとすればきりがないので、ここでは、今まで触れてきた「季節」への視点が生かせるようにして理解してゆきたい。

ところで、『固有時との対話』が『日時計篇（上）』からの抜粋でできているという時の、その「抜粋」や「切りとり」のイメージが、どういう意味での「抜粋」や「切りとり」なのか、はっきりしないので、まずそのことについてのわたしの理解を示しておくのがいいと思われる。すでに、詩篇「〈風と光と影の歌〉」の解読をしたときに、「庭」のテーマのあることを指摘しておいた。この理解はとても大事なものなのであるが、改めて『固有時との対話』を論じるときに、中心に添えて考えて見たい。

すでに述べてきたことは、生きものは「季節体」と生きるものである限りにおいて「庭」と共に生きていることは自明なことであった。「季節体」は、それぞれの「季節」で取れるものを食べ、そういう季節の創り出す領域で生きてきた。その固有に生きる領域が、その生きものにとっての「庭」であった。生きものは、「庭」で取れるものを食べ、「庭」で守られ、「庭」で子孫を残し生涯を終えてきた。この「庭」は、学問によっては、狩猟地や農地や漁場として、また「テリトリー」とか「縄張り」として、また「領地」や「領土」や「国家」などとして、さまざまなレベルにおいて考察されてきたものである。それが時代が下るにしたがって、「わが家の庭」というふうなイメージとしても意識されてきた。白川静は、「には（庭・場）」について「神を迎えて祀《まつ》るひろい場所をいう」（『字訓』）としたが、「季節」を「神」のように感じれば、「季節」とともにある「庭」

が「神を迎える場所」として感受されていたこともわからなくはない、と思われる。『固有時との対話』でもこういう一行があった。

〈神は何処へいつた　こんな真昼間〉

こういう詩句についても、後に触れることになるだろうが、ともあれ、ここでは「季節体」は「庭」と共にあり、「庭」と切り離される「季節体」は、あり得ないのだということを指摘しておくことにとどめておく（蛇足的なことをいえば、吉本隆明の『心的現象論』で、「身体」と「環界」が対のものとして論じられているのも、広い意味で「季節体（身体）」と「庭（環界）」の考察だったと考えることも可能である）。

このことを踏まえて、『日時計篇』全体の位置を考えて見ると、敗戦後の価値観の崩壊の中、著者は日々の貧しい暮らしの中で、自分の栄養になるものを手当たり次第自分の庭に植え付ける試みを、毎日飽きずに続けていたと考えられる。その植え付けの場が『日時計篇』であり、ここが作者にとっての「庭」になるものであった。例えてみれば、病んだ正岡子規が「我に二十坪の小園あり」（「小園の記」）と書き、そこを生きるための創造の「庭」にして膨大な俳句群を生み続けたように、吉本隆明もあたかも「我に二十坪の日時計篇あり」というような「小園」を作り耕していたと考えるのである。

そして一通りの「小園」を作り終えたのち、少人数の人に立ち寄ってもらえそうな「坪庭」のような「庭」を創ってみようと考えた。そして『日時計篇（上）』ではランダムに植え付けていたようなものから、「坪庭」に見合うようなものを選んでいった、と考えてみるのである。そうすることで、今まで気が付かなかったことがいろいろと見えてくることにもなる。
多くの人にとっても、そうであると思われるのだが、「庭」は、精神の中にも作られる。という
か精神そのものも、その人にとっては「庭」のようなところがあるものだ。自分で耕してきた側面
があるからだ。そこにさらに意図的に「人工の庭」を作ろうとする試みも出てくる。

そこで、これから『固有時との対話』を具体的に見てゆきたい（『全集4』7〜30頁）。全体は五
つに分けられているので、そこに仮の見出しを付けておく。

一　颪と空洞
二　「精神の幾何学」へ
三　赤いカンテラ
四　「不思議」と呼ばれなくてはならないもの
五　「寂寥」の位置から

まず題詞が次のように掲げられている。元の長い詩（「〈抽象せられた史劇の序歌〉」）からの短い抜
き書きであるが、書き手にとって必要だったのは、これから書かれるものが、「劇」であることを
イメージしてもらうところにあった。「劇」であるとは「対話」を目指すものであるが、ある意味
では「庭つくり」も、大地との「対話」であり、「大地」との「対話」なしには実現できない「劇

的なもの」である。

メカニカルに組成されたわたしの感覚には湿気を嫌ふ冬の風のしたが適してゐた　そしてわたしの無償な時間の劇は物象の微かな役割に荷はれながら確かに歩みはじめるのである……と信じられた

〈一九五〇・一二〉

一　風と空洞

街々の建築のかげで風はとつぜん生理のやうにおちていつた　その時わたしたちの睡りはおなじ方法で空洞のほうへおちた　数かぎりもなく循環したあとで風は路上に枯葉や塵埃をつみかさねた　わたしたちはその上に睡つた

有名になった最初のパラグラフである。一読するだけでは何が書いてあるのかよくわからないのだが、ここが「人工の庭」だとしたら、そこに人工的に置かれているものが見えてくる。それが「建築物」と「空洞」である。「空洞」などどうやって置くのだと文句を言ってはいけないだろう。「人工の庭」なのだから、何でも置くことができる。そこに突然「風」が「落ちてきた」。「風」は「吹く」もので、「落ちる」ものではないなどと言ってもいけない。「風」は、軽く爽やかに吹くのではなく、「生理（身体）」のような重さを持って「落ちていった」というのである。そして「わたしたちの睡り」も、「おなじ方法で空洞のほうへおちた」ともいわれる。「生理（身体）」が睡ったと言えばいいのだろうが、「空洞」へ落ちたというのである。問題は、書き手が、ここに「建築」と「空洞」を置き、そこに「風」と「睡り」を「落とす」ようなことをなぜ考えていたのかということである。

さらに「風」は、数かぎりもなく循環したあとで、路上に枯葉や塵埃をつみかさね、わたしたちはその上に睡ったのだと書き手は書く。路上の、枯葉や塵埃の上に寝たんですか？　と、たずねたくなるような光景である。終戦直後なら、路上で睡る人たちはよく見かけられたのかも知れないが、何のためにそういう光景を書かなくてはならなかったのか。

この短い導入の部分で、読み手に伝わることは、上昇し立ち上がる「建築物」の間に、下降し「落ちる」ものがいて、その「落ちたもの」の上で、「埃」のように睡るものがいるというイメージである。その「落ちる」イメージを終戦直後に坂口安吾は「堕落」（一九四六）と表現し、肯定的に評価し、そして翌年に「風と光と二十のわたし」（一九四七）を発表していた。坂口安吾も吉本隆明も、この時期に「風」や「光」や「落下」のイメージに意図的に触れていたのである。そしてつぎの一節が来る。

わたしたちは不幸をことさらに搔き立てるために／自らの睡りをさまさうとした／風はわたしたちのおこなひを知つてゐるだらう

風はわたしたちの意識の継続をたすけようとして　わたしたちの空洞のなかをみたした／わたしたちは風景のなかに在る自らを見知られないために風を寂かに睡らせようとした

路上で睡るような不幸があっていいわけがない。「わたしたち」は、「睡りをさまさう」とした。そんな「わたしたちのおこなひ」を「風」は知っているだろうと。ここでの「風」は、そんな「意識」の覚醒を助けるように存在しているみたいだ。そんな「風」が、まだ何もないかのような「空洞」を満たしたという。でもそういう覚醒の中では、路上の落ち葉や塵の上で睡るような「自らの姿」を見られてしまうことになり恥ずかしいので、「風」を寂かに睡らせようとしなくてはならなかった。そんなふうに、「落ちた」ままでいる「わたしたち」の意識を覚醒させるように働きかける「風」とは何者なのか。

〈風は何処からきたか？〉
何処からといふ不器用な問ひのなかには　わたしたちの悔恨が跡をひいてゐた　わたしたちはその問ひによつて記憶のなかのすべてを目覚ましてきたのだから

〈風は過去のほうからきた〉

「風」は、「過去」と呼ばれるところから「来る」わけではない。「風」は、書き手の「意志」からやってくる、意志そのものである。睡っているものを起こすのは「意志」であり、路上に溜まり続ける落ち葉や塵を「動かす」のは、「意志」である。しかし、「意志」は、「劇」の中では眼に見えないので、「風」という言葉で、言い換えされるのである。

> 建築は風が立つたとき揺動するやうに思はれた　その影はいくつもの素材に分離しながら濃淡をひいた　建築の内部には錘鉛を垂らした空洞があり　そこを過ぎてゆく時間はいちやうに暗かつた
>
> わたしたちは建築にまつはる時間を　まるで巨大な石工の掌を視るやうに驚嘆した　果てしないものの形態と黙示とをたしかに感ずるのだつた

あらゆる「建築」は、生き物にとっての「巣」であり、「庭」であり、「季節体」として形成されてきたものである。たとえ石やカルシウムでできていようが、「建築」に費やされてきた膨大な時間と、それらを作ってきた生き物たちの「手」には「驚嘆」するしかないものがある。しかし、その「建築」も、いつからか「動かないもの」になり、人々から疎遠になるものが現れてきている。そこに今「風」が「立ち」、建築が「揺動」するように「おもわれた」という。

〈風よ〉

風よ おまへだけは……
わたしたちが感じたすべてのものを留繫してゐた

「風」は、世界のあらゆるものを動かす力として存在し、「劇」の中では、劇中のあらゆるものを動かせる「意志」として存在している。作者は、「風」という言葉を聞くだけで、「動かないもの」を動かす力を瞬時に連想できて、頭の中がすがすがしくなるようなことを、初期ノートに書き付けていた。「風」が精神のリハビリを生む魔法の言葉であるかのように。たとえば、次のように。

風が好きだ　風が　と書きはじめると僕にはもう冷気が脳髄の底を通りぬけてゆくように思はれてくる。色のない風。視えない風。そして　僕のいふ風の冷気とは触覚をそそる冷気ではなく精神を触れる冷気なのだ
（「風の章」『初期ノート』光文社文庫、50頁）

ちなみに初期ノートのなかで「建築」について書いているところを、ついでに引用しておく。

これら建築群の底では、風だけが自然の所有であるように感ぜられる。僕は限りない上翔感を風から感ずる。
（中略）

常緑樹は建築群の底ではふさはしくない　何故なら其処で季節を感ずるのは　唯風と空の気配と街路樹とからだけであるから

（「建築についてのノート」同、48頁）

ここに「季節」という言葉が出てくる。「季節を感ずるのは唯風と空の気配と街路樹とからだけ」だと。「常緑樹は建築群の底ではふさはしくない」というのは、多くの都会の街路樹は落葉樹だからである。理由としては、夏の葉の繁りは、暑い日差しを遮り木陰を与えてくれ、冬には葉を落とし、温かい日差しを届けてくれ、四季の移り変わりを感じさせてくれるからである。ふつうに読まれると、『固有時との対話』は「季節」とは無縁の作品であるかのように思われてきているのだが、この詩篇や初期ノートを書き付けているのは同時代なので、「季節」への思いは根底に置かれている。ただし、風―建築―季節―街路樹が、ひと続きのイメージの中でとらえられるためには、それが「劇」の中に置かれなくてはならないのである。

二　「精神の幾何学」へ――雲の形態、建築の影　季節の喪失

何度も、何度も出てくる「影」についての言及。しだいに特別な意味が込められてゆくことになるが、『固有時との対話』では、「影」を語ることの手応えだけを感じながら、ただ多様な「影」のイメージを求めている感じがする。その「影」という言葉に感じている特別な意味とは、のちに「幻想」という言い方で把握されなおされるもので、それは観念の総体を包括的に捉えられる呼び

名の前段階になるものである。しかし、ここでは、そこまでは至らずに、でも「影」と「言う」ことによって触れることのできている世界の手応えだけは、しっかりとつかんでいるような感じがする。二つ目のパラグラフは、次のように始められているからだ。

ひとりでに物象の影はとまつた　〈建築・路上・葉をふり落したあとの街路樹の枝〉　そうしてゆるやかな網目をうごかしはじめた　網目のうへでわたしたちは寂かに停止した自らの思念をあの時間のなかで凝視してゐた　〈あ・そのとき神はゐない〉　わたしたちは太古の砂上や振子玉のついた寺院の甍《いらか》のしたで建築の設計に余念なかつた時のやうに明るさにみたされてゐた

二つ目のパラグラフは、「影はとまつた」ではじまる。「落ちた」から「とまつた」へ。何が「とまつた」のか。「影が」と書き手は書く。「とまつた」のは、「建築・路上・葉をふり落したあとの街路樹の枝」の「影」なのだと。しかし、これは「劇」なのだとしたら、「影」は「とまつた」のではなく、作者が意図的に「とめた」のでなくてはならない。なぜ「とめた」のか。「網目」を意識し始めたからだ。「網目」の中に「影」を「とめる」ようなことをし始めたからだ。それは、「網目」と呼ばれる方眼紙に、幾何学の建築の立てられることを意識し始めたからである。かつては「太古の砂上」に「振り子のついた寺院の建設の設計」をしていたようなことを、いま網目の中でできるように感じ始めて、なぜか「わたしたち」は「明るさにみたされていた」というのである。

ここに、止まった世界を風で動かしたいという思いと、動いているものをどこかに止めて計量したいという思いの、「動」と「止」の相反する思いが出始めてきている。おそらく「対話」とは、この「動くもの」と「止まる」ものとの間の「劇」として始まるのかも知れないし、それは精神を持つ者たちの、はてしない葛藤の「原型」を作るものであったのかも知れない。その葛藤の場が「坪庭」としての『固有時との対話』に設定されたとしたら、その「庭」には白川静が言っていたような「神」は「いない」ということになるだろう。

わたしたちは〈光と影とを購はう〉と呼びながらこんな真昼間の路上をゆかう　そしてとりわけ直線や平面にくぎられた物象の影をたいへん高貴なものに考へながらひとびとのはいりたがらない寂かな路をゆかう

「光と影」を買おうというのは、「動くもの」を手にしようという意味である。「光」とセットになった「影」は「動くもの」である。しかし、「直線や平面にくぎられた物象の影」という「投影図」のようなものは「動かない」。それを「たいへん高貴なもの」と考えるのは、「動き」を求めるこころからは反している。

わたしは誰からも赦されてゐない技法を覚えてゐて建築の導く線と線とを結びつけたり　面と面とをこしらへたりした　わたしの視覚のおくに孤独が住みついてゐてまるで光束のやうに風景のなかを移動した

「動くもの」を「静止」させる「許されない技法」。しかし、精神はそういうことをせざるを得ないところがあり、そういうことをしようとする「わたし」の奥には「孤独」が染みついているとされる。ここに「動くもの」と「止まるもの」との分離を生きる「わたし」の「精神」が問題にされはじめている。

とりわけ…雲が睡入るさまはわたしをよろこばせた　建築のあひだや運河のうへで雲はその形態のまま睡入つてしまふやうに思はれた

雲は形態を自らの場処にとめる　すると静寂はわたしの意織をとめてしまふやうであつた

「雲」の「睡入るさま（止まる姿のことだろう）」は「わたし」を喜ばせるというのは、「動」と「止」のきわどい境界をみていることである。ゲーテも晩年、「雲」の研究に関心を注いでいたことはすでに見てきたとおりである。なぜ「雲」なのか。「雲」は一時として「止まる」ことなく、動いているものなのに、なぜかそれは止まった「かたち」にも見え、その「動き」と「かたち」の違いが、これから起こるであろう気象の変動を予期させてくれていたからである。「雲」を見ることは、いつも「未来」を見ることにつながっていた。そこで作者は、次のように書くのである。

忘却といふものをみんなが過去の方向に考へてゐるやうにわたしはそれを未来のほうへ考へてゐた　だから未来はすべて空洞のなかに入りこむやうに感じられた

「空洞」とは「精神の幾何学」の発生する場の別名である。しかし、その精神の幾何学が発動されても、その中で「動くもの」が、ちゃんと「かたち」を示してくれるのかはわからないことも「わたし」は感じている。

けれどわたしがX軸の方向から街々へはいつてゆくと　記憶はあたかもY軸の方向から蘇つてくるのであつた　それで脳髄はいつも確かな像を結ぶにはいたらなかつた　忘却という手易い未来にしたがふためにわたしは上昇または下降の方向としてZ軸のほうへ歩み去つたとひとびとは考へてくれてよい　そしてひとびとがわたしの記憶に悲惨や祝福をみつけようと願ふならば　わたしの歩み去つたあとに様々の雲の形態または建築の影をとどめるがよい

有名なパラグラフで、『固有時との対話』といえば、この箇所を引用せずにはすまない人もいるだろう。「X軸」「Y軸」「Z軸」などという「グラフ」を造る幾何学的な技法の発想で、なんとか動くものを静止させて捉えられたらとおもうのだが、「雲」のように作者は「確かな像を結ぶにはいたらなかつた」と書いている。

時は物の形態に影をしづかにおいて過ぎていつた　わたしは影から影にひとつのしつかりした形態を探してあるいたのである　おう　形態のなかに時はもとのままのあのむごたらしい孤独
幼年の日の孤独をつつんだまま立ち現はれるかどうか　わたしは既に忍辱によつてなれきつてゐたので　ただ衰弱した魂が索《さが》してゐたのである　あのむごたらしい孤独　幼年の日の孤独がいまはどのやうな形態によつて立ち現はれるかを　あたかも建築と建築のあひだにふと意外にしづかな路上や　その果ての樹列を見つけ出して街々のなかの暗い谷間を感じたりすることがあるように　もしかしてわたしのあの幼い日の孤独が意外な寂けさで立ち現はれるのを願つてゐたのだ

ここにきて読者はオヤッと思うに違いない。ふいに「幼児期の記憶」のようなものが、引き出されるからだ。たぶん、書き手には苦い「幼年期」の記憶や思い出があるのだろうが、それを「意識」しようとすると、「雲」のように「確かな像」を結ばないことに気が付く。「記憶」も「不動」ではないのだろうか。だから作者は問うことになる。「時はもとのままのあのむごたらしい孤独幼年の日の孤独をつつんだまま立ち現はれるかどうか」と。「当時」とは「違ったかたち」で「現在」に立ち現れることもあるのではないかと。精神は「動くもの」と「止まるもの」との「対話（劇）」「まぜあわせ」なのだとしたら、年月を経て、「まぜかた」が変わると、「過去」も違って見えてくるのではないか。そして、そういうことがなされないと、ひどい出来事の「許し」や「和解」ということもあり得ないことになるのではないか。

物の影はすべてうしろがはに倒れ去る　わたしは知つてゐる　知つてゐる　影はどこへゆくか　たくさんの光をはじいているフランシス水車のやうに影はどこへ自らを持ち運ぶか　わたしはよろめきながら埋れきつた観念のそこを掻きわけてはひ出してくる　まさしく影のある処から　砂のやうに把みさらさらと落下しまたはしわを寄せるやうにも思はれる時の形態を　影を構成するものを　たとへば孤独といふ呼び名で代用することもわたしはゆるしてゐたのだ何故なら必ず抽象することに慣れてしまつたこころは　むごたらしいといふことのかはりに過ぎてゆくといふ言葉を用ひれば　あの時と孤独の流れとを繋ぎあはせることができたから

だいぶややこしいことが書かれているように見えるが、言わんとしていることは、「物の影」は光の当たる「うしろがはに倒れる」という当たり前のことと、そんな「うしろがは」に集まるたくさんの影は、「見えない」だけに、どこにいくのかわからないという不安のことである。ここでは「影」のあるところが「観念の底」のようにもいわれ、「わたし」は、よろめきながらそこから這い出してくる、などと書かれている。でも「影を構成するもの」を、たとえ「孤独」とか「抽象するこころ」とか呼ばれても、知りたいと思っている。

ここで「影」と呼ばれているものは、のちに「幻想」や「共同幻想」などと呼び返され、その「影を構成する」ものが追求されることになる。しかし、この時期にはまだこの「影」にそこまでのイメージを求めることはできない。ただし、その「影」をのちの「幻想領域」までに拡げて考えてゆく思索の道は、作者が何度もいうように「孤独」としか形容しようがないものだったのであろう。

かくてわたしはいつも未来といふものが無いかのやうに街々の角を曲つたものである　ただ空洞のやうな個処へゆかうとしてゐるのだと自らに言ひきかせながら

ひたすら精神の幾何学的の図面を書く「空洞」へ向かわなくては、と自分に言い聞かせているところが見える。しかし、精神に幾何学が増してくると、「こころ」が失うものも感じられてくる。

わたしのこころは乾いて風や光の移動すら感覚しようとはしなかつた　多彩ないろが流転する場処でこころは渇えてたつたひとつの当為を索《もと》めてゐた　限りない生存の不幸をいやすためにわたしは何を感じなければならなかつたか　そしてわたしに感じさせるためにそれは何処からやつてこなければならなかつたか

「風や光の移動すら感覚」する感覚とは、「移動するもの（季節）」を感知することだ。それができなくなるという。「季節」は、「多彩ないろが流転する場処」とも言い換えられる。それが感じ取れなくなってきていることを書き手は「不幸」と呼んでいる。その「不幸」を癒やすためには何を感じなくてはならなかったのか。あるいは、「わたしに（それを）感じさせるためにそれは何処からやつてこなければならなかつたか」とも。答えは作者にも、わかっていると同時にわからない、と感じられている。

わたしは街々のうへにいつぱい覆はれた暗い空にむかつてやがて自らのとほり路になるはずの空洞を索しもとめた　空洞はわたしの過剰と静寂とを決定するはづであつた　わたしには何よりもそれが必要であつたから　わたしはあふれ出る風の騒ぎや雲の動きを覚えようとしなかつた　季節はいまこころの何処《いずこ》を過ぎようとしてゐるのか　そして生存の高処で何がわたしに信号しようとしてゐるのか　わたしは知らうとはしなかつた

「自らのとほり路」になるはずの「空洞」を探し求めている「わたし」。その「空洞」は、何かを「決定するはづであった」。しかしそういうことをすることのために「わたし」は、「あふれ出る風の騒ぎや雲の動きを覚えようとしなかった」と自覚している。そんな「わたし」のこころのどこを「季節」は過ぎようとしているのか、と「季節」への問いを「わたし」は投げかける。そして「わたし」は、その「季節」が、「生存の高処」で「わたしに信号しようとしている」ことに気が付いているのに、それを「知らう」とはしていないのである。

〈結局〉とわたしは考へる　〈わたしはむしろ生存の与件よりも虚無の与件をたづねてゐたのではなかつたか！〉　且《かつ》てわたしはわたしの精神のなかにある建築を使役することが出来なか

つた

「わたし」には、だいぶわかりかけてきたことがある。「わたし」は、「生存の与件よりも虚無の与件をたづねていたのではなかつたか!」と。真っ当な自問であろう。「生存の与件（季節のことだ）」を考えないで、「虚無の与件（哲学の問いのようなもの）」に足を取られていたのではないか。「わたし」は、わたしの「精神のなかにある建築」をうまく使うことができてこなかったのではないかと。「動くもの（季節）」に対応するこころと、「動かないもの（精神）」に対応するこころとの解離。

わたしの建築はそのときから与件のない空洞にすぎなくなつた　わたしはいまそれを暗い空にむかつて索《さが》さうとしてゐた

つひに何の主題もない生存へわたしを追ひこんだもののすべてをわたしは　わたしの精神のなかにある建築に負はせた

書き手の葛藤。「精神の中の建築」は求められなくてはならない。でも、「与件（必要）」でないことも「精神の建築」に負わせてきているのではないかという葛藤も生じてきている。

三　赤いカンテラ――「おれは　どこからきたのか」

三つ目のパラグラフは、今までとは雰囲気の違う語りかたで始まっている。「どこから　おれはきたか」という歌曲の一節をはさみこみながら。

《追憶によつて現在を忘却に導かうとすることは衰弱した魂のやりがちのことであつた　わたしは砂礫《されき》の山積みされた海べで〈どこから　どこから　おれはきたか〉といふ歌曲の一節によつてわたしのうち克ち難い苦悩の来歴をたしかめようとしたのだ

「追憶」の中に見え隠れする「わたし」と、現在を生きる「わたし」と。その「相関」の中に「わたし」は居るはずなのに、なぜか「追憶」の中の「あるもの」を見ている自分だけが鮮明に思い出されるというのである。

砂礫の山積みはたしか築岸工事に用ひるためのものであつたらう　あたりに人影もなく　赤い工事用のカンテラがほうりなげてあつた……〈昔は！〉とわたしは思つたものだ　昔はどうにもあつかひかねる情感の過剰のためによくこの海べをおとづれたものだがと…　ああ〈昔は〉といふことばがどんなにみすぼらしいものであるかを考へるとわたしは羞恥《しゅうち》を覚えざるを得な

いのだ　わたしの魂の衰弱にむかつて　またいまはいくらか狡猾さによつて無感覚になつてゐるわたしのこころに対して…

「赤いカンテラ」は、鮎川信夫がとくに印象に残る場面のように批評した（『吉本隆明詩集』思潮社、解説）ので、多くの人たちにも注目されることになった。彼はそこで「『赤いカンテラ』のように、自己の経験全体をつらぬく、単純でうつくしい基本的なイメージを見出している」と「説明」していた。しかし、この「赤いカンテラ」問題は、鮎川信夫の評価しようとしていたものはずいぶん違うものだったのではないかと私は思う。このパラグラフをよく読めば「赤いカンテラ」は、「昔は！」という限定の下に、実際には「赤い工事用のカンテラ」と表現されていて、「昔」と「工事現場」と「赤いカンテラ」はセットにして使われているのがわかる。ということは、「赤いカンテラ」を問うには、「昔」と「工事現場」が何だったのかが、同時に問われなくてはならないのである。そのことは次のパラグラフを読めば少しわかってくる。

わたしはその頃　わが家のまへのアスファルト路が夏になると溶けてしまふのを視てゐたものだ　そうして貨物自動車が通つた跡には歯形のやうなタイヤの痕跡が深く食ひこんでそれからしばらく経つた頃　道路工夫が白と黒のわく木を立てて補修にやつてきた　彼等がわたしの追憶に残していつたものはやはり赤いカンテラなのだ…

このパラグラフでは、アスファルトも溶けるような炎天下で、貨物自動車が深く食い込ませていった傷跡（タイヤ跡）を、道路工夫が補修にやってくるという場面とともに「赤いカンテラ」の記憶が思い出されているのである。ということは、「炎天下―アスファルト―溶ける―貨物自動車―タイヤ跡―道路工夫―補修―赤いカンテラ」は、ひと続きのなにものかのイメージを形成している、と考えなくてはならない。ならば、その「炎天下」が溶かしてしまうもののイメージと、そこにつけられた「傷跡（タイヤ跡）」を補修にやってくる「道路工夫」とは誰かということが問われることになり、そこに一緒になって「赤いカンテラ」があったという「記憶」が問題になっている、と読まれなくてはならない。

ではこの「アスファルトも溶かすような炎天下」とは何だったのか。それは作者が「昔は！」と呼んでいる青年期の中の「戦争」のことを想像するのがより現実的である。そこに生じた「傷跡（タイヤ跡）」と、それを補修にやってくる「道路工夫（兵士）」たち。すべては「戦争」の中での出来事であり、その「工事現場（戦争）」に常に残され「記憶」に留まりつづけてきた「赤いカンテラ」とは、まさに「赤い日の丸」であり「日の丸の旗」の残像であったと読めるものだ。そしてもう少しいえば、それは「天皇」をも指し示す「赤いもの」であった可能性でもある。そのことは、つぎのパラグラフを読めば一層明確にわかるだろう。

わたしは知つてゐる　それから以後何処と何処で赤いカンテラに出遇つたか！　そうして不思議なことにその赤いカンテラの形態も道路工夫たちの衣服も〈若しかするとその貌も〉少しも

変つてゐないことであつた　そうして彼等のツルハシの一打ちがほんの少ししかアスファルトをえぐらないこともまつたくおなじであつた

ここで思い出されているのは、「道路工事夫（兵士たち）」のツルハシの一打が、「工事現場（戦争）」に「ほんの少し」しかダメージを与えていないところである。そんな「工事現場（戦争）」のあちこちで「赤いカンテラ」に出会うというのである。恐ろしい追憶である。何が恐ろしいのかというと、想起される場面が少しも変わらずに思い出されると言っているところである。それほどまでに、「赤いカンテラ」の記憶はこころに刻み込まれていて、まさに「関係の絶対性」を形成していたのである。作者は続けて書いていた。

何といふ記憶！　固定されてしまつた記憶はまがふかたなく現在の苦悩の形態の象徴に外ならないことを知つたとき　わたしは別にいまある場所を逃れようとは思はなくなつたのである》

そして、このパート三の最初に出されていた「問い」に戻ることになる。〈どこから　どこからおれはきたか〉という歌曲の一節に。そして「わたし」は、この「赤いカンテラ」のある「工事現場」からやってきたのだという「記憶」を新たにするのである。そして注意して読まれるとわかるのだが、このパート三は、最初からここまでは《　》でくくられていた。ここまでひと続きの長いパラグラフになっていて、「赤いカンテラ」はその中の決定的に重要なイメージを担って書き込まれていたのであり、鮎川信夫のいうような「単純でうつくしい基本的なイメージ」というようなものではなかったのである。

問題は、なぜこういう長いひと続きの詩文を、ここに置いたのかということであろう。それは、「記憶」のなかに、変わらずに残り続けるものがあり、そういう「記憶」とともに「わたし」というものがあり、そういう外側にある「記憶」ぬきに今の「わたし」があり得ないことを、「わたし」はよく感じようとしていたからである。

> 如何なるものも自らの理由によつて存在することはない　しかもわたしはわたし自らの理由によつて存在しなければならない　生存がまたとない機会であると告げるべき理由をわたしはもつてゐなかつた　しかも既に生存してゐることを訂正するためにわたしの存在は余りに重く感じられた

いかなるものも、自分勝手な「自らの理由」によって存在することはない、と「わたし」はしっかりと感じている。しかし、それゆえにというべきなのか、どこかで、「わたし」は、「わたし自らの理由」によって存在しなければならない、ということも今強く感じ始めてきている。「生存」が、「またとない機会である」と告げるべき理由をもたなくてはならないと。

> 独りで凍えさうな空を視てゐるといつも何処かへ還りたいとおもつた　ひとびとが電灯のまは

りに形成してゐる住家がきつとひとつ以上の不幸を秘してゐるものであるのを知つてゐたので いづれかひとつの住家に還らうとは決して思はなかつた　すると何処かへといふのは漠然とわたしの願望を象徴するものであつたらしい　しかも願望の指さす不定をではなくまさしく願望そのものの不定を象徴するものであつた

「いつも何処かへ還りたいとおもつた」という思いの「何処か」というのは、どこか特定の場所というイメージだろうか。それとも、「季節」に生きる生きものの根源の在り方への思いのことであろうか。何かしらの「住家」ではないようだ。作者は、そこでこう書かなくてはならなかった。
「すると何処かへといふのは漠然とわたしの願望を象徴するものであつたらしい　しかも願望の指さす不定をではなくまさしく願望そのものの不定を象徴するものであつた」と。

わたしが了解してゐたのはただわたしのやうなものにもなほひとつの回帰についての願望が必要だといふことであつた　言ひかへればわたしの長い間歩むできた路上がやがて何処かへ還りつくといふことのある佗《わび》しげな感覚をわたしが宿命のやうに思ひなしてゐるといふことであつた　一体いつごろからわたしは還りゆく感覚を知りはじめたか　しかもその感覚がわたしの生存にどのやうな与件を加へ得たか！

「回帰についての願望が必要だ」と書かれるのは不思議な書き方だ。「回帰」などというイメージを「わたし」はどこから手に入れたのだろうか。そもそも「回帰」とは、ぐるりと回るように巡るもので、それは「季節」のようなものにしか見出せないものである。作者は自分の中に自覚されつつある「季節」への深い感覚を、でもどう表せばいいのかよくわからないみたいだ。なので「問い」だけが放たれる。「一体いつごろからわたしは還りゆく感覚を知りはじめたか　しかもその感覚がわたしの生存にどのやうな与件を加へ得たか！」と。「工事現場」や「赤いカンテラ」などが見えるような場所ではないところへの「還りゆく感覚」を。うんとのちに「還相《げんそう》」と呼ばれる道筋に関わるような「思い」のことなのか、この時点ではまだ誰にもわからない。

四　「不思議」と呼ばなくてはならないもの——風景の三要素　風と光と影と

このパラグラフでは、なにかの出来事が追求されるというのではなく、出来事の起こるその相互作用そのものが、「精神の幾何学」のように追求され、「精神の幾何学」を演じる役者たちが、ぞろぞろとやってくる。

時刻がくると影の圏がしだいに光の圏を侵していつた　そればかりか街々の路上や建築のうへで風の集積層が厚みを増してゆくのであつた　わたしはただ自然のそのやうな作用を視てゐるだけでよかつたのかどうか　滑らかな建築の蔭にあつてわたしのなかを過ぎてゆく欠如があつた

「時刻がくる」ということで、すでに世界が動いていることが示され、「影の圏」がしだいに「光の圏」を侵してゆき、「風の集積層」が厚みを増してゆく、ということで、「夕方」になるのか、「秋」になるのか、「季節」の移りゆきが示される。そして「わたし」は、「自然のそのやうな作用を視てゐるだけでよかつたのか」と自問される。「見ている」だけではいけないことは「わたし」にもわかっている。「精神の建築」を建てるためには、「見ている」だけではなく、基本的な要素の「相互関係」が計量されてゆかねばならないのではないかと。

> 風と光と影の量をわたしは自らの獲てきた風景の三要素と考へてきたのでわたしの構成した思考の起点としていつもそれらの相対的な増減を用ひねばならないと思つた　それゆえ時刻がくるとひとびとが追想のうちに沈んでしまふ習性を　影の圏の増大や　光の集積層の厚みの増加や　風の乾燥にともなふ現在への執着の稀少化によつて説明してゐたのである　わたし自らにとつても追憶のうちにある孤独や悲しみはとりもなほさずわたしの存在の純化された象徴に外ならないと思はれた

ここでは「生きられる相互作用」とは別に、「思考の起点」としての「相互作用」が、区別され意識されている。その思考の起点としての相互作用が、ここでは、「風と光と影」の相互作用と考えられ、その三つが「風景の三要素」と呼ばれている。世界を「風と光と影」のたった三つの「量」

の相互作用と考えるなどというのは、あまりにも無茶な、というか単純な想定ではあるが、大事なところは世界を「相互作用（劇）」の現れとして見ようとしているところである。

わたしは不思議といふ不思議に習はされてゐたしまた解きあかすことも出来た　だから突然とか超絶とかいふ言ひ方でそれを告知されることを願はなかつた　ただわたしたちは現在でも不思議といふことをわたしたちのこころの内部で感ずることが出来た　そしてあの解きうるものにちがひない現象が　こころに与へた余剰といふものを不思議と呼び習はしてきた

「不思議」と呼ばれて来ているものは、「突然」とか「超絶」といった理解を越えたものではなく、解き明かすことのできるものだと「わたし」は考えているが、でも、それは「思考」での理解というよりか、「こころの内部で感ずること」ができるものだということも感じている。それをここでは「不思議」と呼んでいる。それは「精神」や「こころ」と呼ばれるものの対極にあって、「こころ」に大きな影響を与えているところのものだということを「わたし」は感じている。

だから触覚のあるひとびとが空のしたですべての物象が削がれてゐると感じたとしてもそれはその通りであつた　けれど昨日と明日とがすでにわたしたちの生存のまはりに構成されて在ると知つたとき　そして昨日と明日とに何か意味を附与することで生存の徴しとしたいと願つたとき　あきらかにそこに不思議といふ呼び名を与へねばならない何かが現はれた　何故ならい

たるところの空のしたで　わたしたちの生存は時を限定したいと感じてゐたに相違ないしまた
時は決してわたしたちによつて限定されないものに思はれたから　その限定にかけられたわた
したちの欲望がもしかしてわたしたちのこころに余剰を呼び覚すかも知れなかつたから

「わたし」が不思議に感じていることは、「生存」の周りにすでに「昨日と明日と」が「構成されて在る」と知ったときだという。「昨日と明日と」がすでにあるという、そんな当たり前のことに驚くなんてどうかしている、と言うべきなのか。しかし「あきらかにそこに不思議といふ呼び名を与へねばならない何かが現はれた」と「わたし」はいう。『固有時との対話』の中でも、最も美しく書かれた箇所のひとつである。そこのところをさらに書き手は次のようにも書く。「わたしたちの生存は時を限定したいと感じてゐたに相違ない」と。つまり、生存は一本の線のように続いているのではなく、「時を限定したい」と感じているのではないかというのである。その「限定」とは、「朝と夕」「夜と昼」「昨日と明日」「春夏秋冬」などなどの「限定」のことである。「生存」とはそういう「限定」と共にあるのではないかと。そういう生存の「限定」を形作ってきたものこそが「季節」だったと言われることになるだろう。

言ひかへるとわたしは自らの固有時といふものの恒数をあきらかにしたかつた　この恒数こそ
わたしの生存への最小与件に外ならないと思はれたし　それによつてわたしの宿命の測度を知
ることが出来る筈であつた　わたしは自らの生存が何らかの目的に到達するための過程である

とは考へなかつたのでわたし自らの宿命は決して変革され得るものではないと信じてゐた　わたしはただ何かを加へうるだけだ　しかもわたしは何かを加へるために生きてゐるのではなく　わたしの生存が過去と感じてゐる方向へ抗《あらが》ふことで何かを加へてゐるにちがひないと考へてゐた

ここにきて「固有時」という表現が登場する。「固有時といふものの恒数」という表現とともに。その「恒数」とは「わたしの生存への最小与件」だという。書き手が今まで書いてきたことの説明からすると、「恒数」とは、「光と風と影」の「相互作用（劇）」であったはずで、どこかに静止して動かないような「恒数」を想定しているわけではないだろう。しかし、そういう「相互作用」でもって作られる「固有時」が、「精神の幾何学」のようなものになるのだとしたら、それが「生存」を明らかにするようなものになりうるのかどうかはわからないだろう。

なので「わたし」は次のように言わざるをえなくなる。「わたしは自らの生存が何らかの目的に到達するための過程であるとは考へなかつた」と。「わたし」はなにかの実現の途上にいるのではなく、日々の生存そのものが「目的の実現」になっているはずだからである。それはわたしたち生きものの体が、日々「季節」の実現体としてあったからである。

わたしを時折苦しめたことはわたしの生存がどのやうな純度の感覚に支配されてゐるかと言ふことであつた　言ひかへるとわたしはわたし自らが感じてゐる風と光と影とを計量したかつた

のだ　風の量が過剰にわたるときわたしの宿命はどうであるか　光の量に相反する影の量がわたしのアムールをどれだけ支配するだらうかと　言はばわたしにとつてわたしの生存を規定したい欲望が極度であつた

何かむずかしいことを「わたし」は考えようとしているわけではないだろう。あらゆる生きものが実現している「生存」というものを考えようとしているのだから。それをするために「わたし」は「風と光と影とを計量したかつた」という。なぜ「風と光と影」なのか。私たちが「季節」と呼んでいるものが、まさに「太陽（光）」と「大地（風）」の「相関体（影）」としてあって、それは計量できるように見えていたからである。

わたしは風と光と影との感覚によつてひとびとのすべての想ひを分類することも出来たであらう　且《かつ》ての日画家たちが視覚のうちに自らを殺して悔ひなかつたやうに　わたしは風と光と影との感覚のうちにわたしの魂を殺して悔ひることがなかつた　わたしの生存にはゆるされたことがたつたひとつ存在してゐた

先には「風と光と影の計量」と表現されていたものが、ここでは「風と光と影との感覚」と表現されている。「計量」と「感覚」は同じことなのか。たぶん「季節」は生きものの生体の超技巧な仕組みとして日々「計量」されていて、その「計量」をまた生きものは「感覚」して生きている。

「わたしの生存」に、「ゆるされたことがたったひとつ存在してゐた」というものは、この「季節の感覚」であったはずだと思われる。

わたしは限界を超えて感ずるだらう　視えない不幸を視るだらう　けれどわたしは知らない
わたしはやがてどのやうな形態を自らの感じたものに与へうるか　あの太古の石切り工たちが
繰返した手つきで　わたしは限りなく働くだらう

「季節体」としてのわたしたちの体は、「考える」ことの限界を超えて、「先」のことを見越して生きている。「死」までも見据えて生きているとしたら、「視えない不幸」までも見据えて生きているということになるだろう。けれどもそういうことについて「考える」というやり方では、「季節体」の秘密を「知る」ところまでは至らない。それでも「あの太古の石切り工たちが」と「わたし」は思う。この「石切り工」とは、建築材を切り出す職人たちのことで、「建築」に関わるものたち（「体の建築」と「精神の建築」と）のことだが、彼らの太古から積み重ねてきた「手つき」で、「わたし」も今のところはその「限界を超えて感ずる」ように働くしかないのであると。

わたしはほんたうは怖ろしかつたのだ　世界のどこかにわたしを拒絶する風景が在るのではないか　わたしの拒絶する風景があるやうに……といふことが　そうして様々な精神の段階に生存してゐる者が　決して自らの孤立をひとに解らせようとしないことが如何にも異様に感じら

れた　わたしは昔ながらのしかもわたしだけに見知られた時間のなかを　この季節にたどりついてゐた

有名になったパラグラフであるが、この箇所は何かしら社会的に対立するものへの拒絶のようなイメージで捉えられることが多かったように思う。そういう理解ももちろん可能であるが、ここで示されている「わたしを拒絶する風景」というのは、「わたしの拒絶する風景」と対になって出されている。それはすでに見てきた詩句からいえば、「精神の建築物」をもってしまったものが「拒絶する風景」のことである。そうすると、「拒絶されたもの」が、逆に「わたし」を拒絶することにもなる。そういう互いの拒絶のし合いは、精神の段階に対応しているのではないか。そして、つまるところは、次のようにも言い換えられる。「わたし」は「昔ながら」の、しかも「わたしだけに見知られた時間」のなかを（通して）、「この季節にたどりついていた」と。そうすると、拒絶し合うものは「精神」と「季節」であったことが、ここに来ても見えてくるように思われる。

五　「寂寥」の位置から

とつぜんあらゆるものは意味をやめる　あらゆるものは病んだ空の赤い雲のやうにあきらかに自らを耻《はずか》しめて浮動する　わたしはこれを寂寥と名づけて生存の断層のごとく思つてきた　わたしが時間の意味を知りはじめてから幾年になるか　わたしのなかに　とつぜん停止するもの

がある
〈愛するひとたちよ〉
わたしこそすべてのひとびとのうちもつとも寂寥の底にあつたものだ　いまわたしの頭冠にあ
らゆる名称をつけることをやめよ

「精神」として立つ位置と、「生存（季節体）」として立つ位置は違っている。「意味」は「精神」が求めるもので、「寂寥《せきりょう》（ものさびしさ）」も、そんな「精神」の「停止するもの」の位置からやってくる。「精神」の位置に立てば立つほど、「生存（季節体）」の位置から遠ざかる。その位置は「生存の断層」と呼ばれ、「寂寥」と呼ばれるしかないような位置だ。「わたし」こそが、その「寂寥」の底に立つ者だ。「愛するひとたちよ」という複数形の呼びかけは「家族」に向けられている。そもそもの「生きもの」としての「家族」は「季節体」に位置を持っている。「精神」になったものたちは、この「愛する人たち」からもずいぶんと遠くにいるのだよ。

〈愛するひとたちよ〉
わたしが自らの閉ぢられた寂寥を時のほうへ投げつけるとき　わたしを愛することをやめてし
まふのか　わたしの寂寥がもはやいつも不安に侵されねばならなかつたとき　おまへはわたし
の影を遠ざからうとするのか　わたしの不安のなかにおまへの優しさは映らなかつた　すでに
陥落に充ちたむごたらしい時が　わたしのすべてをうばつてゐた

「愛するひとたちよ」、あなたたちに伝えたい。「わたし」が「寂寥」を生きざるを得ないときに、「あなたたち」は「わたし」を愛することをやめてしまうのか。「寂寥」を生きるものに、「おまへ」の「優しさ」が映らないときもある。「精神」が「陥落（落ちる）」するようなことで「みたされてしまう」時には、「わたしのすべて」が「奪われそうになる」ものだ。

明らかにわたしの寂寥はわたしの魂のかかはらない場処に移動しようとしてゐた　わたしははげしく瞋《いか》らねばならない理由を寂寥の形態で感じてゐた

「精神」は「魂」の関わらないような所にいってしまっている。「わたし」は「はげしく瞋らねばならない」。何に対しての「瞋り」なのか。「魂」から遠ざかるような「精神」の在り方に対してである。でもその「瞋り」は、「精神」が「寂寥のかたち」で感じているものなのだよ。

六　『固有時との対話』の読みを振り返って

ここに示した「読み」は、わたしの関心に沿った「読み」なので、当然別な読みもありうるし、あらねばならないであろう。何度も見てきたように、『固有時との対話』は『日時計篇（上）』からの抜き書きで作られていた。なので、そうとう意味の通らない詩文が、寄せ集められているところもある。なので、どういうふうに読んでも「意味」のようなものが見えてこない詩句には、あまりこだわらないほうが良いのではないかと私は考えた。そういう所にこだわって、妙な解釈に明け暮れていると、こういう『固有時との対話』のような詩文集を作ろうとした、動機や狙いがたどれなくなる気がしたからだ。

そういう意味では、作者が『日時計篇（上）』を抜粋した『固有時との対話』を作ったようにして、わたしは『固有時との対話』をよりスリムに抜粋した新編『固有時との対話』のようなものをまず作ってみたらどうかと考えた。もちろん邪道ではあるけれど、でも、こういう試みをすることで、今まで『固有時との対話』を「通読」できなかった人にも、ある程度の一貫したイメージを読み取ってもらえるものを提出できたのではないかと思っている。

あとは、また違った角度から、読み解く人たちが現れれば、わたしの努力も報われるというものである。

本章の最後に、付録として『日時計篇（上）』と『固有時との対話』の対比表を掲げておく。その両者を比較しながら読むのもまた興味深いものである。『日時計篇（上）』の何が削られ、何が付け加えられて『固有時との対話』ができていったのか、手に取るようにわかるからである。そこから、また新たな読み取りの可能性を示してくれる人が出てくればうれしい。

附録『日時計篇（上）』と『固有時との対話』との対比一覧

『日時計篇（上）』	『固有時との対話』
題詞（順番は川上春雄〈『吉本隆明全著作集2』改題〉による、下の数字は『全集2』の頁を示す）	
1〈抽象せられた史劇の序歌〉602頁	
2〈風が睡る歌〉676頁	
3〈建築の歌〉678頁	
4〈神のない真昼の歌〉680頁	
5〈雲が眠入る間の歌〉682頁	
6〈並んでゆく蹄の音のやうに〉556頁	
7〈光のうちとそとの歌〉554頁	
8〈午後〉683頁	
9〈酸えた日差しのしたで〉685頁	
10〈死霊のうた〉687頁	
11〈暗い時圏〉496頁	
12〈寂しい路〉578頁	
13〈鎮魂歌〉689頁	
14〈過去と現在の歌〉581頁	
15〈晩禱の歌〉583頁	
16〈寂かな光の集積層で〉591頁	
17〈風と光と影の歌〉589頁	

18〈規劃された時のなかで〉587頁
19〈蒼馬のやうな雲〉691頁
20〈一九五〇年秋〉585頁

1〈抽象せられた史劇の序歌〉

わたしたちは高らかに暗い凱歌をあげながら　人間をやめるために抽象してきたのだ　風景を　かなしみを　思考を……それによつてわたしたちを造れる者の意志を拒否してきたのだ

わたしたちのむれは　街々の路や建物の蔭や　黝づんだ運河のほとりに立つて　まるでさまよふ者に似てはゐたが　遠くの類に呼びかけるために物書きはしたが　いつも一杯の酒やコオヒイを物思はずにのみ得たか！
わたしたちは既に神々にむかつて盃を去らしめることを願はなかつたし　自らのこころのままに風景を　風を思想を再構成するやうに習はしてきた

〈この習はしこそ寂しいものでござらう〉
わたしたちのむれは中世的トミスムの世界に巡礼する僧侶にこたへたのである
メカニカルに組成されたわたしたちの感覚には湿気を嫌

メカニカルに組成されたわたしの感覚には湿気を嫌ふ冬

ふ冬の風のしたが適してゐた　そうしてわたしたちの荘
厳な史劇は　わたしたちの微小な役割に荷はれながら確
かに歩みはじめるのである……と信じよう

〈一九五〇・十・五〉

2〈風が睡る歌〉

風は街々の館のかげではたと止むだとき　落下していつ
た　わたしたちが睡るときと
おなじやりかたで空洞のほうへ堕ちていつた　数限りも
なくそれが継続された
とき風は路の上に枯葉や塵芥を集積した
わたしたちは其処をさけるように歩むでいつた
わたしたちは不幸といふものをことさらに掻き立てるよ
うに
あらゆるものを睡りから覚ますことをたすけた
風はわたしたちのおこなひをみんな知つてゐるだらう
風はわたしたちの継続する意識をたすけるように　わた
したちの空洞のなか
を充たした　わたしたちは風景のなかに自らを見出さな
いために

の風のしたが適してゐた　そしてわたしの無償な時間の
劇は物象の微かな役割に荷はれながら確かに歩みはじめ
るのである……と信じられた

〈1950・12〉

（一　風と空洞）〈村瀬による見出し〉

街々の建築のかげで風はとつぜん生理のやうにおちてい
つた　その時わたしたちの睡りはおなじ方法で空洞のほ
うへおちた　数かぎりもなく循環したあとで風は路上に
枯葉や塵埃をつみかさねた　わたしたちはその上に睡つ
た
わたしたちは不幸をことさらに掻き立てるために
自らの睡りをさまさうとした
風はわたしたちのおこなひを知つてゐるだらう
風はわたしたちの意識の継続をたすけようとして　わた
したちの空洞のなかをみたした
わたしたちは風景のなかに在る自らを見知られないため
に風を寂かに睡らせようとした

風を寂かに睡らせるようにした

風は何処からきたか？
何処からといふ不器用な問ひのなかには　わたしたちの
悔ひが跡をひいてゐた
わたしたちはその問ひによつてすべてを目覚ましてきた
から

風は過去のほうからきた

3〈建築の歌〉

建築たちは風が起つたとき揺動するようにおもはれた
そして影はいくつもの索原に分離するかのやうに濃淡を
ゆらしてゐた
建築たちのなかには方錘を垂らしてゐる暗陰な地錘があ
り
建築の内部に過ぎつてゆく時間はいちように暗かつた

風よ　おまへだけは自らの影といつしよに　これらにん
げんの形成して
ゐる空間の抽象物を離れようとしなかつた
わたしたちはまるで孤独な成振りをしながら　いくつも

〈風は何処からきたか？〉
何処からといふ不器用な問ひのなかには　わたしたちの
悔恨が跡をひいてゐた　わたしたちはその問ひによつて
記憶のなかのすべてを目覚ましてきたのだから

〈風は過去のほうからきた〉

建築は風が立つたとき揺動するやうに思はれた　その影
はいくつもの素材に分離しながら濃淡をひいた　建築の
内部には錘鉛を垂らした空洞があり　そこを過ぎてゆく
時間はいちやうに暗かつた

の想ひを
そこにとどめさせた　わたしたちには何かしらひとつの
暗示があり
それはいつか遂げられるかも知れない死の時に曳引して
わたしたちを愛しませた

わたしたちは建築にまつわつてゐる時間を　まるで巨き
な石上の
掌を視るように驚嘆した　果てしないものの形態を　た
しかに
感ずるのだつた

風よおまへだけは……

風よ

わたしたちが感じたものを繫いでゐた

4〈神のない真昼の歌〉
もはや影はひとりでにとまつてしまふ　建物のあひだの
路上や葉をふり落して
しまつた街樹の枝のうへに　そうしてゆるやかな網目を

わたしたちは建築にまつはる時間を　まるで巨大な石工
の掌を視るやうに驚嘆した　果てしないものの形態と黙
示とをたしかに感ずるのだつた

〈風よ〉

風よおまへだけは……

わたしたちが感じたすべてのものを留繫してゐた

＊　＊　＊（二　精神の幾何学）
ひとりでに物象の影はとまつた　〈建築・路上・葉をふ
り落したあとの街路樹の枝〉　そうしてゆるやかな網目
をうごかしはじめた　網目のうへでわたしたちは寂かに

うごかしはじめる
網目のうへでひとびとは寂かにとまつてしまつた自らの
思念をあの時間
のまへで凝視してゐる　おう　その時　神はゐない！
ひとびとは太古の砂上や振子玉のついた寺院のしたで建
築の設計に余念
なかつたときのやうに明るさに充たされてゐる

わたしは〈光を影を購はう〉と呼ばひながら　こんな真
昼間の路をゆかう
そうしてとりわけ直線や平面に区切られた影をたいへん
高貴なものと
考へながら　ひとびとが這入りたがらない寂かな路をゆ
かう
何にもましてわたしは神のない時間をあいしてきたのだ
から

神はどこへいつた？　こんな真昼間
ひとびとは忙しげにまるで機械のやうに歩み去り　決し
てこころに空洞を
容れる時間をもたない　だから余計になつた建物の影が
ひとびとのうしろ
がはに廻る夕べでなければ　神はこころに忍びこまない

停止した自らの思念をあの時間のなかで凝視してゐた
〈あ・そのとき神はゐない〉　わたしたちは太古の砂上や
振子玉のついた寺院の甍のしたで建築の設計に余念なか
つた時のやうに明るさにみたされてゐた

わたしたちは〈光と影とを購はう〉と呼びながらこんな
真昼間の路上をゆかう　そしてとりわけ直線や平面にく
ぎられた物象の影をたいへん高貴なものに考へながらひ
とびとのはいりたがらない寂かな路をゆかう　何にもま
してわたしたちは神の不在な時間と場所を愛してきたの
だから

〈神は何処へいつた　こんな真昼間〉
ひとびとは忙しげにまるで機械のやうに歩みさり決して
こころに空洞を容れる時間をもたなかつた　だから過剰
になつた建築の影がひとびとのうしろがはに廻る夕べで
なければ神はこころに忍びこまなかつた

こんな真昼間
わたしの思念は平穏だ　そうして覚醒はまるで眠りのや
うに冴える

5〈雲が眠入る間の歌〉

わたしは独りしてあるとき　すべてのものに静寂をみつ
け出した　それからすべてのものはその場処に自らを眠
らせてゐるように思はれた　とりわけ……雲が眠入るさ
まはわたしをよろこばせた　建物のあひだや橋上で　雲
はそのまま眠つてしまふようにおもはれた

真昼間だといふのに　わたしはその静寂の時を止めた
雲は形態をそのところに止める
すると静寂はわたしの意識をとめてしまふやうであつた
　忘却といふものはみんなが過去の方向に考へてゐるよ
うに　わたしはそれを未来のほうに考へてゐた　だから
未来はすべて空洞のなかに入りこむように思はれる
おう　わたしの遇ひゆく者よ
おまへは忘却をまねきよせないために　すべて過去の方
に在らねばならない
わたしは思つてゐた

わたしたちの思念は平穏に　そして覚醒はまるで睡りの
やうに冴えてゐた
わたしは慣はしによつて歩むことを知つてゐた　しばし
ば慣はしによつて安息することも知つてゐた　わたしに
影がさしかかるときわたしの時間は擾乱した　風は街路
樹の響きのなかをわたつて澄んだ　わたしの樹々で鳥は
鳴かず　わたしの眼はすべての光を手ぐりよせようとも
しないでさしてまとまりのない街々の飾り窓を視てゐた
　視界のおくのほうにいつまでも孤独な塵まみれの凹凸
があつた
わたしは誰からも赦されてゐない技法を覚えてゐて建築
の導く線と線とを結びつけたり　面と面とをこしらへた
りした　わたしの視覚のおくに孤独が住みついてゐてま
るで光束のやうに風景のなかを移動した
〈明日わたしはうたふことができるかどうか〉
予感されないままにわたしは自らの願ひを規定した
わたしは独りのときすべての形態に静寂をみつけだした
　それからすべての形態はその場処に自らを睡らせるや

雲が眠入るまの空のしたでわたしのとどめたいと願つた
物のすべてを其処にとどめながら

6 〈並んでゆく蹄の音のやうに〉

並んでゆく蹄の音のやうにかつかつと　記憶は脳髄の奥
深く鳴つてゐた　ぼくは形態をその響きに賦与しようと
したに過ぎない
来歴の知れないひとつづつの記憶に　若し哀歓の意味を
つけようと思ふならば　唯こころが被つてゐる様々の外
殻をいちまいいちまい点呼すればよかつたらう

うに思はれた　とりわけ…雲が睡入るさまはわたしをよ
ろこばせた　建築のあひだや運河のうへで雲はその形態
のまま睡入つてしまふやうに思はれた
わたしはその静寂の時をとめた　雲は形態を自らの場処
にとめる　すると静寂はわたしの意識をとめてしまふや
うであつた　忘却といふものをみんなが過去の方向に考
へてゐるやうにわたしはそれを未来のほうへ考へてゐた
　だから未来はすべて空洞のなかに入りこむやうに感じ
られた
〈わたしの遇ひにゆくものたちよ
　それは忘却をまねきよせないためにすべて過去の方に
　在らねばならない〉
来歴の知れないわたしの記憶のひとつひとつにもし哀歓
の意味を与へようと思ふならば　わたしの魂の被つてゐ
る様々の外殻を剥離してゆけばよかつたはづだ

けれどぼくがX軸の方向から街々に這入つてゆくと
記憶はあたかもY軸の方向から蘇つてくるのであつた
それで脳髄はいつも確かな像を結ぶにはいたらなかつた
忘却といふ手易い路にしたがふために　ぼくは上昇また
は下降の方向としてのZ軸へ歩み去つたとひとびとは考
へてくれてよい

蹄の音はまさしく地底または天空のほうへ消えていつた
ひとびとが僕の記憶に悲惨または祝福を視つけようと願
ふならば　そのあとに様々の雲の形態　または建物の影
が残つてゐたと思ふがいい　ぼくの歩み去つたあとに！

少年や少女たちが獣のやうに齢たけて街々の角に蝟集し
てくる頃には
ぼくは何の　痕跡も残すことなく　既に時間のなかのぼ
くの建築　あのP・V氏の魂の建築の修正に　いはば意
識における誤謬の修正に忙がしかつたのだ

おう　それは恥辱よりもむしろ苛立たしさに充ちた操作
であることを
誰に告げようとするでなく
まさしく誰に告げようとするでなく！

けれどわたしがX軸の方向から街々へはいつてゆくと
記憶はあたかもY軸の方向から蘇つてくるのであつた
それで脳髄はいつも確かな像を結ぶにはいたらなかつた
　忘却という手易い未来にしたがふためにわたしは上昇
または下降の方向としてZ軸のほうへ歩み去つたとひと
びとは考へてくれてよい　そしてひとびとがわたしの記
憶に悲惨や祝福をみつけようと願ふならば　わたしの歩
み去つたあとに様々の雲の形態または建築の影をとどめ
るがよい

わたしは既に生存にむかつて何の痕跡を残すことなく
自らの時間のなかで意識における誤謬の修正に忙しかつ
たのだ

7〈光のうちとそとの歌〉

いく年もいく年も時は物の形態《かたち》に影をしづかにおいて過ぎていつた！

ぼくはいとまもなくこころを動かして影から影にひとつのしつかりした形態《かたち》を探してあるいたものである　おう　形態のなかには時が　もとのままのあのむごたらしい孤独　幼年の孤独をおしつつんだまま立ち現はれるかどうか　ぼくは既に耻辱によつてなれきつてゐるので　ただ衰弱してゐるこころが探してゐたのである　あのむごたらしい孤独　幼年の孤独がいまはどのやうな形態によつて立ち現はれるかを

あたかも建築の影と影のあひだに　ふと意想外にしづかな路すぢ　路すぢのうへの樹木をみつけ出して　街々のなかの谷間といふべきものを　感じたりすることがあるやうにぼくはあの幼いときの孤独が意外な寂かさをもつて立ち現はれることを願つていたのだ

物の影はすべてうしろがはに倒れ去る　ぼくは知つてゐる　知つてゐる　影はどこへゆくか　たくさんの光をはじいてゐるフランシス水車のやうに　それはどこへ影を持ち運ぶのか　ぼくはよろめきながら埋れきつた観念のそこをかきわけて這ひ出してくる　まさしく影のある処から！

時は物の形態に影をしづかにおいて過ぎていつた　わたしは影から影にひとつのしつかりした形態を探してあるいたのである　おう　形態のなかに時はもとのままのあのむごたらしい孤独　幼年の日の孤独をつつんだまま立ち現はれるかどうか　わたしは既に忍辱によつてなれきつてゐたので　ただ衰弱した魂が索してゐたのである　あのむごたらしい孤独　幼年の日の孤独がいまはどのやうな形態によつて立ち現はれるかを　あたかも建築と建築のあひだにふと意外にしづかな路上や　その果ての樹列を見つけ出して街々のなかの暗い谷間を感じたりすることがあるように　もしかしてわたしのあの幼い日の孤独が意外な寂けさで立ち現はれるのを願つてゐたのだ

物の影はすべてうしろがはに倒れ去る　わたしは知つてゐる　知つてゐる　影はどこへゆくか　たくさんの光をはじいてゐるフランシス水車のやうに影はどこへ自らを持ち運ぶか　わたしはよろめきながら埋れきつた観念のそこを掻きわけてはひ出してくる　まさしく影のある処から　砂のやうに把みさらさらと落下しまたはしわを寄

砂のやうに把み　さらさらと落下し　またしわを寄せる
かにも思はれる時の形態を　影を構成するものを　たと
へば孤独といふ呼び名で代用することも　ぼくはゆるし
てゐたのだ　何故つて必ず抽象することに慣れてしまつ
たこころは　むごたらしいといふことのかはりに　過ぎ
てゆくといふ言葉を用ひれば　あの時と孤独の流れとを
つなぎあはせることが出来たから

斯くてぼくはいつも未来といふものが無いかのやうに
街々の角を曲つたものである　ただ空洞のやうな個処へ
ゆかうとしてゐるのだと自らに言ひきかせながら　誰も
ぼくを驚愕させうるものはなかつたし　孤独は充分に填
められてゐて　余計なことを思はせなかつたし　其処此
処に並んだ建物のあひだで沢山の幾何学の線をこころは
描かうとしてゐた　幼年の日の路上で　ぼくはいまや抽
象された不安をもつて　それをなさねばならなかつた
〈一九五〇・九・十八〉

8〈午後〉

燃えつきた火のやうにわたしたちは疲れきつてその時刻
を守つた
その時は建物や街路のうへにも　わたしたちが知らうと

せるやうにも思はれる時の形態を　影を構成するものを
　たとへば孤独といふ呼び名で代用することもわたしは
ゆるしてゐたのだ　何故なら必ず抽象することに慣れて
しまつたこころは　むごたらしいといふことのかはりに
過ぎてゆくといふ言葉を用ひれば　あの時と孤独の流れ
とを繫ぎあはせることができたから

かくてわたしはいつも未来といふものが無いかのやうに
街々の角を曲つたものである　ただ空洞のやうな個処へ
ゆかうとしてゐるのだと自らに言ひきかせながら　誰も
わたしに驚愕を強ひなかつたし　孤独は充分に塡められ
てゐて余剰を思はせなかつた　其処此処に並んだ建築の
あひだ　幼年の日の路上で　わたしはいまや抽象された
不安をもつて　自らの影に訣れねばならなかつた

わたしの知らうとしたことは時計器にはかかはらない時

慾したすべてを刻まうとはしなかつたらう　わたしたちが知らうとしたことは時計にはかかはらない時のむかうからやつてくるはづであつた　しかも視きわめることの出来ない形態で　決してわたしたちを霑ほすやうにはやつてこない筈であつた

〈午後〉
わたしたちのこころは乾いて　風や光の移動をすら　感覚しようとはしなかつた　多彩な色の流転するやうにわたしたちのこころは渇えて　たつたひとつの当為を索めてゐた
羊飼ひらの幸せで素朴な鈴の音はわたしたちの建築や街々のなかには決して聴えてはこないのだつた

限りない生存の不幸をいやすためにわたしたちは　何を感じなければならなかつたか　そして何処から　それはわたしたちに感じさせるためにやつてこなければならなかつたか　わたしたちは徒らに時の流れをひき延ばすことで　わたしたちの渇えをまたひき延ばしてきたのだ
既に物を解きあかす動作を喪つてしまつた　ひとびとの群れに　わたしたちはひそかに加はらうとしてゐた　わたしたちの午後はいつも同じ形態で　同じ光や影の量で訪れてきた

間のむかふからやつてくるはづであつた　しかも視ることの出来ない形態で　決してわたしを霑ほすやうにはやつてこないはづであつた

わたしのこころは乾いて風や光の移動すら感覚しようとはしなかつた　多彩ないろが流転する場処でこころは渇えてたつたひとつの当為を索めてゐた　限りない生存の不幸をいやすためにわたしは何を感じなければならなかつたか　そしてわたしに感じさせるためにそれは何処からやつてこなければならなかつたか　わたしは徒らに時の流れをひき延すことで　わたしの渇えをまたひき延してきたにすぎなかつた

既に物を解きあかす諸作を喪つてしまつたひとびとの群れにわたしは秘かに加はらうとしてゐた　わたしの時はいつも同じ形態で　同じ光や影の量で　おとづれてきた

9〈酸えた日差のしたで〉

ふりそそいでくる光塊が影に混濁し合つてゐるためかすべての物は酸えた日差しのなかで寂かに埋れ去るやうに思はれた　わたしの視線は真直ぐに物の後背を貫く習性を常としたから　物は面と面との対照する個処で　酸えた感覚をことさらに露はにするのである

わたしはわけても自らの影を腐葉土のやうに埋れさせてきた
いまは判ずるよすがもないが　わたしの埋められた影は
　いまもそのまま且ての諸作を保ちながら　光の集積層の底に横はつてゐるだらう　わたしは記憶によつてではなく　何か哀しみを帯びた諸作を繰返へすごとにそれを感ずることが出来た　つまりわたしの埋もれた影が　まがふかたなくわたしの現在を決定するのであつた……

わたしが酸えてゐると感じてゐる日差のしたで　決して幸せを含んだ思ひと出遇ふとは考へてゐた《（ママ）》かつたけれど
　いつかわたしのこころが物象に影響されなくなつた時
　わたしは何もかも包摂した　ひとつの眠りに就き得るだらうと予感してゐたのだ

わたしは自らの影を腐葉土のやうに埋れさせた　判ずる術もないがわたしの埋められた影はいまもそのまま且つての諸作で　光の集積層の底に横つてゐるだらう　記憶によつてではなく何か哀しみを帯びた諸作を繰返すごとに　わたしの埋れた影がまがふかたなくわたしの現在を決定するように思はれた……

わたしは決して幸せを含んだ思ひに出遇ふとは考へてゐなかつたけれど　いつかわたしのこころが物象に影響されなくなつた時　何もかも包摂したひとつの睡りに就き得るだらうと予感してゐた

まつたく　わたしはこんな予感をあてにして生存してゐたと　わたしを知らないひとびとは考へたかも知れない 　わたしはあてでもあるかのやうに視えたに異ひないのだから　ほんたうにあてでもあるかのやうに急ぎ足であてでもあるかのやうに暗鬱であつたのだから わたしは酸えた日差しのしたで　ひとりのひとに出遇はうとしてゐた 10 〈死霊のうた〉 〈独りして物象のやうに倒れ去る そうしてすべては自由なのだ けちくさい奴も狡いやつも涙腺の肥大してゐた女もひとりでにむかふから 訣れにやつてくる 誰も予感しなかつた空洞が地上のどこかの地点でぽつかりとあく たとへそれがどんな小つぽけな空洞であれ　ひとりぐらい覗きこんで 嘆いたりする そうしてあとはすべてが自由なのだ〉	まつたくわたしはこんな予感をあてにして生存してゐたとわたしを知らないひとびとは考へたかも知れない　わたしはあてでもあるかのやうに視えたにちがひないのだから　ほんたうにあてでもあるかのやうに急ぎ足で　あてでもあるかのやうに暗鬱であつたのだから 〈わたしは酸えた日差しのしたで　ひとりのひとに遇はうとしてゐた〉

わたしは街々にいつばい覆ひかぶさつた暗い空にむかつて　やがて自らのとほり路になるはずの空洞を索しもとめた　わたしには何よりも静寂が必要であつたから　風の騒ぎや雲の動きを覚えようとしなかつた
季節はいまごろ何処を過ぎつてゐるか　そうして高い塔のうへで何か信号してゐるものがあるのか　わたしは知らうとはしなかつた

ひとびとの臓腑は刻々と侵されてゐる
そうして影が宿りはじめる

わたしはそれを墓景のなかの死の影のひとつとして視てゐた
やがてわたしのやうに嗤ひながら　自らの墓地を索めあるくだらう

けつきよく
わたしはひとびとが幼童のやうに円環をつくりながら
すべて忘れ去つたものを再現しようとするかのやうに思はれた

死霊はいつも未来のほうから来た

わたしは街々のうへにいつばい覆はれた暗い空にむかつてやがて自らのとほり路になるはずの空洞を索しもとめた　空洞はわたしの過剰と静寂とを決定するはづであつた　わたしには何よりもそれが必要であつたから　わたしはあふれ出る風の騒ぎや雲の動きを覚えようとしなかつた　季節はいまこころの何処を過ぎようとしてゐるのか　そして生存の高処で何がわたしに信号しようとしてゐるのか　わたしは知らうとはしなかつた
長い時間わたしはどれほど沈黙のなかに自らの残された純潔を秘さうとしてきたか　しかもわたしはそれを秘しながらひとつの暗蔭な季節を過ぎてきたと信じてゐた
〈結局〉とわたしは考へる〈わたしはむしろ生存の与件よりも虚無の与件をたづねてゐたのではなかつたか！〉
且てわたしはわたしの精神のなかにある建築を使役することが出来なかつた　わたしはむしろ形態あるものの亡びてしまつたあとに　それを自らの記念碑として保存しようとするだけであつた　しかもそれを保存することで
　わたしはわたしの生存に何を寄与しようとするのかわからなかつた　あるひはわたしの寄与しようとしたものが悪意のうちにかこまれて消え去つたといふことでわたしはひとびとに判らせることを諦めてしまつたのかも知れない　わたしの建築はそのときから与件のない空洞にすぎなくなつた　わたしはいまそれを暗い空にむかつて

索さうとしてゐた　扶壁・窓々・円柱・むなしく石材に
刻まれた飾窓・まるで無人のすでに亡びさつた生存の象
徴のやうに　としつきわたしは孤独とか寂蓼とかひとび
とが漠然と呼びならはしてゐるものの実体としてそれを
守つてきたのではなかつたか

つひに何の主題もない生存へわたしを追ひこんだものの
すべてをわたしは　わたしの精神のなかにある建築に負
はせた　ひとびとはいつか巨大な建築のふとした窓と窓
の間に赤錆びた風抜きを見つけ出すだらう

わたしはわたしの沈黙が通ふみちを長い長い間　索して
ゐた
わたしは荒涼とした共通を探してゐた

＊　＊　＊（三　赤いカンテラ）

《追憶によつて現在を忘却に導かうとすることは衰弱し
た魂のやりがちのことであつた　わたしは砂礫の山積み
された海べで〈どこから　どこから　おれはきたか〉と
いふ歌曲の一節によつてわたしのうち克ち難い苦悩の来
歴をたしかめようとしたのだ　むしろたしかめるといふ
よりも歌曲のもつてゐる時間のなかにまぎれこもうとし
たのだ

11〈暗い時圏〉

一九四九年四月からわたしはコンクリートの壁にはりめぐらされた部屋のなかで　一日の明るい時間を過さねばならなかつた　わたしに許されたのは書物と　科学上の或る種の実験だつたのである　わたしはその日日を別に如何やうにも意味づけようとは思はないから　自らのうちに起つた変化の外には何も語らうとは思はない

わたしは先づ何かを信じようとするこころを放棄しなければならなかつた
孤独と焦燥のはてに其処へゆきついたのである　わたしには以前から何かを信ずるこころは無かつたけれど　言はば不信のなかにある或る種の信に似た感情をも放棄せしめることを教へたのは　あの冷酷な部屋のなかである
　少女といふものの残忍さと狡猾さとを知らされたのもあの部屋である　だが　わたしはあの少女のことをいふまい　少女はわたしに　にんげんは立ち去るときに一様に残酷であることを象徴しつつ去つたのにすぎない　そ

砂礫の山積みはたしか築岸工事に用ひるためのものであつたらう　あたりに人影もなく　赤い工事用のカンテラがほうりなげてあつた……〈昔は！〉とわたしは思つたものだ　昔はどうにもあつかひかねる情感の過剰のためによくこの海べをおとづれたものだがと…　ああ〈昔は〉といふことばがどんなにみすぼらしいものであるかを考へるとわたしは羞恥を覚えざるを得ないのだ　わたしの魂の衰弱にむかつて　またいまはいくらか狡猾さによつて無感覚になつてゐるわたしのこころに対して…

わたしはその頃　わが家のまへのアスファルト路が夏になると溶けてしまふのを視てゐたものだ　そうして貨物自動車が通つた跡には歯形のやうなタイヤの痕跡が深く食ひこんでそれからしばらく経つた頃　道路工夫が白と黒のわく木を立てて補修にやつてきた　彼等がわたしの追憶に残していつたものはやはり赤いカンテラなのだ…

わたしは知つてゐる　それから以後何処と何処で赤いカンテラに出遇つたか！　そうして不思議なことにその赤いカンテラの形態も道路工夫たちの衣服も〈若しかするとその貌も〉少しも変つてゐないことであつた　そうして彼等のツルハシの一打ちがほんの少ししかアスファルトをえぐらないこともまつたくおなじであつた

れはわたしも且てそれを為したことがあるひとつの思ひ出を苦しい色彩のなかに再現させたのである……

つぎにわたしの孤独が質を変へたことを告白せざるを得ない　且てわたしにとつて　孤独とはひとびとへの善意とそれを逆行させようとする反作用との別名に外ならなかつた　けれどあの部屋はわたし自身の質を変へさせた

　わたしは自らの隔離を自明の前提として　生存の条件を考へるやうに習はされた　だから孤独とは　喜怒哀楽のやうな　言はばにんげんの一次感覚とも言ふべきものの喪失のうへに成立つ　わたし自らの生存そのものに外ならなかつた

おう　ここに至つてわたしは何を惜むべきだらう

ただひとつわたし自身の生理を守りながら　暗い時圏を過ぎるのを待つのみであつた　ひとびとはわたしがあの部屋にもあの時間の圏内にも　何の痕跡も残さなかつたといふことを注視するがいい

12〈寂しい路〉

ぼくが寂しいといふのは　いやとりわけていへば寂しい路といふのは事実寂しかつたのだ　商家のノレン続きの

何といふ記憶！　固定されてしまつた記憶はまがふかたなく現在の苦悩の形態の象徴に外ならないことを知つたとき　わたしは別にいまある場所を逃れようとは思はなくなつたのである》

且てわたしにとつて孤独といふのはひとびとへの善意とそれを逆行させようとする反作用との別名に外ならなかつた　けれどわたしは自らの隔離を自明の前提として生存の条件を考へるように習はされた　だから孤独とは喜怒哀楽のやうな言はばにんげんの一次感覚の喪失のうへに成立つわたし自らの生存そのものに外ならなかつた

おう　ここに至つてわたしは何を惜むべきであらう

ただひとつわたし自身の生理を守りながら暗い時圏が過ぎるのを待つのみであつた　ひとびとはわたしがわたしの部屋にもあの時間の圏内にも何の痕跡も残さなかつたといふことを注視するがいい

軒の下で犬が吠えたててゐたし、人間は余り姿を視せはしなかつた　そのうへ不思議なことに何の匂ひもしなかつたのである　ひとびとはぼくの言ふことを信じなくてはいけない　沢山の群集やイルミナシオンの明滅や車馬のはげしい錯綜と音響、ひとびとはこれらが賑やかさと呼ぶものを形造つてゐると考へてゐる　だがほんたうはそうではない　匂ひの強さと雑多さといふものがにんげんに賑さを感じさせる要素なのである　ひとびとはぼくの言ふことを信じなくてはならない

さてぼくは匂ひのない寂しい路を歩むでゐた　あたかもそれは生存の条件のない生存に対応するものであつたぼくは別に多くを求めなくなつてゐたし、長い間の孤独は充分に残酷さに耐えるものに、こころを鍛えあげてゐたので、ただ歩むでゐたのである

少くともすべての条件が存在しないということも　生存といふ既定の足場をどうすることもできないやうに、どんな寂しさもぼくの歩みを止めなかつたのだ　斯んな日がぼくの半生にどんな長い時間を占めてゐたことかそうしてぼくがそんな間に考へたことは定つてゐた　自らを噛む蛇の嫌悪といふやうな言葉でいまはその思ひを外らすよりほかはない何故ならば　そのやうな折、ぼくの思考は生理のやうに　収着して剝離しないものだから

自らを噛む蛇の嫌悪といふ言葉でいまはその思考を外らしてしまふより外ない　何故ならその時間の圏内でのわたしの思考はすでに生理のやうに収着して剝離しないものだから　ひとびとはわたしの表現することのなかつた沈黙を感じ得ないとするならば　或はわたしの魂の惨苦

ひとびとはぼくの外に表現することの無い嫌悪を感じ得ないとするならば、或はぼくの惨苦を語りきかせることは無意味なのだ

そんなとき絶えず人間の形態〈ぼくの形態と言つてよい〉は　極限の像で立ち現はれた　人間は秘密を有つてゐると、まことしやかに語る思想家どもに、それを知らせたい　あたかも秘密に充電されたやうに明らかに発光する人間の極限の相があることを、こんなことを言ふぼくを、革命や善悪の歌で切断してはいけない　あたかも人間が物を喰はざるを得ないやうに、ぼくはたくさんの聖霊を喰はざるを得なかつたのだから　その時ぼくはやはり匂ひのない路を歩むでゐたのだ　匂ひとは時間の素質に外ならないと知つたとき、ぼくはこの寂しい路を誰とも交換することを願はなかつた

を語りきかせることは無意味なのだ

そんなとき人間の形態〈わたしの形態〉はいつも極限の像で立ち現はれた　魂は秘蹟をおほひつくしているとまことしやかに語る思想家たちに告げなければならぬ　あたかも秘蹟を露出させるかのやうに明らかに発光する人間の極限の相があることを　こんなことを言つてゐるわたしを革命や善悪の歌で切断してはなるまい　あたかもひとびとが物を喰はざるを得ないようにその時わたしの孤独はたくさんの聖霊を喰はざるを得なかつたのだから　わたしは匂ひのない路上の無限を歩んだ　匂ひが時間の素質に外ならないと知つたときわたしはこの路上の寂蓼を誰とも交換することを願はなかつた

〈そうして自らが費した徒労の時間をいつまでも重たく感じたことのために　残されたわたしの生存はひとつの影にすぎなくなつたのか！〉

長い生存の内側を逆行したときたとへ微小な出来ごとに過ぎないとしても　且て一度でも自らを自らの手で葬つたことのある者は　あの長い冬の物象をむかへるために感覚を殺ぎ　哀歓を忘れ　幾重にも外殻をかぶつてし

13 〈鎮魂歌〉

II

独りで忍辱するといふことは何と容易だつたらう　わたしはむしろ
すべての物が　わたしのまへに　まるで影のやうに　重量と質とを喪つてしまひ
それに従つてわたし自らも感度を磨滅せしめてゆくといふことを怖れてゐた
生存の与件がすべて消えうせた後　ひとびとは何によつて自らの理由を充したか
わたしにとつて理由が不在になつたとき　ひとつの再生の意味がはじめられた
そうしてわたしの為すべきことは習慣に従ひ　わたしの思考は主題を与へられなかつた
わたしは生理の限界によつてわたしの思考を決定されて

まつたわたしの魂の準備を決して嗤ふまい　そうしてわたしはあたかも何ごとも起らなかつたやうにはじめてひとつの屈折を曲つていつた　この生存が限りなく長いことをわたしはひとつの美と感じなければならなかつた　それは何といふ異様な美しさだつたらう　はじめに水のやうに触感された生は　しだいに屈折を加へていつた　わたしは自らのうちに自らを計量しながらつまり完全に覚醒しながら歩まねばならなかつた

孤独のなかに忍辱することは容易であつた　けれどすべての物象がわたしの眼に重量と質とを喪つてしまひそれに従つてわたし自らも感度を磨滅せしめてゆくということを怖れてゐた　生存の与件がすべて消えうせた後にんげんは何によつて自らの理由を充たすか　わたしは知りたかつた　わたしにとつて理由がなくなつたとき新しい再生の意味がはじめられねばならなかつたから　わたしの行為は習慣に従ひわたしの思考は主題を与へられなかつた

如何なるものも自らの理由によつて存在することはない

　しかもわたしはわたし自らの理由によつて存在しなければならない　生存がまたとない機会であると告げるべき理由をわたしはもつてゐなかつた　しかも既に生存してゐることを訂正するためにわたしの存在は余りに重く

ゐることを感ぜずには
居られない　そしてわたしの生理とは単なる組織の名で
はなかつたか
如何なることもそれ自らによつて存在することはない
しかもわたしはわたし自ら
によつて存在しなければならない　生存はまたとない機
会であると　わたしは
何の理由によつても告げることは出来ない　しかも既に
生存してゐたことを
訂正するために　わたしの存在は余りに重くなつてゐる

このまんべんない無価値感　それを感ずるときの苛立
ち！
わたしの魂はすべての物象のなかに　風のやうに滲みと
ほつてしまひ　わたしの
影もまた風の影のうちに一致してしまふ
わたしはただ　ありふれた真昼と夜とを　幾何学の曲線
のやうに過ぎるに
すぎない　丁度実証と仮証とを　ひとびとがうまく取り
ちがへてゐるその地点を！
あやまりなく撰択することが　わたし自らに許されてゐ
る唯一の条件である
わたしは無類の空虚によつてその条件を充たすだけだ

感じられた　わたしの魂はすべての物象のなかに風のや
うに滲みとほつてしまひ　わたしの影もまた風の影のう
ちに一致した　わたしはただありふれた真昼と夜とを幾
何学の曲線のやうに過ぎてゆくだけであつた　ひとびと
が実証と仮証とをうまく取ちがへてゐるその地点を！

愛するものはすべて眠つてしまひ　憎しみはいつまでも覚醒してゐる
わたしはただその覚醒に形態をあたへようと願ふのみだ

14 〈過去と現在の歌〉

独りで凍えさうな空を視てゐると　常に何処へか還りたくおもうのであつた　ひとびとが電燈のまはりに形造つてゐる住家が　きつとひとつ以上の不幸を秘してゐるものであることを知つてゐたので　いづれかひとつの住家

〈愛するものすべては眠つてしまひ　憎しみはいつまでも覚醒してゐた〉
わたしはただその覚醒に形態を与へようと願つた

羞恥がわたしの何処かに空洞となつて住つてゐた　ひとびとはきつと理解するだらう　わたしが言ふべくして秘めてきた沢山の言葉がいまは沈黙の建築をつくりあげてゐるのを　光に織られた面と面との影はまるで時々のわたしの羞恥の截面であつたし　差しこんでくる光束はわたしの沈黙の計数を量るやうに思はれた　しかも決してわたし自らにも狃れようとしないその沈黙の集積を時は果してどうするか　不明がわたし自らのすべてをとざしてゐた

わたしはただわたしの形態がまことに抽象されて　もはやひとびとの倫理のむかふ側へ影をおとすとき　自らの条件が充たされたと感ずるのであつた

独りで凍えさうな空を視てゐるといつも何処かへ還りたいとおもつた　ひとびとが電灯のまはりに形成してゐる住家がきつとひとつ以上の不幸を秘してゐるものであるのを知つてゐたのでいづれかひとつの住家に還らうとは

に還らうとは決して思はなかつた
すると何処へかといふ何処といふのは漠然とわたしの願望を象徴するものであつたらしい　しかも願望の指さす不定をではなくまさしく願望そのものの不定を象徴するものであつた

わたしが知つてゐ　また了解してゐたのは　唯わたしの如きものにもなほ且つひとつの回帰についての願望があるといふことであつた　改めて言へば　わたしの長い間あゆむできた路が　やがて何処へか還りつくといふことの　ある佗しげな感覚についてわたしがそれを宿命のやうに思ひなしてゐるといふことであつた　一体何日ごろからわたしは還りゆく感覚を知りはじめたか　しかもその感覚がわたしの生存に如何なる与件を加へたか！

それよりさきに　わたしが過去と感じてゐるものが遠い小さな風景のやうに視えるといふことで　あゆむできた路の屈折の無いことを嘆くべきであらうか　如何なるひとも時間から成立つてゐる風景として　過去を考へざるを得ないといふことが　どんなにわたしたちの過去を単調なものにしたか知れない

わたしが依然として望むでゐたことは
過去と感じてゐる時間軸の方向にひとつの切断を　言は

決して思はなかつた　すると何処かへといふのは漠然とわたしの願望を象徴するものであつたらしい　しかも願望の指さす不定をではなくまさしく願望そのものの不定を象徴するものであつた

わたしが了解してゐたのはただわたしのやうなものにもなほひとつの回帰についての願望が必要だといふことであつた　言ひかへればわたしの長い間歩むできた路上がやがて何処かへ還りつくといふことのある佗しげな感覚をわたしが宿命のやうに思ひなしてゐるといふことであつた　一体いつごろからわたしは還りゆく感覚を知りはじめたか　しかもその感覚がわたしの生存にどのやうな与件を加へ得たか！

〈わたしは過去と感じてゐるものが遠い小さな風景のやうに視えるといふことで　歩んできた路の屈折の少いことを嘆くべきであらうか　誰もが過去を時間から成立つてゐる風景として考へざるを得ないといふことが　どんなにわたしたちの生存を単調なものに視せたか知れない〉

わたしが依然として望んでゐたことは　過去と感じてゐる時間軸の方向に　ひとつの切断を　言はば暗黒の領域

ば暗黒の領域を形成するといふことであつたらしい
それでわたしが何処かへ還りたいと思ふことのうちには
　わたしの自らを埋没したい願望が含まれてゐなければ
ならなかつた

凍えさうな空は　やがてわたしを埋没するかのやうに堕ちてきた
――ある寒い日のノートの断片――

15〈晩禱の歌〉

鉛のやうに重たいわたしの晩禱を　わたしはどんな儀式のあとで　また誰のまへで　誰とともになすべきであつたらうか　長い歳月のあひだ　わたしのこころに構成された　それは暗い生存の証《アカシ》であり　不遇であるわたしのこころを　荒れはてた世界から守るための隠れ蓑であり
　わたしの沈黙の集積であり　決してききとどけられることはあるまいと考へてきた訴へである　わたしの晩禱のときの告白――

あはれなことにわたしは最初　わたしの生存をうち消すために無役な試みをしてきた　その痕跡はわたしのうちに如何んなことも　形態に則してなさるべきではないと

を形成するといふことであつたらしい　それゆえわたしが何処かへ還りたいと思ふことのうちには　わたし自らを埋没したい願望が含まれてゐなければならなかつた

あはれなことにわたしは最初わたしの生存をうち消すために無益な試みをしてきた　その痕跡はわたしのうちに如何なることも形態に則してなされてはならないといふ

いう確信を与へた　それからはわたしの思考が限界を超えて歩みたいと願ひはじめたと言へる　しかも既にひとびとが為してしまつたことをあらためて異様に為したことのため　またひとびとが決して為さなかつたことをためらひもなくなしたことのため　わたしのうけた傷手は何であつたか

ふしぎなことにあらゆることはひとびとの微温の手に汚され　また支へられて　いつしか儀式とされたといふことである　わたしはわたしの晩禱が儀式のうちで行はれねばならないことを知つたとき　それを捨てたいと思つた

わたしには孤独な科学がある　決してわたし自身の祈禱を封じこめたまま取出させようとしない孤独な幾何学がある　むしろわたしは　わたしのありふれた夜々を　誰も類を伴はぬ　また誰に訴へることもない　孤独な操作によつて充たすべきではなからうか
わたしのありふれた夜々　机のまへで　コンパスと定規によつてなされる影の多いわたしのいとなみを　ひとびとは孤立せられた晩禱の祖と考へてくれるだろう

確信を与へた　その時からわたしの思考が限界を超えて歩みたいと願ひはじめたと言へる　しかもひとびとが為してしまつたことをあらためて異様に為したことのため　またひとびとが決して為さなかつたことをためらひもなく為したことのため　わたしはたくさんの傷手を感じなければならなかつた

＊　＊　＊（四　「不思議」と呼ばれなくてはならないもの）

16〈寂かな光の集積層で〉

秋になると影の圏がしだいに光圏を侵していつた　そればかりか街々の路や建物のうへでは風の集積層が厚みを増してゆくのであつた
わたしは唯　自然のそのやうな作用を視てゐるだけでよかつたのかどうか　何かわたしのうちで行はれてゐる微少な変化の徴しを　秋の黒薔薇のやうに滑らかな建物の蔭にあつて確かめようとしてゐたのだ

つぎつぎに降りそそいでくる光束は　寂かな重みを加へて　わたしはその底にありながら　何か遠い過去のほうからの続きといつたやうな感覚に捉へられてゐた　しばしばわたしの歩むだ軌道の外で　喧燥や色彩がふりまかれてゐたとしても　わたしは単色光のうちがわを守つてきたのではなかつたか　突然わたしには且ての己の悲しみや追憶のいたましさや　むごたらしかつた孤独やらの暗示が　ひとつの匂ひのやうに通りすぎてゆくのを感じなければならなかつた　おう　それは誰のためにする回想であつたのか！

まさしくわたしがわたし自らのために　現在は何びともしなくなつた微少な過去の出来事の記憶を追はねばなら

時刻がくると影の圏がしだいに光の圏を侵していつた　そればかりか街々の路上や建築のうへで風の集積層が厚みを増してゆくのであつた　わたしはただ自然のそのやうな作用を視てゐるだけでよかつたのかどうか　滑らかな建築の蔭にあつてわたしのなかを過ぎてゆく欠如があつた

つぎつぎに降りそそいでくる光束は　寂かな重みを加へて　わたしはその底にありながら何か遠い過去のほうからの続きといつたような感覚に捉へられてゐた　しばしばわたしの歩むだ軌道の外で喧燥や色彩がふりまかれてゐたとしても　わたしは単光のうちがはを守つてきたのではなかつたか　とつぜんわたしには且ての日の悲しみや追憶のいたましさやむごたらしかつた孤独やらの暗示が　ひとつの匂ひのやうに通りすぎてゆくのを感じなければならなかつた　おう　まさしくわたしがわたし自らの単純な軌道を祝福するために　現在は何びともしなくなつた微小な過去の出来ごとの追憶を追はねばならない
　ひとびとが必要としなくなつた時　わたしはそのものを愛してきたのだから　この世の惨苦にならされた眼は

ない！　ひとびとが必要としなくなつた時　わたしはそのものを愛してきたのだから　この世の惨苦にならされた眼は　いつも悲しいのではない　唯幸せをふくんで語られるひとびとの言葉に　ふとして追ひすがつてゐるときにだけ限りなく悲しく思はれた

風と光と影の量を　わたしは自らの獲てきた風景の三要素と考へてきたので　わたしの構成した思考の起点としていつもそれらの相対的な増減を用ひねばならない　ひとびとが秋になると追想のうちに沈んでしまふ習性をそれ故　影の圏の増大や光の集積層の厚みの増加や　風の乾燥にともなふ現在への執着の稀少化によつて説明してゐたのである　わたし自らにとつても追憶のうちにある孤独や悲しみは　とりもなほさず　わたしの現存の純化せられた象徴に外ならなかつたのである！

いつも悲しいわけではない　ただひとびとの幸せをふくんで語られる言葉にふと仮証を見つけ出すときだけ限りなく悲しく思はれた

風と光と影の量をわたしは自らの獲てきた風景の三要素と考へてきたのでわたしの構成した思考の起点としていつもそれらの相対的な増減を用ひねばならないと思つた

　それゆえ時刻がくるとひとびとが追想のうちに沈んでしまふ習性を　影の圏の増大や　光の集積層の厚みの増加や　風の乾燥にともなふ現在への執着の稀少化によつて説明してゐたのである　わたし自らにとつても追憶のうちにある孤独や悲しみはとりもなほさずわたしの存在の純化された象徴に外ならないと思はれた

わたしは不思議といふ不思議に習はされてゐたしまた解きあかすことも出来た　だから突然とか超絶とかいふ言ひ方でそれを告知されることを願はなかつた　ただわたしたちは現在でも不思議といふことをわたしたちのこころの内部で感ずることが出来た　そしてあの解きうるものにちがひない現象が　こころに与へた余剰といふものを不思議と呼び習はしてきた

だから触覚のあるひとびとが空のしたですべての物象が削がれてゐると感じたとしてもそれはその通りであつた
　けれど昨日と明日とがすでにわたしたちの生存のまはりに構成されて在ると知つたとき　そして昨日と明日とに何か意味を附与することで生存の徴しとしたいと願つたとき　あきらかにそこに不思議といふ呼び名を与へねばならない何かが現はれた　何故ならいたるところの空のしたで　わたしたちの生存は時を限定したいと感じてゐたに相違ないしまた時は決してわたしたちによつて限定されないものに思はれたから　その限定にかけられたわたしたちの欲望がもしかしてわたしたちのこころに余剰を呼び覚すかも知れなかつたから

わたしたちは自らの足が刻んでゆく領域さへ何らかの計量を加へることで限定しようとした　そして奇怪なことにその結果が意想外であることを怖れるやうにしてきた
　誰もがこの生存の領域が単調である〈事実は単調そのものなのだが〉ことを忌んだのだが　それも意想外のことが決して起らないことを前提としてゐるやうに思はれた

もはやわたしたちの空のしたには何ものも残されなくなることを悲しみながら　しかもわたしたちはすべてのものを限定したい欲望のうへに生存を刻みこんでいつた

わたしの時間のなかで孤独はいちばん小さな条件にすぎなかつた　わたしはひとびとに反して複雑な現在といふものの映像を抱いてあの過去を再現しようと思つてゐた
　それによつてわたしが自らのうちに加へたと感じてゐる複雑さがどのやうな本質をもつものであるかを知りうるはづであつた

言ひかへるとわたしは自らの固有時といふものの恒数をあきらかにしたかつた　この恒数こそわたしの生存への最小与件に外ならないと思はれたし　それによつてわたしの宿命の測度を知ることが出来る筈であつた　わたしは自らの生存が何らかの目的に到達するための過程であるとは考へなかつたのでわたし自らの宿命は決して変革され得るものではないと信じてゐた　わたしはただ何かを加へうるだけだ　しかもわたしは何かを加へるために生きてゐるのではなく　わたしの生存が過去と感じてゐる方向へ抗ふことで何かを加へてゐるにちがひないと考へてゐた

かくしてわたしには現実とは無意識に生きる場であつたし時間とはそれに意識的に抗ふ何ものかであつた　わたしは現実から獲取したもので何らか形あるものはすべて信じなかつた　わたしはただわたしの膨脹を信じてゐた

17〈風と光と影の歌〉

こころは限りなく乾くことを願つてゐた　それで街へ下りると　極度に高く退いた空の相から　わたしの撰んだ季節がまさしく秋であることを知つたのだ　風の感覚と
　建築たちに差しこむ光と　それが構成してゐる影がいちやうに冷たく乾き切つてゐることでわたしは充たされてしまつた

さてわたしはどんな物象にまた変化のあるこころに出遇へたといふのだ　わたしのこのうへなく愛したものは風景の視線ではなく　風景を間接的にさへしてしまふ乾いた感覚だつたのだから　果てしなくゆく路の上で　矢張り　風と光と影を知つただけだ

わたしを時折苦しめたことはわたしの生存が　どのやうな純度の感覚に支配されてゐるかと言ふことであつた　言ひかへるとわたしはわたし自らが感じてゐる　風と光と影とを計量したいと考へてゐたのだ　風の量が過多に

のだ　そうして膨脹を確めるために忍耐づよく時間に抗はねばならなかつた

〈ああ　いつかわたしはこの忍耐を放棄するだらう
そのときわたしは愛よりもむしろ寛容によつてわたし自らの睡りを赦すであらう〉

こころは限りなく乾くことを願つた　極度に高く退いた空の相から　わたしはわたしの宿命の時刻を撰択した　風の感覚と建築に差しこむ光とそれが構成してゐる影がいちやうに乾き切つてゐることでわたしは充されてしまつた　わたしのこのうへなく愛したものは風景の視線ではなく　風景を間接的にさへしてしまふ乾いた感覚だつたから　果てしなくゆく路上でやはり風と光と影だけを感じた

わたしを時折苦しめたことはわたしの生存がどのやうな純度の感覚に支配されてゐるかと言ふことであつた　言ひかへるとわたしはわたし自らが感じてゐる風と光と影とを計量したかつたのだ　風の量が過剰にわたるときわ

わたるとき　わたしの運命はどうであるのか　光の量に相反する影の量が　わたしのアムールをどれだけ支配するだらうか　と　言はばわたしにとつてわたしの生存を規定したい慾念が極度であつたのだ

若しわたしをとりまいてゐる風景の量がすべてわたしの生存にとつて必要であるならば　いや　その風景の幾分かを間引きすることが不都合でないならば　わたしはそれをなすべきであつた　わたし自らの視覚を殺ろすことによつて
しかもわたしがより少く視ることが　より多く感ずることであるならば　それを為すべきであつた　何故ならば
　わたしは感ずる者であることが　わたしのすべてを形造ることに役立つてきたと考へてゐたから　しかもそれは撰択することの出来るものであつたから
わたしは風と光と影との感覚によつて　ひとびとのすべての想ひを分類することも出来たであらう　且て画家たちが視覚のうちに自らを殺して悔ひなかつたように　わたしは風と光と影との感覚のうちにわたしのこころを殺さうと考へてゐた　わたしの生存にはゆるされたことが唯一つしかなかつたから

〈一九五〇・十・二〉

たしの宿命はどうであるか　光の量に相反する影の量がわたしのアムールをどれだけ支配するだらうかと　言はばわたしにとつてわたしの生存を規定したい欲望が極度であつた

わたしをとりまいてゐる風景の量がすべてわたしの生存にとつて必要でないならば　いや　その風景の幾分かを間引きすることが不都合でないならばわたし自らの視覚を殺すことによつてそれを為すべきであつた　しかもわたしがより少く視ることがより多く感ずることであるならばそれを為すべきであつた　わたしは感ずる者であることがわたしのすべてを形造ることに役立つてきたと考へてゐたから
わたしは風と光と影との感覚によつてひとびとのすべての想ひを分類することも出来たであらう　且ての日画家たちが視覚のうちに自らを殺して悔ひなかつたやうに　わたしは風と光と影との感覚のうちにわたしの魂を殺して悔ひることがなかつた　わたしの生存にはゆるされたことがたつたひとつ存在してゐた

18〈規劃された時のなかで〉

ひとびとはあらゆる場所を占めてしまふ　そうして境界は彼等のイデアによつて明らかに引かれてゐる　まことに辛いことだが　若しかしてわたしの占める場所が無かつたとしたら　わたしはこの生存から追はれねばならないのか
投射してくる真昼の光束よ　わたしがたいそう手慣れて感じてゐる風や建物たちの感覚よ
わたしはそれらを全く理由もなく失はなければならないか　唯わたしが索めてゐるのに　あの類がみつからないといふことのために！

否！　全くそれは理由のないことだ　わたしが若し場所を占めることが出来ないならば　わたしは時間を占めるだらう　幸ひなことに時間は　類によつて占めることはできない　つまり面を持つことが出来ない　わたしは見出す　すべての境界が敢えなくくづれてしまふやうな生存の場所にわたしが在るといふことを　其処でわたしは
　夢みることも哀愁に誘はれて立ちとまることも　またひとびとによつてうち負かされることもない　刻々とわ

ひとびとはあらゆる場所を占めてゐた　そして境界は彼等のイデアによつて明らかに引かれていた　若しかしてわたしの占める場所が無かつたとしたら　わたしはこの生存から追はれねばならなかつたらうか

〈投射してくる真昼間の光束よ〉
〈わたしがたいそう手慣れて感じてゐる風や建築の感覚よ〉
わたしはわたしが索めてゐるのにあの類がみつからないといふことのために　それらを理由もなく喪はなければならなかつたのか！

否！　まつたくそれは理由のないことに思はれる　若し場処を占めることが出来なければ　わたしは時間を占めるだらう　幸ひなことに時間は類によつて占めることはできない　つまり面をもつことができない　わたしは見出すだらう　すべての境界があえなく崩れてしまふやうな生存の場処にわたしが生存してゐることを　其処でわたしは夢みることも哀愁に誘われて立ち去ることも　またひとびとによつて繋れることもない　刻々とわたしは

たしは確かに歩みさるだけだ

若しも沢山の疲労のあとで　ひとびとがわたし自らの使命を告げることを赦してくれるならば　若しもわたし自らの生存にもただひとつの理由が許されるならば……それを語るだらう　すべての規劃されたものによつて　ひとびともわたし自らも罰することをしないことだと！

わたしは限界を超えて感ずるだらう　見えざるしんぎんや苦悩をこそ視るだらう　わたしの理由は秘されてゐて
　それを告げるのは羞かしい位だ
と或る日　少女に背かれてうちしほれたり　紙幣のないことで困つてゐるわたしを　ひとびとは視たりするだらうが　わたしはそれをその通りに行なつてきた

けれどわたしは知つてゐる　自らのうちで何が感じられてゐるか　そうしてわたしは知らない　わたしはやがてどのやうな形態を自らの感じた物に与へうるか　あの太古の石切り工たちが繰返した手つきで　わたしは限りなく働くだらう

19 〈蒼馬のやうな雲〉

確かに歩み去るだけだ

若しもわたしが疲労した果てに　わたし自らの使命を告げることをひとびとが赦してくれるならば……それを語るだらう　すべての規画されたものによつて　ひとびともわたし自らも罰することをしないことだと！

わたしは限界を超えて感ずるだらう　視えない不幸を視るだらう　けれどわたしは知らない　わたしはやがてどのやうな形態を自らの感じたものに与へうるか　あの太古の石切り工たちが繰返した手つきで　わたしは限りなく働くだらう

雲は時に光塊のやうに感じられた　わたしたちが不動の
ものと考へてゐたのは
背景にある半球状の虚空であつた　微塵が蒼馬のやうに
馳せ合つてゐる
と思はれる真空圏のことであつた
刻々に量を移してゆく雲はわたしたちにただ季節を告げ
るだけだつた

わたしたちがほんたうに地獄を感じるのは真空圏であつ
た
わたしたちは其処から降りてくる光束群が　はじめに雲
をひとつづつの光塊の
やうに思はせ　やがてはわたしたちに生存の環境を告知
することを知つてゐた
〈わたしたちははじめ少女にむかつて真空圏に昇るやう
にこん願する〉
わたしたちは自らの影が地上に投影されるのを凝視しな
がら　おののくことも
許されずにあゆむのである　まるで質点のやうに小さく
　且つ非情である自らを
視ることによつてわたしたちは歩むのである
わたしたちの行方を決定してゐたものは且てわたしたち
のうちにあつた

わたしたちの行手を決定してゐたものは且てわたしたち
のうちにあつた　けれど最早　暗い時間だけがまるで生

けれど最早　真空圏を素早くよぎつてゐる暗い時間だけ
が　まるで
生物の死を見定めるやうにわたしたちを視てゐるだけだ
わたしたちのおののきは脳髄のなかで冷えた
時間よ　わたしがそれににんげんの形態を賦与しようと
願つてきた時間よ
わたしたちが若し　いまもひとりのひとを考へたりする
ことが必要であるならば
わたしたちは最早にんげんの条件を充すためにではなく
　ただ自らを
独りで歩ませるために生きねばならない

20〈一九五〇年秋〉

秋になるときつと思ふのだつた　且てこれほどわたしが苦悩の影に沿つて歩みついた季節があつたらうかと　わたしはその思ひが退行性覚醒の習慣的な症状のあらはれであると考へるやうになつたのは一九五〇年の秋であつた　様々の条件がぼくに現実にたいする感性の磨滅とそれに対する自省とを促したからだ　ひとびとはきつと危機の様相をもつて　その昏い秋を決定するだらうがわたしは危機といふ呼び方をひとびとのやうには感じたいと願はなかつた

物の死を見定めるようにわたしを視てゐるだけであつた
〈時間よ〉わたしがそれににんげんの形態を賦与しようと願つてきた時間よ　わたしはその条件を充すために自らを独りで歩ませなければならないであらう　わたしは習慣性に心情を狃されることで間接的に現実の危機を感覚してゐた　わたしは現実の風景に対応するわたしの精神が存在してゐないことを　どんなに愕いたことか
わたしの不在な現実が確かに存在してゐた

わたしはむしろ習慣性に心情が狃らされることで　間接
的に現実の危機を感覚してゐた
しかもひとびとはわたしの処し方を退行的と呼ぶことは
　手易いことであらう

わたしの側からは世界が疲労を医さうとしてゐるのは
薬物によつてではなく　注視によつてではなく　愕くべ
きことには楽天を以て致さうとしてゐるように思はれた
〈哲学者たちのまことしやかな懐疑や　詩人たちのオ
オトマチズムを視るがいい〉

わたしは建築たちの間で　街樹の葉がぱらぱら散つてゆ
くのを知つてゐたし　広場では青い空気のなかをとほし
て光と影が差しこみ　アスファルトの上にいちめんの落
葉が黄金の敷物を敷きつめてゐるのを踏みしだいた　わ
たしは進行してゆく症状を自覚しながら　このやうな風
景に対応するわたしの精神が存在してゐないことをどん
なに愕き　また不思議に思つたことか　おう　まさしく
わたしの不在な現実が其処にある！

わたしは本当は怖ろしかつたのだ　世界のどこかにわた
しを拒絶する風景が在るのではないか　わたしの拒絶す
る風景があるやうに……といふことが　そうして様々な

わたしはほんたうは怖ろしかつたのだ　世界のどこかに
わたしを拒絶する風景が在るのではないか　わたしの拒
絶する風景があるやうに……といふことが　そうして

段階に生存してゐる者が　決して自らの孤立をひとに解らせようとしないことが　如何にも異様に感じられた　わたしは昔ながらの　しかもわたしだけに見知られた時間のなかを　この秋にたどりついてゐた

様々な精神の段階に生存してゐる者が　決して自らの孤立をひとに解らせようとしないことが如何にも異様に感じられた　わたしは昔ながらのしかもわたしだけに見知られた時間のなかを　この季節にたどりついてゐた

＊　＊　＊（五「寂寥」の位置から）

とつぜんあらゆるものは意味をやめる　あらゆるものは病んだ空の赤い雲のやうにあきらかに自らを耻しめて浮動する　わたしはこれを寂寥と名づけて生存の断層のごとく思つてきた　わたしが時間の意味を知りはじめてから幾年になるか　わたしのなかに　とつぜん停止するものがある

〈愛するひとたちよ〉

わたしこそすべてのひとびとのうちもつとも寂寥の底にあつたものだ　いまわたしの頭冠にあらゆる名称をつけることをやめよ

わたしは知つてゐる　何ごとかわたしの卑んできたことを時はひとびとの手をかりて致さうとしてゐる　もつとも陥落に充ちた路を骸骨のやうに痩せた流人に歩行させ自らはあざ嗤はうとしてゐる時間よ　わたしは明らかにおまへの企みに遠ざかり　ひとりして寂寥の場処を占める　わたしの夕べには依然として病んだ空の赤い雲が

ある　わたしは知つてゐる　わたしのうちに不安が不幸の形態として存在してゐることを

〈愛するひとたちよ〉
わたしが自らの閉ぢられた寂蓼を時のほうへ投げつけるとき　わたしを愛することをやめてしまふのか　わたしの寂蓼がもはやいつも不安に侵されねばならなかつたとき　おまへはわたしの影を遠ざからうとするのか　わたしの不安のなかにおまへの優しさは映らなかつた　すでに陥落に充ちたむごたらしい時が　わたしのすべてをうばつてゐた

明らかにわたしの寂蓼はわたしの魂のかかはらない場処に移動しようとしてゐた　わたしははげしく瞋らねばならない理由を寂蓼の形態で感じてゐた

附論Ⅰ　『日時計篇』批評の経緯

一　不思議なわかりにくさ
――『固有時との対話』の最初の衝撃

次のいくつかの感想は、『固有時との対話』の出た当時の、最も正直な感想であり、たぶんその後続く多くの『固有時との対話』論も、こういう感想から出発していた。

過去、記憶、悔恨、時間と意識、現実と非現実、予感、覚醒などの錯綜した彼の内省の世界が、まさに「固有の時間」のなかに定着されようとする過程をこの詩集のなかに私たちはたどることができる。はじめて「固有時との対話」を読んだときの不思議な戦慄を私は忘れることができないだろう。

（白川正芳『吉本隆明』永井出版企画、一九七一）

これら（初期作品　村瀬注）の作品の直後に「固有時との対話」が書かれたということは、まことにおどろくに足りる。このおどろきの印象は、詩人の転機とか成長とかいった形容では蔽うに足りぬ。すみずみまで、他に類例を見ぬスタイルと方法に貫かれたひとりの詩人が、突如として、全面的に生まれ出たと思わざるをえないのである。

（粟津則雄「吉本隆明論」『現代詩文庫　吉本隆明詩集』思潮社、一九六八）

これを読んだ当時、私は大学卒業間近だったが、巻頭の鮎川信夫の解説「吉本隆明論」と共に、これまでどんな一冊の詩集からも味わったことのない、不思議な衝撃を受けた。（中略）

そのモティーフ（「詩のなかに導入された詩」または批評のなかに導入された批評）は吉本隆明の「少数者の読者のための注」の一節）が不可避にした散文詩的な文体によって、この作品はこれまでの近代詩の抒情的な言語とも、戦後詩の隠喩的な方法とも、明らかに異質な抽象的で構築的な言語を可能にしたのである。
（北川透「佃渡しで」まで――吉本隆明「定本詩集」について『吉本隆明詩全集5　定本詩集』思潮社、二〇〇六　所収「解説」）

多くの読者の『固有時との対話』との出会いが、読み手に与えた独特の衝撃の形は、紹介すればキリがなくなるであろう。それは、北川透が指摘しているように、「近代詩の抒情的な言語」とも、「戦後詩の隠喩的な方法」とも、「明らかに異質な抽象的で構築的な言語」で書かれているところを感じる衝撃の形である。その感じを一言でいえば「不思議なわからなさ」という感じだろうか。

とはいっても、私はここで『固有時との対話』を取り上げるわけではない。というのも、この詩集が出たあとで、読者の驚きは、さらに拡大されることになったからである。つまりこの『固有時との対話』が出現するためには、膨大な詩集『日時計篇』のあったことが、著作集（『吉本隆明全著作集2　初期詩篇Ｉ』勁草書房、一九六八）の刊行からわかっていったからである。多くの人は、この『日時計篇』が、『固有時との対話』を解読するための手がかりになると喜び、期待したのかも知れなかったが、実際に『日時計篇』を手に取って読まれた方は、驚かれたというか、失望されたというか、『固有時との対話』に引けを取らない「不思議なわからなさ」に満ちあふれた作品群がそこにあったからである。『日時計篇』は『固有時との対話』を解明する手がかりになるどころか、それ自体の解読を阻むモンスター級の「不思議なわからなさ」を満載させた作品としてあったのである。

この「不思議なわからなさ」の解明に最も早くから挑んだのは、もちろん鮎川信夫であった。「『日時計篇』からの展望」（『現代詩手帖』〈七二年八月号〉のち『鮎川信夫　吉本隆明論／吉本隆明　鮎川信夫論』思潮社、一九八二、に収録）は、『固有時との対話』と『日時計篇』を、連続したものとして捉えようとした、たぶん最初の試みではなかったかと思う。

しかし、この試みは、この二つの詩集を「近代詩史」の中に位置づけて理解しようという狙いにそってなされていたので、その後の批評家に先入観を植え付けるものにもなっていた。

たとえば、立原道造の詩との比較などである。丁寧に二人の詩の似ているところを抜粋して、並べたりしていたからである。確かに著者は、立原道造や中原中也と宮沢賢治の三人を、戦時中良く読んでいたことは『初期ノート』からもわかるので、一見するともっともな解読のしかたのように見えていた。しかし、こういう既成の文学史の流れの中で『固有時との対話』と『日時計篇』を捉えようとしてきた発想そのものが、この二つの作品の解読をずいぶん遅らせてきた、と私は感じている。

たとえば字面の詩風が似ているというので、立原道造の詩と並べて比較して見せたりしたことは、吉本隆明の初期の詩篇を、そういうふうに読めば良いのだというふうに読者に思い込ませ、さらに違った視点で読んでみようというところに進ませなかったマイナスの影響があったからだ。

もちろん、頑張って、丁寧に読んでみようという読者もたくさんいたであろうが、詩人の大家たちですら、何が書いてあるのかよくわからないのなら、やはり、「若書き」や「習作」のために、読める代物にできていないのだという風にみなしてすまされても仕方のないところがあった。鮎川信夫も、立原道造の詩風に似ているところは、興味深く読めたのだろうが、その他の詩篇は、雰囲気がどれも同じように見えて「何篇かを続けて読んでいるとロー・キーのトーンがいつも同じだというのは、かなり睡気を催させると言った人がいる」というようなことを語っていたが、それは、おそらく自分の体験のことを言っていたのだろうという気がする。『日時計篇』に「詩」を読もうとするだけでは、どうしてもそうなるだろうなという気がする。

さらにやっかいなことがある。それは、著者自身が、後に振り返りながら、この『日時計篇』を執拗に批判しているところである。そのことを踏まえて、この『日時計篇』への作者の語りを、何人かの対談者への返答の中にたどっておきたいと思う。

二 『日時計篇』への著者の対応三つ

1 粟津則雄との対談

早い時期に粟津則雄との対談が「現実と詩の創造」としてもたれたことがあった（『現代詩手帖』一九六九年三月号）。この対談はとても良い対談だった。その中で、粟津は、吉本の初期の詩集があまりにも奇異な感じがすると思ったからか、次のようにたずねていた。

粟津　吉本さんの場合は、たとえば大岡信なんかが受けたシュルレアリスムの浸透力をあらかじめ拒否できたという印象も受けるけれども、その点はどうですか。

吉本　そういうふうにも言えるかもしれないですね。シュルレアリスムの影響みたいなものは始めからなかったように思うんです。もし、そういうものが手法の上であるとすれば無意識的なものであるし、表現技術上ひとりでに出てきちゃったんだという感じで、あまり影響は受けていないですね。

詩の技法上、何かしら「お手本」のようなものがあったのではないかと粟津は思ったのかも知れないが、吉本は「シュルレアリスムの影響」のようなものはきっぱりと否定し、宮沢賢治の影響についてはかなり語っていた。では、なぜ詩を書こうとし始めたのかという質問に対しては、前にも取り上げたが、こう答えていた。

吉本　何がゆえに詩を書き始めたかということを考えてみますと、自己を慰安する意味で詩を書き始めた。つまり、実際に不幸であったかどうかは別として、子供の頃から不幸な感性があって、それは何らかの意味で表現して対象化してみると、自ら慰むということがあると思うんです。もともと詩を書き始める衝動になっているのは、「不幸な」と主観的に考えている自分の感性でしょうね。

対談の後半でも、粟津は気になっていたのか、詩を書く以上は何かしらの「歌心」のようなものがあってのことではないのかという疑問をぶつけていたが吉本は、同じような答え方をしていた。

粟津 絶えず歌が心にあって、意識的にも無意識的にも絶えず歌が生きて動いているということはないわけですか?

吉本 ぼくはないと思います。うたう心みたいなものは現在もないですし、以前も本当はなかったかもしれないと思います。ただ、詩になるかならないかということを別にすれば、自分にはさっき言った言葉で言えば〈不幸なる感情〉と言いますか、生きるということに対しても〈不幸なる感情〉というものがあると思うんですよ。だから、もしうたっているとすれば、また今もうたうところをもっているとすれば、そういうところしかないと思いますね。それは何ら詩的な問題ではないよう思いますし、詩になっていかなくてもいいのかもしれないです。

そして続けて次のような粟津の気になる質問が投げかけられ、吉本の重要な返事が返されている。

粟津 ぼくは吉本さんを無自覚な詩人だとは思わない。たいへん方法的な詩人だと言えると思う。ただ、こういうことはある。たとえば「固有時との対話」の場合、あれは吉本さんの個人的な歴史や賢治から学んだ、生きた自然観念と結びついた固有の時間というものに対して、次第に自分を外化していく運動の上に成立した作品でしょう。殆どそれだけが主題だとも言える。(中略)

吉本 あなたのおっしゃることはよくわかります。「固有時との対話」がどうしてできたかと考えてみますと、いわゆる詩が書けなくなったということが一つあります。もう一つは、外界というものを失なったということがあると思うんです。つまり、少なくとも外界を捉えようとすると、光とか影とか建物とか街路樹とか道路とか、数えれば五つか六つで尽きてしまう、そういうものはひっかかってくるんですけど、あとのものはみんな失なってしまったという感じがありました。自分がそれを見ていないということなんですよ。見てはいても自分の意識のなかに入れてはいない、つまり眼はちっとも見ていないという感じです。だから、ことごとく失なったという感じで、失なったなかで捉えられるとすれば数えあげるほどのものしか捉えられないし、それだけの要素で何が書けるかわからないが、しかし、それだけの要素しかないんだから、それだけの要素で書くという具合で「固有時との対話」ができたと思うんです。

この対談は一九六九年なので、『固有時との対話』が出版されて、十七年もたっている中での、吉本の率直なというか、ふだんから思ってきていた自作評価の思いがここに語られている。たぶん意外な答え方をしているのではないかと私は思う。ある意味では、身も蓋もないような、素っ気ない自作評価をしているように見えるからだ。なぜこんな答え方になっているのかというと、すでに述べてきているように、現代詩史の中に置いてみれば、理解されるような詩になっていないことが、よくわかっていたからである。それでも対談の続きでは、気持ちが和んできていたのか、次のようにも語っていた。

吉本　今度ぼくの著作集ということで、初期詩篇が本になって「これ割合と読まれていますよ」と本屋さんが言うから、「そうかな、こんなのが読まれるのはちょっとおかしいんじゃないか」と感じて、自分でも読んでみました。そうしたら、ぼくはかなりいけると言うか、かなりいいと思いました。ぼくが昔頭のなかで漠然と書いたものだから、とても読んじゃいられねえだろうと思ったのに比べれば、読んだあと「いいとこある」という感じでした。「いいとこある」というのはいろんな意味がありますけれども、青年期の限られた時間のあいだにスッと出てきてまた消えてしまうものに、本当はよさがあるだけなのかもしれませんけれども、そう思いました。

ここでは、著作集（一九六八）が出たあとの感想として、先ほどの自己評価と打って変わって、「かなりいける」とか、「かなりいい」とか「読んだあと『いいとこある』という感じでした」とも語っていた。初期作品をこのように肯定的に語っているのは、おそらくこの箇所くらいではないかと思うほど貴重な語りである。問題は、さっきまでは否定していながら、その後でなぜ肯定のような評価をしているのかということになるだろう。理由は簡単なように見える。現代詩史の中に置いてみれば評価し得るものには見えないのに、その位置から離れたところから見れば、「意外にいいもの」として見えてきていたということなのである。ところが、のちの吉本隆明は、とうとう最後まで「現代詩史の位置」から離れたところでの自己評価をしなかったのである。とくに次の芹沢俊介との対談では、もっとひどい自己評価を展開しているのを目にすることになる。なぜそんなことになってゆくのか、おそらく理由は、彼の批評の柱に、多くの人がたどる正統派の近代詩史、現代詩史への「理解」があって、それはたとえば『討議近代詩史』『戦後詩史論』『詩学序説』『詩とは何か』などであるが、そこでは「詩」として公認されるものへの評価はあっても、『日時計篇』のような「詩」の範疇に入らないものは、すくい上げる尺度を持っていないように見えるのである。つまり『日時計篇』を包括するような詩論の場を彼自身が提示してこなかったように見えるのである。なので、このままで行くと、自作評価の価は、マイナスのままで行くことになるはずである。それでも、彼の初期作品とヴァレリーの初期作品と、結びつける視点は提示されてはいた。粟津則雄との対談では、粟津がヴァレリーやブランショのすぐれた研究者でもあったので、こういう質問も投げかけられていた。

粟津　ただ『初期ノート』を拝見してもそうだけど、ヴァレリイをよく読んでおられる感じを受けるんですが……。

吉本　読んだ時期があるんです。翻訳で殆ど読んでいるんじゃないんでしょうか。だから、『初期ノート』に、言葉についての感想が出てくるとすればそういうところが多いと思いますね。

2　芹沢俊介との対談

芹沢俊介は吉本隆明との対談（「私のものではない〈固有〉の場所に」『現代詩手帖』二〇〇三年九月号）の中で、『日時計篇』や『固有時との対話』について、懸命に高い評価を与えようと試みているのだが、吉本隆明の反応はとても冷ややかで、今までで最も自己評価の悪い発言を繰り返しているように見える。彼はすでに七十九歳になっていて、この年になるまで、このような自己評価しかできなかったというのは、彼の言葉を使えば「悲劇」（『悲劇の解読』）であるが、私は、この「悲劇」は、吉本隆明本人からもたらされているように見えて、実は違うのではないかと感じている。なぜかというと、批評する側に、この吉本隆明の自己評価に対抗する内在的な批評をとうとう打ち出せずに来たがために、彼が自己評価軸を変えることができなかった、と思われるからである。ある意味での「眠れる詩的大陸」「忘れられた詩的大陸」としての『日時計篇』の研究が、全く手つかずに残されてきていたからである。多くの批評家は、この作品群になにかしらの「不気味な普遍性」「黙示録的な普遍性」を感じることがあるのに、内在的な批評をそこに対置できず、その「謎」をひたすら著者に「たずねる」ことしかできてこなかったのである。しかし著者の方は、「詩」と見なさないかたくなな姿勢から、一歩も変わることなく、生涯にわたって肯定の見解は述べなかったのである。

芹沢　「日時計篇」を書いた当時の吉本さんは言葉の世界に入ってしまい、現実対応物を失っていたということでしょうか。内閉的に煮詰まった状態のまま、一九五〇年、五一年という時間はあったということでしょうか。

吉本　はっきりこうだと言えるほどの記憶はもうないんですね。なにを考えていたのかということについても今さら言えるようなことはないような気がします。ただ、自分ではひたすら、こういう詩を書くような自分の感性か性格かは知りませんけれども、そういう風な自分から、どうやったら逃げられるか、あるいはどうやったらこの一種の行き詰まり感のようなものをとっぱらうことができるかということをずっと考えていたような気がするんです。こんなことをやってたら二進も三進もいかないぞと思っていたのだと思いますが、今になっては、はっきりと言えるほどのなにかがそのときあったかと言われると困るし、なにか類型らしさみたいなものがちょっとでもあると、それをみんな省いていこうとしていたような気がしますから。それを省いていくことで、どこか抜けていくと言うか、どこかへ逃げていこうとしていた感じはあったと思いますが、ただ、それがどこからくるのかと言うと、詩の表現についての問題ではなくて、現実に自分が生活して――いや、生活して、と言えるほど立派なものではなかったけれども、そんな風に自分が現実的に当面している問題からとにかく逃げよう逃げようとしていたことはたしかだと思うんです。脱出と言うと格好が良すぎて違いますけれど、この状態から脱出したいという気持はあって、しかしどう逃げたらいいのかわからない。だけど逃げようとする気持があると言う感じでしょうか。

「逃げようとしていた」という言い方は、印象的である。七十九歳になっている彼からすると、この『日時計篇』を書いていた一九五〇年、五一年頃（二十六歳、二十七歳）のころの思い出は、さまざまな「現実」と向かい合いつつも、好転しない実情からの逃れたいという思いが強かった時期であり、実際はその思いを言葉にするために『日時計篇』を毎日書き綴っていたはずなのに、たずねられると「逃れたかった」という意識の方ばかりを「説明」することになっていたのである。

吉本　これが少しでもなにかの意味を、自分にたいしてとか、現実にたいしてとか、あるいは他人にたいしてとか意味がつけられるようななにかがここにあるのかと言うと、そんな考え方はなにもなくて、ただ逃げよう逃げようとしていた。自分にとっては要するにここがどん詰まりだよっていう感じがあって、この状態から逃げなければどうしようもないと思えたんですね。でもこうやったらどこかへ行けるはずだとか、こうすれば逃げられるというようなものはなにもなかったわけです。自分でもほんとを言うと、『固有時との対話』にまとまるようなものに、なんらかの積極的な意味があるかないかは、自覚もしてないし意識もしてないんです。ただここから逃げなきゃいけないということだけで、どういう逃げ方があるのかもわからないのに、逃げるほかないぞという状態がほんとだったと思うんです。

だから『日時計篇』が過渡的なものとしても意味があるとはちっとも思ってなくて、もしそう思っていたとしたらちゃんと整理して、まとまりがつくように考えたと思うんです。でもそうはしなかったわけだから、そこに留まることもできないし、逃げるよりしょうがないんだということだけが確実にあったんですね。

ここまで言われてしまうと、聴き手は、そうだったのだと思ってしまい、これ以上たずねる気力も失せてしまうように思うのだが、それでも芹沢俊介は執拗にたずねようとしていた。

吉本　最終的に大雑把に言ってしまうと、なにもないと言うか存在しないわけです。それでもなにかが、たとえば赤いカンテラのようなものが残ってしまったのは、真っ当なと言うかあんまりいいことではなくて、できるだけ消えてしまうべきであって、もし消え残っているのなら、ほんとうはもう少しへずって、消してしまったほうがいいんだと思っていました。なにをやっているのか自分でもわからないわけだし、こんな風なことになってしまうともう詩を書いている自覚さえもてないんですね。それじゃあおまえはなにを書いていたのかとなるけれど、なんにも書いてねえやってことがここに残る、ただそれだけのことじゃないかと思うんです。

芹沢　一種の真空状態ということですか。

吉本　たしかに真空と言えることかもしれない。要するに結局はなにかが間違っているんだよなって、『固有時との対話』を薄い本にしたときにも感じました。書き方がはじめから間違っていたんです。本来的にこういうことをやって、こういう書き方をしたらなにも残らないで消えてしまうことからまぬがれないぞって気がしましたから。だからどうしようもないと言うより仕方がなかったわけです。風がどうしたとか光がどうしたとかいくつかの単語が言葉として残っているだけで、それにしてもほんとに数が少ないわけで、しかもそれは自分が現実に見ている物象に較べてもあまりにも数が少なかった。

そしてそれを純化しようとすればするほど、記憶に残らないと言うか、記憶に値しないものだけしか残ろうとしないわけですからね。鮎川信夫が赤いカンテラを鮮やかだと思ったのは、いずれ消えてしまうもののなかで、とくに消えてしまったほうがいいような物象のイメージだと自分では思っていましたから、ここにひっかかるってことはぼくなんかにはもう見当もつかないことです。『固有時との対話』がもしほんとうによく出来ていて、抽象的だから積極的な意味がつけられないんだという評価だったら、自分でも安心というか安堵感をもつことができたはずです。ところがどっこいへずれば意味をつけないでどこまでもへずれるぜというところで、赤いカンテラのイメージにある焦点が結ばれて、あとは全部へずっても同じだよって思わざるをえなかったと思うんです。自分にとっては衰弱の極致でしたし、自分にはなんにもないよ、ここにはなんにも残ってないよって感じでしたから。

だから空虚と言うのか、なんにもないことの極致が赤いカンテラなわけで、そこから離脱していけるような要素は少しも、いやひとつもないんですね。衰弱の要素はあっても、『固有時との対話』の背後にそのときの自分の現実、生活でも振る舞いでもなんでもいいのだけれど、そうしたものを想定すると、これは自分でもかなり積極的に社会に対応して生きていた時期だったなという記憶しかないわけです。自分ではわりと活動的に生きているのに、どうしてなのか、表現としては衰弱としか思えないようなことになる、それがよくわからなかった。

少し長く引用してるので、読者はなぜ？　と思われたかも知れないが、ここには本来の『日時計篇』への評価とは違った、ある事情が絡んでいるところを読者に理解してほしかったからである。それは「赤いカンテラ」事件とも呼ぶべき出来事についてである。以前、鮎川信夫が吉本隆明の初期の詩を高く評価しながら、何度か出てくる「赤いカンテラ」を特に強調し誉めていて、その後に続く批評家も同じように「赤いカンテラ」に注目するというようなことが起こり、おそらくそれが吉本隆明を深く傷つけてきていたように思われたからである。あのような詩句で『日時計篇』全体を測られては嫌だという思いがあったはずで、でも評価してくれている鮎川信夫さんにはその思いを理解してもらえるようには伝えられなかった。その「くやしさ」のようなものがここで吐き出されている感じがするのである。彼が執拗に、「赤いカンテラ」を削ってしまうべきだったというのは、そういう詩句で評価されてきた過去を消し去りたかったからではないか。かつての粟津則雄との対談では、それまでうまく肯定できないでいた『日時計篇』などを、改めて読むと「ぼくはかなりいけると言うか、かなりいいと思いました」と評価できていたのに、そういう評価の軸は、この年齢になって再びというか、三度というか、一切否定されてしまっているのである。

吉本　『固有時との対話』を薄い本にまとめてから自分でも何度か読みましたが、積極的な意味を与えることはできなかった。（中略）

芹沢さんがいま言われたことで、それは違うと言っておかなければならないのは、これはおまえの個性なんだとか、おまえ固有の資質がこれを書かせているとは言えないってことなんですね。そういう風には言うことができないし、〈固有〉という言葉を、その人の個性だとかその人のものだという意味合いで使ったのではないんです。それはつまり、このものはこういう状態で、このものの個性を展開すれば連続的にこうなるよとは言えないってことです。それは点々の状態としてしか表わすことができない。そして点々が、時間として表現されるだけで、ある時間にはある場所の点にいて、また違う時間にはまた別の場所の点にいるわけです。その二点の間の場所にだっておまえはいたはずじゃないかってことは、小さい微細な点を想定するともう言うことが出来ない。ここからトントンと別の点に移ったとは言えても、その間を線でつなぐようにして連続的に通ったはずじゃないかとはもう言えないんです。だから、これは間違っても個性のようなものではない。そして自分でもこれは個性の表現にはなってないよって思ったわけです。個性的な配列でなにか意味あることをしているとは、全く言うことができなかったわけですから。

「固有」という詩句について、ここで彼はだいぶ小難しいことを語っているのだが、実際の対談では物理学の用語をつかってもっと難解な「説明（『固有時』は量子物理学の『固有値』から来ているなどといった説明）」を加えている。しかしそんな「説明」は私たちには何の魅力もない。ここで言われていることは「固有」というのは、その人の「独自性」とか「個性」とか、そういう「情緒的、心情的なもの」として受け取ってもらっては困るということだけなのである。

実際に、彼が毎日「詩文を書く」という実践は、あたかも「研究室」で「化学実験」をするように、「言葉／詩句」を使って、それを「調合」して作り出す「テスト氏」のような「思考実験」をしていたのである。その「実験」の中身は、何度も触れてきているような、「絶対」を動かし、「相関の思想」を生み出すための「実験」である。その「思考実験」――ここでは「詩的実験」になるのだが――では、さまざまな素材（ここでは詩句）の組み合わせが考えられ、その無数の組み合わせの「相関実験」をしていたのが『日時計篇』だったのである。だからそれは、毎日すべきもので、毎日することで「相関実験」の結果が実感できるところがあり、それによって、自分の中の「不動のもの」を動かし、その「思考の固さ」を解きほぐすトレーニングとリハビリテーションにしていたはずなのである。

3 『吉本隆明全集撰1 全詩撰』の位置づけ

もしも、芹沢俊介との対談で語っていることに、真実があるとするなら、それに反証する資料のあることを指摘しなくてはならない。それは彼が自ら選んで出版した『吉本隆明全集撰1 全詩撰』(一九八六)の存在である。彼が六十二歳の時の出版物である。彼はそこで、初期詩篇、『日時計篇』から、多くの詩篇を自ら選んで『全詩撰』として一冊の本に仕上げている。彼にもし、こうした初期の作品に省みるものがないと感じていたら、この撰集であえて選んだりはしなかったはずだからである。ちなみに何を選んでいたのかは、編集者の川上春雄の「解題」から見ておく。

「風過」「〈ひとつの季節〉」「〈祈りは今日もひくい〉」「〈秋風はどこから〉」この四篇は、(中略)「日時計篇(上)」と名づけ『初期詩篇1』に収めたものから著者が自撰した。

「〈壁畫のやうな詩〉」から「〈向うから来た秋のために〉」までの二十篇は、(中略)「日時計篇(下)」として、『吉本隆明全著作集3 初期詩篇Ⅱ』に収めたものから、この『全詩撰』のために著者が自ら選び出した。

このとき、吉本隆明はかなりの数の詩篇を、『日時計篇』から選んでいたのである。そして実際には、さらに『日時計篇(上)』から、『固有時との対話』の原型になるものも、引き抜きされていた。そうであるから、彼の初期詩篇への思い入れにはとても深いものがあったはずなのに、いざ対談となって、「詩」としてどうなのかといったテーマが設定される中で語りはじめると、どうしても否定の言葉が口を突いて出てきているのである。

ちなみに、この『吉本隆明全集撰1　全詩撰』を作ったときの著者の姿勢について、川上春雄は次のようにも説明していた。

> 全集撰ということの意義について
>
> 過去から現在に至り、現在を生きぬいて未来へと継承する論文といえば、その場合の撰択は本質的に著者によってのみ可能である。おのずからなる要請に応えるべく著者が進んで取捨選別をしながら、みずから撰修したということで『全集撰』は過去の吉本著作とはいささか性質のちがう異例の刊行物である。今回は、形を成さない当初から全体の構成や採択をも意図的に自らに課し、終始積極的に編集を領導したのである。このシリーズ全体が、吉本氏の一篇の著作と言えないこともないほどの緊密性、有機的な統一性に貫徹されるのではないかと期待される。まとまりのある本格的な仕事として一新紀元を拓こうとしている。

こうした指摘を踏まえれば、少なくとも、この時点で吉本隆明が選ぼうとしていた作品だけでも、しっかりと理解してから、全体の見直しや解読を進めるべきであって、安易に彼の自己評価、自己否定の「説明」にそって、理解すべきではないのである。なぜ彼は、この二十四篇を、どういう基準で選んだのかと。

私は、当時『全詩撰』の出版を担当されていた編集者・小川哲生氏にその時の吉本氏とのやり取りをお伺いした。その時のことを私信の中で小川氏は次のように話されていた（彼の了解を得て紹介させていただく）。

> 「1　全詩撰」の巻に比して、他の巻は即座に決まった。問題は第一巻の「詩集」であるが、収録対象は、『初期ノート』『吉本隆明全著作集15　初期作品』『固有時との対話』『転位のための十篇』『定本詩集』『新詩集』「新詩集以後」、近刊予定の『記号の森の伝説歌』とし、それを自選詩集とすることになったが、即決には至らず、著者がすべてを読み込み、収録作品を自選することにした。

それは言葉の真の意味での自選詩集のこころみとして位置づけたためである。

後日、収録案を示されたとき、「初期詩篇の中から二十四篇ほど選びましたが、自分で読んでみて、自分でいうのもなんだが、考えていたより、ぼくはかなりいけると言うか、かなりいいと思いました」と述べられたことを覚えている。この自撰にはかなり自信があるという口ぶりでした。

川上さんは、「解題」で《吉本氏の最も重要な著作と思われる詩について、その作品全部を対象として、著者が自作を完全に自撰する方法がとれる機会を得られたということである。従って発表時に評判となった詩も本巻では相当量が割愛されたのである。》と述べられているが、まさに、そのとおりである。

やはりそうなのだという感想がとても強く湧いてくる。吉本さんが、自分の詩作史を丁寧に振り返られると、初期の自作品へのきちんとした評価をされるのに、日本の現代詩史の中に初期の自作品を置いて何ごとかの評価を求められると、詩作品としての評価をうんと下げられるのである。この「事実」は「事実」として、一体なぜなのかはもっと追求されるべきであると私は思う。今回の私の試みは、その試みへの一歩になっていればさいわいである。

4　三浦雅士による『日時計篇』の高い評価

二〇〇〇年代に入ると三浦雅士が、次のように『日時計篇』を高く評価する発言をしはじめる。

ぼくが『全詩集』を読んで痛感したのは、吉本隆明は「初期詩篇」が圧倒的にいいということです。特に「日時計篇」がいい。「日時計篇」のなかに吉本隆明のすべてが詰まっていると思えるほどです。一九五〇年の「日時計篇」のIと言われている部分に可能性の萌芽がすべてである。資質が全開状態になっている。

(『吉本隆明　代表詩選』思潮社、二〇〇四、191頁)

五一年にそれが抽象的なものへと変わってゆく。

その抽象的なものを、とりあえずはマルクス主義もしくは革命的な政治活動と言ってもいいと思いますが、そういう立場へと移ってゆく。その段階で起こったことを比喩的に言うと、詩人から批評家への、あるいは思想家への移行と言ってもいい。実はぼくは『青春の終焉』を書いたころから、小林秀雄よりも中原中也のほうが貴重なんじゃないかと思うようになってきています。それにつなげてあえて挑発的に言ってしまうと、詩人としての吉本隆明のほうが、批評家としての吉本隆明より貴重なんじゃないか。一九五〇年の「日時計篇I」が詩人として全面開花した時期だと思う。今回の『全詩集』は構成が非常によくできていて、最後に『言葉からの触手』があるんだけれど、それがちょうど当時起っていたことの解説になっているようなところがある。その言葉を借用すると、吉本さんは一九五〇年にまさに言葉の肉体に触ったということだと思います。（同、192頁）

おそらくこの座談会がもたれた当時（二〇〇四年頃）に、これだけ『日時計篇（上）』を高く評価している人はまだいなかったのではないかと思う。ただ、「小林秀雄よりも中原中也のほうが貴重」とか「詩人としての吉本隆明のほうが、批評家としての吉本隆明より貴重」という対比だけでは、多くの人の賛同は得られないと思うので、実質的に『日時計篇（上）』がどういう存在としてあったのか、どういうふうに書かれた詩集なのかが、まず先に示されて、その上で「詩人としての吉本隆明」と「批評家としての吉本隆明」が比べられる必要がある。でも三浦雅士には、その準備はすすんでいるのだろうが、いままでにそういう考察は公表はされていないので、上記の言及（「『日時計篇』のなかに吉本隆明のすべてが詰まっている」）を納得してもらうには、誰かが実質的な解読の作業をしなくてはならないと思われた。わたしの解読も、その試みのひとつである。

三　『日時計篇（上）』を何度も読み直して感じた「人文的化学のリズム」への覚え書き

『日時計篇』の原文を何度も読み、自分なりに読み下しのかたちも考えながら読んでいるうちに、詩文に固有のリズムがあることに否応なく気がつくことになる。それは、従来の「詩歌」の考察の中でさんざん取り上げられてきた「韻」とか「韻律」とか「音数律」といったようなものではなく、一篇を三十行ほどに見立てて、一気に流れるように、手直しもせずに書き上げてゆくリズムの感覚である。それに最も近いものは、やはり宮沢賢治の詩群であるように私は感じざるを得なかった。

　ああ、こんなところに賢治の影響が根付いていたのかと、なんども感心することしきりであった。そういう不思議なリズムというか、ことばのうねりのようなものは何なのかとたずねてみると、それは賢治のリズムが何だったのかということにもなってくる。

　近代詩史の中に、突如降って湧いたように現れたときの賢治の詩を読んで、多くの詩人はビックリしたのであるが、そのうねるようにどこまでも続く詩文の秘密は、そのリズムに筆を委ねるというところにもあったのではないかと思われる。

　そして、吉本隆明が、この『日時計篇』を「毎日」書き続けたということも、それが「苦痛」ではなく、ある種の「愉しみ」でもあったから続けられていたはずなのである。その「愉しみ」とは一体何であったのかということである。そこに、毎日する「体操のようなリズム」の問題があったのではないか。

　もちろん、賢治の詩文や、『日時計篇』の詩文を、内容から離れて、リズムやことばのうねりとして取り出すことは不可能である。それは連続していたはずである。ということは、どこかに、賢治の詩のスタイルを真似た詩人がいたというようなことではなく、何かしらもっと深いところで「共有」しあっていたものがあったからではないのかと思えてくる。

　それはすでに多くの研究者が指摘してきたような、化学の発想と、人文の発想と、詩の発想を融合した、化学的人文、人文的化学の詩文作法の創造のリズムである。要は、人文と化学の相関のリズムを表現するということであり、その「人文的化学のリズム」を味わうことが、この「毎日」詩文を書き続ける「愉しみ」になっていたということではないのか、というのが私のぎりぎり考え得たことである。

そして、自分なりに『日時計篇』の「読み下し」のような試みをする中で特に気がついたことについて改めて述べておきたい。はじめのうちは、その作業は、とても「たいへん」な作業のように感じられていて、本当に終えられるのかと思ったものである。一つや二つの「詩句」の前に立ち止まって、何日も、何週間も、ああでもない、こうでもないと思案していたからである。だから、「読み取り」に苦労したところには、どうしても「注釈」を多く入れて、「意味」がわかるようにと「工夫」しなくてはと思っていたのだが、半ばを過ぎるあたりからか、ふと「注釈」を入れなくても「原文」を「面白く」というか「興味深く」味わえるようになっていった。とくに「相関作用」をあれこれと想定しながら読んでゆくと、思いがけない読み方もできるようになって、意外な体験ができたと感じることができていった。なので、途中からは、「読み下し」をしなくても、そのまま読むだけで、十分だと思う詩文もたくさん出てきた。事実、作者の書き方にも変化が出てきて、不自然な行分けのようなものもうんと減り、文の切れ目なのか、続いている文なのかというようなことで、長い時間悩むような苦労もなくなっていったことも事実である。なので、よけいな「注釈」を入れる方が、かえって原文を味わうための邪魔になるということも感じるようになっていった。そう考えながら、はじめの詩に戻って読み直すと、また違う読みができるようになるのが不思議であった。実際には、そういうふうに読みかえされるのがいいわけで、またそうならなくてはいけないとも考えられるので、そこから、本格的に『日時計篇』の「研究」がはじまるのではないかと私は今感じている。

附論Ⅱ 「(海はかはらぬ色で)」小論

一 予備考察

1 「(海はかはらぬ色で)」の位置

長編詩「(海はかはらぬ色で)」は、長編詩「(海の風に)」(『吉本隆明初期詩集』講談社文芸文庫で読める)の初期形(というよりか「構成を変えられた初期形」と解題者は指摘している。『吉本隆明全集1』晶文社解題参照)であるが、全集本ではじめて収録されたもので、大変重要な作品である(417〜438頁、全集の解題者、間宮幹彦氏も「著者の作品群のなかでも「(海はかはらぬ色で)」、「(海の風に)」は突出した異様な位置をしめているようにおもわれる」と書いていた)。長編詩と一口に言ってしまうのだが、「(海はかはらぬ色で)」は、四〇〇字の原稿用紙に書けばほぼ二十三枚ほどになる(長いと感じるヴァレリーの長編詩「海辺の墓地」がほぼ八枚ほどだから、異様な長さである)。そんな長い詩を、なぜ書く必要があったのかということが気になるが、その長編詩に手を入れて作り直したのが「(海の風に)」であるというのも気になる。こちらはさらに行が増えて二十八枚ほどになっている。となると、作者は、なぜ長編詩「(海はかはらぬ色で)」を、長編詩「(海の風に)」に作り変えたのか、また、どこをどのように修正して、作り変えたのか、気にならないわけにはゆかない。そんなふうに、書き手の側の事情も気になるが、実は、読み手の方も、こんな長い詩の、どこを、どのように読めばいいのか、戸惑うばかりである。従来の日本の詩の解読の仕方では、歯が立たないのである。

さらに、気になることは、そのことにとどまらずに、この二つの長編詩の前に、もう一つの長編詩「エリアンの手記と詩」が書かれていて、この三つの長編詩は書かれた時期が、地続きになり、底辺でどこかつながっているところも見て取れる。

「エリアンの手記と詩」一九四六（四〇〇字詰めほぼ三十枚）

「（海はかはらぬ色で）」一九四七（四〇〇字詰めほぼ二十三枚）

「（海の風に）」一九四七・一九四八（四〇〇字詰めほぼ二十八枚）

こうしてみれば、この三つの長編詩を比較検討することは、後の『日時計篇』などの超大型詩作の制作過程の祖型を理解することにもなり、ひいては彼の思想の核心部分を理解する重要な手がかりが与えられることも予想される。

「エリアンの手記と詩」の方は、すでにしっかりと解析してきている（『誌上2020・3・22北海道横超忌　村瀬学〈講演〉録』発行、北海道横超会Ⅱ）ので、ここでは、とくに「（海はかはらぬ色で）」の方を、丁寧に見てゆきたいと思う（この小文も前述の講演録に収録）。この作品の形態については全集の解題者は次のように記していた。著者は一度書いた「（海はかはらぬ色で）」全体に斜線を引き、その

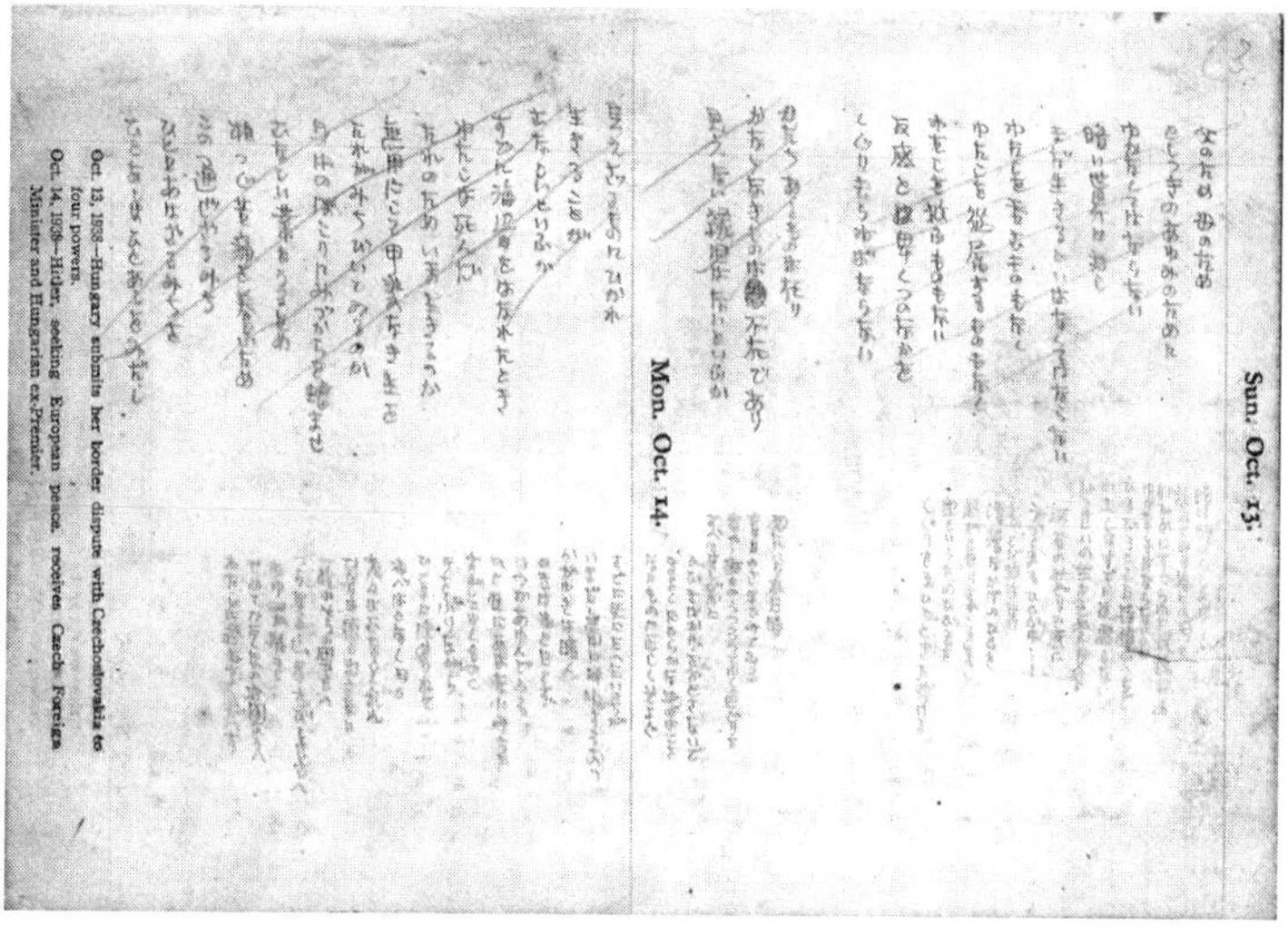

下にさらに小さな文字で「（海の風）」に書き直していたと。その解題には写真が載せてあったので、ノートの形態は読者にもわかった。そして著作集の時は、この斜線で引かれた部分は削除されたものと見なし、作品としては取り上げなかったのであるが、全集版の解題者の間宮氏が「作品」として取りだしたのである。賢明な判断をされたと思う（前頁の写真は『全集1』551頁から）。

このうえは、苦心して取り出された「（海はかはらぬ色で）」を「理解」できるようにすることであろう。

2　全体の構成を考える

問題はこの長編詩をどうすれば「理解」しやすくできるかである。私は、色々考えた結果、次のような案を考えた。それは、詩全体で、一行空けになっている部分に番号を打つ作業をすることである。この作業は「（海はかはらぬ色）で」と「（海の風に）」の両方に行なう。そうすることで、二つの作品が「比較」しやすくなってくる（ただし後に触れるように、作品の一行空けは、原文でわかりづらいところがあり、流動的であることを先に指摘しておきたい）。その結果の比較は、「（海はかはらぬ色で）」の解析が終わった後で、改めてしたいと思う。

しかしただ番号を打っただけでは、全体の仕組みは見通せないので、ここでは最初に、全体を五つのブロック（序からⅣまで）に分け、以下のように仮見出しを付けて考察することにする。ただし番号付けは流動的で、変更される余地もあるので、このブロックのそれぞれの第一行目が大事であるから、その一行目の詩句を掲げておく。

序　父母のために生きる（①から②）
Ⅰ　風立ちぬ（③から⑫）／「巷に風がおこり」
Ⅱ　老いたる父よ（⑬から⑰）／「老ひなるひとよ」
Ⅲ　幼年　夜の語り（⑱から㉔）／「あやまられた一つの夜語り」から
Ⅳ　海はかはらぬ色で（㉕から㉘）／「わたしがひとに変わり」から

ちなみに、二つの詩の比較は、「（海はかはらぬ色）で」の解析を終えた後に予定しているが、最初に番号①の部分だけを二つ並べて紹介しておくことにする。何が違っているのか、一目でわかるところがあるからだ。

「（海はかはらぬ色で）」

①
父のため母のため
としつきのあゆみのために
ゆかなくてはならない
暗い世界に対し
まだ生きるといはなくてはならない
わたしを呑むものもなく
わたしを従属するものもなく
わたしを救ふものもない
反感と卑くつのなかを
くぐり去らねばならない

「（海の風に）」

①
暗い時のうしろに
乱れてゐる花々の匂ひ
わずかにすてられた我執のため
ゆかなくてはならないのか
ひろびろとした持続のうちで
わたしはすでに従属しない
いつさいの生きてゐるものに
河石のみどりの底に
うづくまるひとかげ――
すべてが救はない
清澄なかげのひとを
風がとほりすぎるとき
卑しいうたのひびきを
くぐりさるひとときをみつける

二　「（海はかはらぬ色で）」の解析

1　序「歴史体」の自覚

私が「序」と呼ぶ二つのフレーズ。その①は見てきたように「父のため母のため／としつきのあゆみのために／まだ生きるといはなくてはならない／暗い世界に対し／ゆかなくてはならない」からはじまっていた。はっきりと「父のため母のため」に生きる意志が表明されている。しかしただ漠然と父母のためにというのではなく父母の「としつきのあゆみ」のためにというのである。つまり「父母の歴史」のために「まだ生きる」と言わなくてはならなくなっている人の思いというか決意が表明されているのである。

この出だしのどこが興味深いのか。ふつうは「私は自分のために生きる」となるように思うのだが、著者は、ここで「父のため母のため／まだ生きるといはなくてはならない」と書きつける。というか、そういう風に書くことが、この「（海はかはらぬ色で）」の最初の目的だったのではないか、と考えなくてはならない。しかし「（海の風に）」では、この書き出しそのものが全く書き換えられている。だから、それは単なる書き換えなのではなく、その詩を書く「目的」が違っていたのである。そこのところは、よく意識しておかなくてはならない。

そのためには、ここで書かれている「としつきのあゆみ」のことに思いを寄せなくてはならない。「反感と卑くつのなか」でのあゆみについてである。

こういう「父のため母のため」という書き出しは、一つには学徒出陣で出兵していった「戦没学生の手記」（『きけわだつみのこえ』）に似ているところがあり、一つには「修羅」を生きる決心をした賢治の詩（「春と修羅」）に似ているところがある。それは、自分を「個体」としてみるのではなく、「歴史体」としてみようとする視点である。ここには小林秀雄を筆頭とする近代の批評家達が「個人」から出発したのと違って、「父のため母のため」に、あるいは「修羅」のようになって出発しようとした作者の立場の違いがあることを意識すべきである。つまり「自分」というものを「父と母」を組み込んだものとして見据えるという視座の自覚。それをここでは仮に「歴史体」と呼んでおくことにする。序の②で著者はこう書き付ける。

すでに海辺をはなれたとき
わたしは死んだ
たれのためいま生きるのか
無用にして甲斐なき生を
たれがみちびいてゐるのか

「海辺」とは何か。家族が夜逃げをしてきた「天草の海辺」か、それとも一家がたどり着いた「東京湾の海辺」か、それとも人類が「貝塚」を築くまで住みついていた「人類の海辺」のことか……。しかしそこを離れたがために、「わたしは死んだ」とされる。この「わたし」とは「個体としてのわたし」である。だから次にこう書かれる。「たれのためいま生きるのか」と。「歴史体としてのわたし」への問いかけがはじまったのである。

「歴史体」とは何か。まだここで著者にとっては、はっきり見えているわけではないが、後の著者の軌跡を先取りして見ているわたしたちの特権的な立場からいえば、「わたし」を「個人」としてみないで「共同／家族／個」とする複合体としてみる見方のようだとしておくことにする。そうすると先ほど、「（海はかはらぬ色で）」の書き出しが、「戦没学生の手記」や「春と修羅」に似ていると言った意味も、ある意味ではわかるような気がする。こういう手記や詩の主体が、個人というよりか歴史体＝複合体に重点が置かれているのが感知されてくるからだ。

2　Ⅰ「風立ちぬ」

①と②のあと、③は「巷にかぜが起こり」という詩句からはじまる。①と②のトーンとは違っている。いわば「風立ちぬ」の確認のはじまりである。堀辰雄ふうに続ければ「いざ生きめやも」となるだろう。「生きてゆく」きっかけを「風の起こり」に見ている。なので、「序」は①②で終わり、③から「本文」

がはじまると考えていいと思う。

ここに「あざむかれてあゆんだ」という一行が来る。「あざむかれて」とはどういう情景なのか。戦時中の共同の情景を言っているのか、家族の没落の情景をいっているのか、別の個人的な痴情のもつれた情景を言っているのか……とにかく「あざむかれてあゆんで」きた何事かの歴史がここで意識されている。そして大事な詩句が来る。

とほい海のほうから
ゆゆしい風が舞ひ来るとき
あたらしい生誕がこころをときめかし
骨枯れた肉体が
老ひらくの祝ひをうたふ

遠い海のほうからくる「風」がある。それは不吉な感じのする風ではあるが、それを感じる時「あたらしい生誕がこころをときめかす」というのである。ここまで読んできて、読者が「希望」に触れる一瞬である。「あたらしい生誕」とは何なのか。
④ではこう書かれる。

みづからがみづからをうちすてぬとき
海はそのやうに円く軽ろやかに
風はいささかもいろどりを変へない

「みづから」のありかたが「海」と「風」に託して書かれようとしている。

さらに⑤では、こう書かれる。

いつの季節がまたの季節につがれ
（中略）
魚族は骨となり朽ちて
ゆくべき巨大な夢のうちに
墳土とその不変の住居をつくる

「季節」が「つながる季節」とイメージされる。後の著者が心のよりどころにする「季節」感覚の始まりである。そして「海」と「魚族」、彼らが持つ「巨大な夢」、そこに「不変の住居」を作るという。

実際の著者の家族は、狭い借家を点々と変えて暮らしていた（石関善治郎『吉本隆明の東京』作品社、二〇〇五）。

⑥では「あきらめと宿命の／おりなすなげきまた瞋《いか》りで」と書かれる。どこかしら「宿命」のように感じられている著者の「歴史」。そこに感じられている「瞋《いか》り」。著者は何に「怒っている」のか。「いかりのにがさまた青さ」とは「春と修羅」の一節でもあった。

著者の感じる「あきらめと宿命」の歴史が、「あの千年」とも言い換えられる。そんな長い年月のことを著者は想定しているのか？　でもそこに著者は「あたらしい風の生誕を感じるだろう」と書き付ける。「あたらしい生誕」とは何なのだろう。

平安をなくしあることの
このさびしさと暗さ
手にとるものはことごとく感官をうしなひ
ひきよせるいくたの実証の
すべて他界となることの確かさ

いくたびか暁の雲に感じ
夕べの茜なす山脈にのこした
幼なき日のみづみづしさあのおどろき
いまはよるべなき虚無に変り
窓々のかなたへ翔び去り
ふたたびは夢みることもなくて
痛々しい幻覚をつかむとするだらう

いささか文語調で書かれるこの一節。ホフマンスタールの「チャンドス卿の手紙」の一節に書かれていても違和感のないような、現実感喪失の情景。「あたらしい風の生誕」とともに感じ始めるこの現実の不安定感。著者はどうしたというのか。

肌膚にかんじるものも
もう既に眼に見えないで
幾日かは風のやうに
またつめたい氷雨のやうにおもはれた
朽るとは何であるのか
生きるとは何であるのか

わたしをとりまいてゐる気配は
しかじかの理由ではなくて
いつまでも幻のやうな辛い夢のやうな
いはれない堅固さのつづきなのだ

「いつまでも幻のやうな辛い夢のやうな」と形容される現実感の喪失。でもこの長く書かれる⑥のパラグラフは、とても大事な一節だ。その中で、それでも、その「堅固」な喪失感を揺るがすものとして「季節」の変化が頼りにされる。⑦では、こう書かれている。

はるかな季節のたまもの
（中略）
夢はまた強く夢みる
いくつかの季節が相つぐやうに
風は夕べから雲をつくらせ
明けがたにまた目覚めるやうに……
（中略）
いづれいくたびも生きかはつて
一切をあきらめた最後の死ぬとき
わたしはあらためてこの思考をうらかへし
つみかさねた千の過失に驚かねばならない

「季節」の移り変わりに寄せる何がしかの変化への期待感。「いづれいくたびも生きかはつて」と書かれる「生きかわり」とは「季節」を生きる生きもの以外には考えにくいものだ。でも「一切をあきらめた最後の死ぬとき」まるで「季節」が替わるみたいに、「思考がうらがへし」できるかのようなイメージが綴られる。「季節」が希望になる？ ⑨では、それゆえに「予望」が次のように記される。

なにものか意識の底ひに
さらさらと音たててふりつもる
あたらしい予望のやうに
清潔な羽毛のやうに
それではわたしのうちに
あのうららかな変化がきたのか
すべては解けないもつれのままに

それぞれたのしく眺められるのか
ありがたい安堵のやうに
すべては蕾をひらき
かすかな匂ひがきかれるのだらうか

今までにないような、希望や予望への期待感。「清潔な羽毛のやうに」とは、なんと穏やかで温かみのある希望ではないか。それを「うららかな変化がきたのか」とまで言っている。「ありがたい安堵のやうに」とまで。しかし、「不安」がないわけではない。そういう「希望」は、持ってもいいものなのかという反省もどこかでわき起こる。⑩でその「不安」は語られる。

やめよ
季節の春からうまれた
虚無の変態にすぎない
その音　その匂ひ

厳しい自己否定が、なんども頭を持ち上げる。⑪

では、「不安」の種が、自分の奥深くにあることをさらに見つめようとする。

目覚ないひとつの怠惰
すでに生れいでるとき
わたしのうちにあつたのか
（中略）
異様につらくひきずるものよ
（中略）
疲れきつた意識のそこひから
さわやかな自像を刻むだらう
それが固定した死像であつても

あの「希望」や「予望」の期待感はどこへ行ったのかとたずねたくなるような「負」の「自像」の認識。それは「固定した死像」のように言い換えられ、変えられない不動のもののように意識され直す。そして⑫では、こう記される。

みづみづしさはうしなはれ

たれがあゆむのか
わたしのほかに
さざめきはとほくながれ
わらひはしづみ
きびしいおもてのなかに
いくつもことなつたおもひがすみ
ふる雪のごとく
としつきはつみかさなる

3　Ⅱ「老ひなるひとよ〈父よ〉」

語り口調は、⑬から大きく替わる。「父よ」と呼びかけられるものへの自覚。そして長編詩「(海はかはらぬ色で)」の本来の、でも今まで見え隠れしながらも、表だっては記されてこなかったテーマが、ここに来て思い切って前面に出され記されることになる。⑬のパラグラフは、その全編が紹介されるべきであろう。

老ひなるひとよ〈父よ〉
いくつかの思想が頭上を超へ
いくつかの流行が世をながれた
暗くしてはるかな底から
あなたはなにをみてきたか
たえざる屈辱といかり
あなたはきたへられた
ほろびる相になぞらへて……
あたらしい世代があなたを平然と超へ
軽ろやかにすててゆく
あなたの達し得たあたかもその上から――
不当にしてさびしきいのち
だがやがてくるだらう
覚悟とはなにものであるのか
決意とはそして生きるとは
子らがとりわけてうちあたる日が
すぎゆくものは何ものでもない
変らざる貧しき千年の生きかたが
子らをとらへる日が必ずくる

日本の近代が「個」の自覚から始まったとされる通説の中で、このパラグラフは異様であり、異質である。「わたしよ」と呼びかけるのではなく、「父よ」と呼びかけているからである。それも「暗くしてはるかな底から／あなたはなにをみてきたか／たえざる屈辱といかり／あなたはきたへられた」と呼びかけられるような「父」である。ここには当然吉本隆明『父の像』（筑摩書房、一九九八、後、ちくま文庫、二〇一〇）で克明に語られた「父」のイメージと、ほとんどピッタリ重なるものがある。しかしこの『父の像』が書かれたのは吉本隆明が七十四歳の時である。

彼は、『父の像』のあとがきで、「凡庸で、本人と家族以外の生き方に示唆を与えるような生き方をしたことはない父親像を、どれだけ引き延したとて、とうてい文章といえるものにはならない」と書いていた。しかし実際には、すでに二十六歳の吉本隆明にとって、この「父」のイメージは大変重要な意味を持っていたのである。しかし、この「父」のイメージは、この詩を最後に隠されてゆく。その「過酷な父」のイメージを知るのは、著者が七十四歳になって、あからさまに「父の像」を書くことによってである。それまでは、長く伏せられたままになってゆく。

注意すべきところは、この「父よ」として呼びかけられているものが、自分に何かをしてくれた「家父長的な父」の思い出のようなイメージではないというところである。それは「たえざる屈辱といかり」の中で「きたへられた」とされる父のイメージである。そして「あなたの達し得たあたかもその上から／不当にしてさびしきいのち／だがやがてくるだらう／覚悟とはなにものであるのか／決意とはそして生きるとは／子らがとりわけてうちあたる日が」と書かれる「父」のイメージ。つまりここの「父よ」と呼びかけられるものは、過ぎ去った過去の父ではなく、父の「屈辱といかり」を引き継ぎ、同じような「屈辱と怒り」を生きるように決意する「子」のイメージとセットにして持つものであった。そして書き付けられる。「変らざる貧しき千年の生きかたが／子らをとらへる日が必ずくる」と。だから⑭で次のように書かれる。

なにを嘆くことがあらう
（中略）
きざまれた疲れとやつれの面貌
なにが古いといふのか
たへざる生活の暗闘
なにが暗いといふのか
直行するものは生ではない
老ひたるひとよ〈父よ〉
あなたの生をたれが嗤ひうるか
あの愚かな上昇線をたどる奴らが
あなたをいふ資格などありはしない

「父」をかばおうとする「子」。「父」の「古さ」を誰も「嗤《わら》う」ことはできないぞ、と。なぜなら「父」を「嗤う」ことは「子」を「嗤う」ことになると。この「父」と「子」の一体感は、当時の近代的自我の個人重視と違っている。その「父」と「子」の一体視は、さらに⑯で次のように書かれている。

老ひたるひとよ〈父よ〉
あまりに類似し
あまりにあなたを模してゐるさまが
たへがたい悲しみを納得させる
あなたの宿命をそのまま
わたしが歩むさま
なんとたどたどしく
なんと重たいことか

自意識の過剰になり出す二十六歳の年頃に、「あなたの宿命をそのまま／わたしが歩むさま」と書き付けるのは尋常ではない。いくらなんでも、ここでの「父」と「子」の類似視は、一線を越えているのではないか。ということは、ここでの「父」と「子」の同一視の裏には、何かしらの秘められた事情があると考えざるを得ないのである。

これが若年のあゆみであるのか
むしろひとたちのやうに

わたしも素直にたのしみ

軽ろやかにひとを愛したい
明るい空のしたで
宿業のやうな思考から
いつしゆんでも解かれたい

そういうふうに思うのは当然であろう。というか、「父」と「子」の宿命のような類似視を書き付けた後で、手のひらを返したように、「宿業のやうな思考から／いつしゆんでも解かれたい」と書き付けられるからである。思いの本心はどっちなのかと。おそらく、どちらでもあり、どちらでもないのかもしれない。というのも、ここで語られる「父」と「子」というのは、実在の「父」と「子」と外れたところで意識されているのではないかとも思われるからだ。

花々や鳥や雲の形態
または風や樹木のうごくさまが
どうしてたくさんの
苦しみのかたちに見えるのか
なにげない嬰児のあそびが
こよなくなつかしまれなくてならないのか

「父」と「子」の関係が「宿命」の関係にあるとしても、ではそこから「花々や鳥や雲の形態」「風や樹木のうごくさま」が「苦しみのかたち」に見えるとするのは、事情が違うと思われる。そこには、別な理由が求められなくてはならないのではないか。

4　Ⅲ「幼年　夜の語り」

「父」との「宿命」が語られた後、少し情景は替わる。⑱は次のようにはじまるからだ。

あやまられたひとつの夜語り
たどたどしい老婆の唇から
すでにかへらざるものの
偶像化をとほして

「老婆」とは「父の母」のことであろう。この「老婆」が何やら夜ごとに、誰かに向けて語りかけている。「すでにかへらざるもの」なのに、それを「偶像化」して誰かに語っている。「嵐のような恐ろしいかの出来事」に仕立てて。問題はこの「老婆」の「夜語り」を、狭い借家暮らしの部屋で、聞くともなく聞かされるものがいたのである。それがここで「幼年」と呼ばれる著者であった。

⑲のパラグラフはとりわけ重要である。すべてを引用するので読んでいただきたい。

とほくから時が追つてくる
ある夜　窓がこはれそうな嵐になり
翌く朝　そらはがらんとして
凧や電線が折れまがり
樹木が裸になつて垂れ
すべてが空ろに晴れて
幼児はたとへやうもなく
大人になつた気がしたのだ
たくさんの秘かな夜語り
おそらくは幼児のほかにたれも知らなかつた
そのつづきを　その終末を……
ひとたちのなかには
歳月がすすめてゆく物語りがある
幼児は夜な夜な
寝床についておもひつづける
蛾や夜の虫にまじつて
真昼の花々がおもひ描かれ
明るい灯がお伽のランプに変り
現実が夢になる
幼児はかかる夜にまた大人になる
〈誰も知らない〉とつぶやきながら

語られているのは、天草から「夜逃げ」をしてきた歴史であり、「家族の没落」の歴史である。そういう「没落」を負のモーセのように導いてきた「父」は、いつも「悪者」に仕立て上げられて語られて来たかも知れなかった。それを夜ごと聞かされる「幼児」。

著者は『父の像』の中で、認知症気味になっていた祖父が「父」に絡む姿をこのように書いていた。

父と祖父との言い争いがすこし意味をもって

判るようになったのは、小学校へ上がる一年か二年くらい前のことだったとおもう。祖父はときどきわけもなく家へ（故郷へということ）帰ると言いだした。（中略）ときどき糸が切れたように家に帰ると言いだした。すると父はいつも同じように、おじいさん、少し目鼻がついたら連れて帰るからとなだめるのだった。

ときにはもっとひどい言葉を父に浴びせることがあった。おれの家はこんな小さな家ではなかったと言うのだ。そして挙げ句のはて父を殴《なぐ》ろうとするときがあった。父は祖父の両手首のところを握《にぎ》って、もう少し辛抱《しんぼう》してという意味の方言をくりかえしてなだめるのが常だった。

びっくりするような著者の「過去」である、問題は、こういう話を「幼児」のときに聞かされて育ったというところである。ここで幼心に著者は「父」の不憫さを感じ、「父」に味方をするように自分を育てていったのである。そこに「父」と「子」の類似視する深層があったのではないか。そして著者が「幼児」と書き付けるときの「幼児」は、普通の幼児や幼児期のことではなく、「負の家族史」を聞き続けた「特別な幼児」のことだったのである。

あれは閉ぢられた世界である
煙突や野鳩や学校が視え
みんなは忙しげに働いてゐる
幼児の世界はこれとかかはりなく
夜や風の音だけしかない
ひとはたれも住んでゐない
〈はやく大人になるな〉

特別な著者だけにしかわからない「幼児」の世界。「夜語り」を聞いて育ったがために、幼くしてどーんと歳を取ってしまっていた著者。「はやく大人になるな」とは著者の悲痛な叫びである。子どもにそんな暗い話を聞かせるな！と。㉒のパラグラフの全部はこう書かれている。

ひとつの時期があつたのだ

ひとつの宿命があつたのだ
ひとよりも少ない生命を長らへるため
さびしくほそいところをとほり
青白く弱いものを燃やした
わらひはとほく
声はとほく
沈黙はひとつの自衛作用となり
とうとうここまで来た

㉓でもこう書かれてた。

わたしはなぜかおさないときに
せい年であり
せい年のときに老年であつたのか
あやふかつた〈!〉
あの折からわたしは死に面し
濁れるのちも死に面し
海がやがて冬となるころ
もう寒く火を抱きながら
陰絵のやうな異国のうちに
のがれてゆかねばならなかつた

㉔でも「幼年」はこう書かれていた。

ひとはいつまでも幼年である
たとへいくたの夢がうしなはれ
風や夜がこころをしづめなくなつても
面かげは古び
深いみぞが刻まれても
幼ないものはどこかにゐる
（中略）
海辺は形をかへられても
いつまでもここの孤立のなかに
幼年はある〈海はある！〉

特別な「幼年」への屈折したまなざし。その「幼年」から「大人」になった著者。そういう「子」だからこそ「父」の宿命を自分の引き受ける宿命に感じることができたのであろうか。

5　Ⅳ「海はかはらぬ色で」

「幼児」から、「大人」へ。しかし「幼児」はすでに「大人」になっていたのであるから、「幼児」の後の「大人」とは誰なのか。㉕からは、いままでの「まとめ」のような詩風で、次のように書き始められる。

わたしがひとに変り
幼時が成年に変り
うれひがうれひとならなくても
海はかはらぬ色で
折節の壁をつくるだらう
いれかはり立ち去るもののため
挽歌をつげるだらう
波がしらと風との交錯で
大地がふち取られ
水平線がまるみをとり
あはれ天球のほうに
たえがたい孤独をつげる

もはやわたしのゐない冬にあつて……

「幼時」が「成年」になることを、ここでは「わたし」が「ひと」になることに言い換えられている。「暗い過去」を背負って「大人」になったものを、作者は「ひと」と呼ぼうというのである。

そしてここで、この長編詩のタイトルにされた「海はかはらぬ色で」の詩句が出てくる（ちなみに言うと、この詩句がなぜこの長編詩のタイトルにされたのか、解題者の説明文を何度も読んだけれど、よくわからない。「海の風に」と同じようにつけられたというのであるから、きっと簡単な理由で解題者によって付けられていたのだろうが、何度読んでもよくわからないのが気になる）。

大事なことは、このタイトルの意味であろう。その詩句は次の「折節の壁をつくるだらう」という詩句とセットで記されている（ちなみに言うと「（海の風に）」の方では、同じような箇所は、「だろう」ではなく、次のように断定して書かれていた）。

海はかはらぬ色で
折々の壁をつくる

「壁」とは、何かを拒絶するもの、何かの前に立ちはだかるもののイメージである。ここまでの詩の流れからすると、「壁」とは、「海」をへだてて「過去」と「現在」の間を遮断する「壁」のように見える。ある意味では「海」そのものが、「過去」と「現在」を隔てる「壁」のように存在しているかのようである。そういう「壁」はぬぐいがたく存在するけれど、それでもその「海の色」はかわらない、というのである。その「壁」の、別なイメージは㉖で次のように示される。

すでに海辺をはなれ
海をうしなつた
かづかづのうたばかり
鳥のやうに翔びかふが
枯れたこころはそれをきかない
わたしにかはつて
海辺に佇むもののため
海はかはらぬ壁をつくるだらう
わたしが祝ひ
わたしがなつかしむひとが
影のやうに風のうちの
あの砂浜に面してゐる
すでにわたしがそのために失つた
かづかづのものを失つて
あたかもわたしのやうに
あのうちかへす波を確めてゐる
かはらぬ音としぶきのかづとを——

「海辺をはなれ」と書かれる「海辺」とは、故郷＝天草の海辺のことなのか、「うしなった海」とは、失われた故郷の海のことなのか。「わたしにかはつて／海辺に佇むもののため／海はかはらぬ壁をつくるだらう」と記される「わたしにかはつて」とは、誰のことなのか。おそらく著者にも、よくわからないところがあるのだろうが、自分がそこに居たわけでもない祖父母と父母たちのいた故郷の「海辺」に、誰かは佇まなくてはならない。そういう者に向けて、相も変わらず「海」は「壁」をつくるだろうが、その「故郷」の「海辺」に佇むことを忘れてはいけないのではないかと作者は自問する。

だから㉗㉘は次のように書かれる。そしてこの二つのパラグラフで長編詩の「最後」が締めくくられる。締めくくりにふさわしいパラグラフである。

㉗

もはや訪ねあるいて
わたしはわたしの身代りを確め
わたしの歳月を告げるあしどりはない
疲れうしなはれた豊さで
わたしはひきかへす
もはや夜があり
わたしは断たれる
わたしを模倣し
わたしを想ひ起させるものから――
どんな宿命が
わたしを模するものを訪れても
すべなくてわたしは茫然とたち
わたしが亡びるさまを視る
あたかもすでにわたしが亡びたとほりに――

㉘

もつれあつたいのちが
そのまま巨きく変つてゆき
かへりみることが
もう無用のこととなり
なほつらいことに感じられ
けつしてふりかへることをしない
いくらかはひとをあいすることに
いくらかは生きてゆくことに
ふりわけられて

何か注釈がいるだろうか。あんなにわかりにくい、何が書いてあるのかさっぱりわからないと感じられていた長編詩が、ここまでくると、愛おしい、読み終えるのが惜しいような詩篇に感じられてくるのである。まだ続きがある。著者が生きている以上、この長編詩で記された二十六歳の著者の「苦悩」がその後どうなっていったのか、さらに読んでみたいという気にさせられる。きっと著者自身がそういう気持ちになっていたであろうと思われる。なので、著者自身の意志を自分で再確認するためにも、彼はこの詩を元に「海の風に」を書かなくてはならなかったのである。

6　おわりに

こうして「(海はかはらぬ色で)」を丁寧に解析してみると、なぜこの詩が「(海の風に)」として、時が経たない間に書き改める必要があったのか、その理由が見えてくるのではないか。批評家はそれを「抽象化」と呼ぶかも知れない。『日時計篇』から『固有時との対話』への過程を「抽象化」と呼んできたように。そしてその「抽象化」という言葉は、著者自身の「説明」として使われていた経過もあったから。

しかし「(海はかはらぬ色で)」から「(海の風に)」への書き直しは、決して「抽象化」ではない。確かに個人的な「父」や「家族」との事情は、「読み取れない」ように消去され、いかにも「抽象化」するように「書き直し」されているように読み取ることができる。しかし、それを「抽象化」と呼ぶのは間違っていると私は思う。

著者はきっと、自分の個人的な「受難の家族史」を、文字通りの「個人の歴史」にしてはいけないものを感じていたのだと思う。この自分の苦渋の歴史を、個人的なものにしてしまえば「父の苦しみ」は浮かばれないのではないか。「自分の父」のように「苦渋に生きながら家族を守ってきた父」はたくさんいたのではないか。とするなら、自分の個人史のように読み取られるように書かれた詩は、その形を踏まえながら、そこに多くの人の苦渋の歴史が読み取れるような形に書き直される必要があるのではないか。そういう作業をすることが、「父の宿命」を「子の宿命」として引き受けることになるのではないか。著者はそう考えていったように私は思う。そういう作業を「普遍を読み取る作業」と理解するのはいいが、それを「抽象化」というのは、作品を読み間違えることになると私には思われる。

最後に『父の像』の一番最初に置かれた文章を、改めて紹介しておくことにする。この文章は本当は、もっとはじめの方で引用しておきたかったのだが、先入観を与えては困ると思って、控えてきた。

幼いころのわたしには、父の背中は鋼《はがね》のようにおもえた。（中略）だが横からみる父の像はちがっていた。いつも仕事から夜半にちかくかえってきて、子どもを起こさないようにひそひそとした声で語っている姿と、それに受け答えしている母の姿が像になって出てきた。あれは仕事のなかで出会ったことを話しているに違《ちが》いない。

時たま夜中に眼《め》が覚めてしまったとき、聞こえるその声のほうを見遣《みや》ったわたしには、この世でいちばん重要なことが話し合われているように感じられた。それが昼間になるといつもと変わらない貧しい生活と、平穏《へいおん》な日々があるばかりだった。夜の感じと昼の感じがこんなにもちがうことを、最初におぼえたのは、このことからかも知れない。夜は怖《おそ》ろしいとおもった。その怖ろしさは魑魅魍魎《ちみもう》《りょう》の類《たぐ》いの怖ろしさではなく、何か変事が起こるとすれば夜だという怖ろしさだった。

こうした父母と祖父母の「夜語り」に怯えながら「幼年」を体験した著者の心に刻みこまれたのが、父母、祖父母が共通して知ってはいても、自分の知らない「故郷」というものの存在であった。私はすでに「エリアンの手記と詩」の考察の最後で、エリアンが書いたとされる「故郷」という詩が、まだこの時には書かれていなかったことを指摘しておいたが、そういう意味では、まさにこの「〈海はかはらぬ色で〉」がエリアンの書かなくてはならなかった詩であると私は今思っている。

補足1：番号について

二つの詩に仮の番号をつけて、この小論を書いていったのだが、はじめに言ったように、一口に「一行空け」と言っても、実際に書かれたノートでは、行が空いているのかいないのか、判別に悩んだことが、解題者によって書かれている。事実全集版では全集①で確定されたはずの「行空け」が、三カ月後の発行の全集②で早くも修正の指示が出されているからだ。なので、この小論で打った番号は、全集②の指示にしたがっているので、全集①と照らし合わせると行空けの番号が違っているようにみえる。ただし、詩の全体は、見てきたように大きく五つに分けるのだが、その分け方は、あくまで中身での分け方なので、番号の打ち方が変わっても、影響は受けない。

補注2：「海」と「風」について

初期の吉本隆明を踏まえ、彼を「海の詩人」とみなす人たち（川上春雄、瀬尾育生など）がいる一方で、彼を「風の詩人」とみなす人たち（三浦雅士など）がいる。どちらも、持ち得る視座であるが、そもそも「対象」の次元が違っているので、どちらかを選んで良しとできるようなことではない。

見てきたように、「海」は常に著者の「出自」のイメージと深く関わっていて、それはひいては生命の生まれる「大洋」まで広げられる豊かなイメージを内包していた。一方の「風」は、固定化され、絶対化させられる観念の構築物を、つねに揺るがすように吹き付ける根本の力としてイメージされている。なので、両者は「比較」できないものなのだ。

ちなみに言うと、「(海はかはらぬ色で)」の⑬に

老ひなるひとよ〈父よ〉
いくつかの思想が頭上を越へ

と書かれているところは、「(海の風に)」の⑫では

老ひたるひと〈父よ〉
いくらかの風が頭上を越へる

と書き換えられている。「思想」が「風」に変更されている。著者の心の内を探れば、この時点で「思想」と呼ばれるものが、固定化された観念体系

として通り過ぎていったとイメージされるよりか、「風」のように揺らぎながら通り過ぎていったとイメージされ直しているのがわかる。
「風」は自らが「揺らぐ」ものでありながら、たくさんの構築物そのものを「揺るがす力」としても出現していた。「風」のイメージが、「（海はかはらぬ色で）」をへて「（海の風に）」到る過程で、より自覚的に使われ出したとみるべきであろう。その「風」のイメージが、いつしか「海」と組み合わされた。「（海はかはらぬ色で）」には見られなかった描写が「（海の風に）」に次のように書き付けられる（番号を打てばフレーズ㉓になる）。

少女は小さく愁《うれ》ひてゐた
いま
白いみちのつづきに
並木が風にふかれてゐる
海の風に
とりどりの姿勢で
いつまでも孤立しながら

これは自然描写ではない。「孤立」している「並木」に吹く「風」が「海の風」と描写されているのである。その「風に吹かれる並木」に「少女」のいる風景。それが自然描写でなければ、この「少女」とは誰なのか。ベンヤミンならこの「少女」を歴史の風に吹かれる「天使」と見立てたかも知れない。ベンヤミンも「風」に関心を持っていた。彼独特の「風」のイメージは、「天使の翼に吹く強風」として描かれている（『歴史の概念について』のⅨ）。吉本隆明の「風」とベンヤミンの「風」を比較してみるのもいいかも知れない。

あとがき

この本のできるきっかけは、吉本隆明の研究会を続けておられる「北海道横超忌会Ⅱ」からの講演依頼からはじまっている。講演自体はコロナ禍で中止になり、その代わり「仮想の講演」として文章にして送ったものが『誌上2020.3.22　北海道横超忌　村瀬学〈講演〉録　風をたずねるものはもういなくなったのか―吉本隆明の発想の根源にある「風」のイメージを探る―』（発行　北海道横超会Ⅱ）として冊子になった。このときのテーマは「風」であったが、その考察の皮切りに、『日時計篇（上）』の最初の作品「〈日時計〉」に対して、従来には省みられなかった踏み込んだ解読をしていて、その解読の手応えと、それを踏まえながら、この作品をもっと多角的に解読する必要性を感じたところから、この本の構想が生まれていった。

「日時計」を、物理的な時間の計量物としてではなく、「関数」のサンプルとして理解し、さらにそこから生き物の身体そのものが「日時計」であり、「季節体」としてあるのだという、ごくごく当たり前のことに考察が及んだときには、身体が震えるような感動をおぼえたものである。このとき、わたし自身の生き方というか、世界の感じ方の基本を指摘されたようで、襟を正して受け止めなければならない荘厳な思いがしていた。

この「季節体」の理解を踏まえ、改めて『日時計篇（上）』全体の解読に向かったが、「解読の困難さ」は、無類のように感じられた。というのも、この『日時計篇（上）』の全編は、「個人の心情」を描くような詩作になっておらず、何かしら「世界認識」というか「世界認識の方法」のようなものを手探りで求めているようなところがあって、それが日本の現代詩史に類型をもたないように感じられていたからである。

あえて類似した作品の系譜をたどれば、たとえば、エンペドクレスの「自然について」（『世界文學大系63　ギリシア思想家集』筑摩書房）とか、ゲーテの「神と世界」（『自然と象徴』冨山房百科文庫）のような思索的な詩群につながる感じがあった。

のちの吉本隆明は、『日時計篇』が「光とか影とか建物とか街路樹とか道路とか、数えれば五つか六つで尽きてしまうような事象」だけを見つめて書いているとかいって自己非難している（本編附論I参照）が、そういう限られたものを手がかりにということなら、エンペドクレスの「火水気土」の「四元素説」や、陰陽五行の「土金水木火」説も、限られた要素でもって世界を捉えようとしていたものであり、バシュラールはそういう「火水土木」などにこそ詩的な土壌があると考えていたわけで、彼の自己非難には、正当な根拠があるわけではなかった。

しかし、そういう「世界認識」や「世界認識の方法」のようなものを、詩作として追求するなどということは、日本の現代詩史からは遠く離れた試み（宮沢賢治の詩作でも、そういう系譜には入れられない）になっていたので、誰からも評価されることのないことの恐怖を彼は人知れず感じていたように思われる（「わたしはほんとうは怖ろしかったのだ　世界のどこかにわたしを拒絶する風景が在るのではないか　わたしの拒絶する風景があるように」『固有時との対話』）。

こうした「個人の心情」や「心情を喩にすることが詩になる」ような現代詩史の中で、「世界認識の方法」を模索するような詩作の居場所はなかったはずである。ちなみ言えば彼の詩作が「心情の喩」にならないのは、ひとつの詩の中に多様に分散される「人称」(たとえば「わたし」「わたしたち」「ぼく」「ぼくら」「われら」「おれ」「みんな」「ひとびと」「おまえ」「ふたり」「にんげん」など)に触れるだけでも感じ取れる。彼はどうしても「個人の心情」とは違うところの「光景」を見なくてはならなかったのである。

しかし「世界認識の方法」がもたらす、「幾何学の精神」のような不動性と、生きてうごめく「季節体」の循環性の総体を、「詩作」としてまとめることは至難の業であり、それを求めること自体で自分の硬直する思考を解きほぐすリハビリにすることが精一杯であったところも、わたしは『日時計篇』の解読で感じることができていった。そういうところの解明までは、この本の考察でなんとか迫れたのではないかと今は思っている。最初の一歩というところであろうか(ちなみに、その志しを引き継ぐようにして、私は『生命詩文集　織姫　千手のあやとり』[二〇二一年、私家版]を作ったつもりであるが、そういう試みは、これからの日本の現代詩史の中にもっと現われてくるような気がしている)。

ところで「附論」と題した文章は、表題は「附論」となっているが、付け足しではなく、とても大事なことに触れているので、ぜひお読みいただけたらと思う。とくに「附論Ⅱ」(「海はかはらぬ色で」考)」は、従来の研究史では論じられることのなかった長編詩の解読なので、興味深く読んでいただけるのではないかと思う。

なお、『日時計篇(上)』は、『吉本隆明詩全集〈2〉日時計篇1』(思潮社)、『吉本隆明全集〈2〉

1948-1950』（晶文社）などで、『固有時との対話』は、『吉本隆明初期詩集』（講談社文芸文庫）、『吉本隆明詩全集〈5〉定本詩集 1946-1968』（思潮社）、『吉本隆明全集〈4〉1952-1957』（晶文社）などで読むことができる。

この本の最初の原稿は、フリーの編集者小川哲生氏が、編集者最後の仕事として読んで整理してくださった。それを受け言視舎の杉山尚次氏が、本にしましょうと言ってくださった。お二人の、過分なご支援がなければ、出版難のこの時期に、この本はできなかったと感じています。お二人には深く感謝申し上げるばかりです。ありがとうございました。

二〇二二年十二月末日

村瀬　学

村瀬学（むらせ・まなぶ）
1949年京都生まれ。同志社大学文学部卒業。現在、同志社女子大学名誉教授。主な著書に『初期心的現象の世界』『理解のおくれの本質』『子ども体験』（以上、大和書房）、『「いのち」論のはじまり』『「いのち」論のひろげ』（以上、洋泉社）、『なぜ大人になれないのか』（洋泉社・新書y）、『哲学の木』（平凡社）、『なぜ丘をうたう歌謡曲がたくさんつくられてきたのか』（春秋社）、『「あなた」の哲学』（講談社新書）、『自閉症』（ちくま新書）、『「食べる」思想』（洋泉社）、『宮崎駿の「深み」へ』『宮崎駿再考』（平凡社新書）、『次の時代のための吉本隆明の読み方』『徹底検証 古事記』『古事記の根源へ』『『君たちはどう生きるか』に異論あり！』『いじめの解決 教室に広場を』（言視舎）などがある。

編集協力………小川哲生、田中はるか
DTP制作………勝澤節子
装丁………山田英春

吉本隆明 忘れられた「詩的大陸」へ
『日時計篇』の解読

発行日❖2023年1月31日 初版第1刷

著者
村瀬学

発行者
杉山尚次

発行所
株式会社言視舎
東京都千代田区富士見2-2-2 〒102-0071
電話 03-3234-5997 FAX 03-3234-5957
https://www.s-pn.jp/

印刷・製本
モリモト印刷㈱

ISBN978-4-86565-242-0 C0095